옆 무덤의 남자

GRABBEN I GRAVEN BREDVID
by Katarina Mazetti

Copyright ⓒ Katarina Mazetti, 1998
Korean Translation Copyright ⓒ MUNHAKDONGNE Publishing Corp., 2012

This Korean edition is published by arrangement with
Alfabeta Bokförlag AB through Imprima Korea Agency.
All rights reserved.

이 책의 한국어판 저작권은 Imprima Korea Agency를 통해
Alfabeta Bokförlag AB와 독점 계약한 (주)문학동네에 있습니다.
저작권법에 의해 한국 내에서 보호를 받는 저작물이므로
무단 전재와 무단 복제를 금합니다.

이 도서의 국립중앙도서관 출판시도서목록(CIP)은
e-CIP 홈페이지(http://www.nl.go.kr/ecip)와
국가자료공동목록시스템(http://www.nl.go.kr/kolisnet)에서 이용하실 수 있습니다.
(CIP제어번호: CIP2012000265)

옆 무덤의 남자

카타리나 마세티 장편소설 | 박명숙 옮김

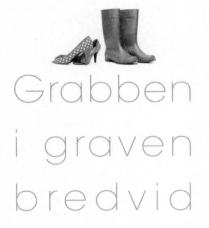

Grabben
i graven
bredvid

문학동네

1

누가 죽은 자들의 편을 들어줄까?
누가 그들의 권리를 지켜주고,
그들의 문제에 귀 기울여주고,
그들 무덤의 화초에 물을 줄까?

날 건드리지 않는 게 좋을 거예요!

외로움과 환멸에 찌들어 상태가 별로 안 좋은 여자거든요. 다음 보름달이 뜨면 내가 어떻게 변할지 누가 알겠어요?

당신도 스티븐 킹의 소설들은 읽어봤겠죠?

나는 지금 닳디닳아 반들반들해진 진녹색 벤치에 앉아 남편의 무덤을 바라보며 성질을 부리고 있다.

자연석으로 만든 간소한 묘석에는 '외리안 발린'이라는 그의 이름만이 간결한 글씨체로 새겨져 있다. 남편을 꼭 닮은 듯 지나칠 정도로 단순한 묘석. 남편이 손수 고른 것이다. 생전에 장례업체 포누스와 계약을 맺으면서 직접 지시 사항들을 남겨두었다.

내가 이렇게 분을 가라앉히지 못하는 데는 이유가 있다. 그에게 어디 병이라도 있었다면 이렇게까지 억울하진 않았을 것이다.

난 그가 자신의 묘석으로 무슨 이야기를 하고자 했는지 정확히 알고 있다. "죽음은 지극히 자연스러운 생명 과정의 한 요소이다." 남편은 생물학자였다.

고마워, 외리안.

난 점심시간을 이용해 주중에는 몇 번씩, 그리고 주말에도 최소한 한 번은 이곳에 다녀갔다. 혹시 비라도 내리면 조그만 봉투에 든 비닐옷을 꺼내 입었다. 어머니 집 서랍장에서 찾아낸 아주 촌스러운 비옷이었다.

이 묘지에서는 이런 비옷을 입은 사람이 종종 눈에 띄었다.

난 이곳에 올 때마다 적어도 한 시간씩은 머물다 갔다. 억지로라도 슬퍼지지 않을까 하는 기대 때문이었는지도 모르겠다. 우울해질 수 있다면 기분이 나아질 것 같았다. 내 눈물이 진짜인지 확인하려고 계속 나 자신을 흘끗거리지 않으면서 손수건을 비틀어 짜야 할 정도로 눈물을 펑펑 흘릴 수 있다면, 그럴 수만 있다면 이 더러운 기분이 나아질 것 같았다.

하지만 끔찍한 진실을 고백하건대, 난 이곳에 머무는 시간의 반은 그에게 격분한다. 비겁한 인간! 자전거를 탈 때 좀더 조심할 수도 있었잖아! 나머지 반 시간은 12년간 키운 잉꼬가 병들어 죽었을 때 어린아이가 느끼는 그런 심정이다. 솔직히, 그렇다.

내가 그리워하는 것은, 늘 내 곁에 있었던 남편의 존재감과 평범한 일상이다. 이제는 소파 옆자리에서 신문 바스락거리는 소리도 들을 수 없고, 집에 돌아와도 커피 향기는 나지 않으며, 외리안의 구두와 장화가 없는 신발장 선반은 마치 한겨울의 나무처럼 헐벗어 보인다.

십자말풀이에서 '태양의 신(두 글자)'이 뭔지 모르면 대강 추측하거나 다음 문제로 넘어가야 한다.

더블베드의 반쪽은 절대 흐트러지는 법이 없다.

늦게까지 집에 들어가지 않아도 궁금해하는 사람이 없다. 혹시 차에 치인 건 아닌지 걱정해주는 사람도 없다.

화장실 변기의 물을 내릴 사람도 나 말고는 아무도, 없다.

그러니까 나는 지금 묘지 벤치에 앉아서 변기 물 내리는 소리를 그리워하고 있는 셈이다. 이 정도면 당신이 보기에도 충분히 괴상하지 않나요, 스티븐?

내가 이런 수준 낮은 개그나 내뱉으며 앉아 있게 된 건 아마도 묘지 분위기 탓일 것이다. 물론 자아비판과 푸닥거리의 의미도 포함되어 있긴 하다. 내게 이 정도 권리는 있지 않나. 이제 내가 할 수 있는 거라고는 이런 작은 의식들을 치르면서 시간을 죽이는 일밖에 없는데.

외리안과 함께였을 때는 내가 누군지 분명히 알 수 있었다. 우린 서로를 규정지어주는 존재였다. 부부라는 관계는 바로 그런 데 필요한 것 아닌가?

그럼 이제 나는 대체 누구란 말인가?

나는 이제 우연히 나를 보게 되는 사람들의 시선에 온전히 맡겨진 여자다. 어떤 이들에게 난 한 명의 유권자이고, 어떤 이들에겐 그저 행인 하나, 월급쟁이, 문화 소비자, 인적 자원 또는 아파트 소유주다.

아니면 그저 끝이 갈라진 머리칼과 피가 새는 생리대와 건조한 피부의 집합체에 지나지 않을 수도.

나 자신을 규정하기 위해 외리안을 계속 써먹을 수도 있을 것이다. 죽었지만 그 정도 애프터서비스는 충분히 해줄 수 있는 게 아닌가. 그가 아니었다면 난 그저 '30대 독신녀'로 규정지어졌을 것이다. 어제 잡지를 보다 그 문구를 발견하고는 머리카락이 곤두서는 것 같았다. 그런데 어쨌거나 외리안 덕택에 나는 비극적이고 부당한 운명을 맞은 '애 없는 아직 젊은 과부'의 부류에 속하게 됐다. 정말 고마워 죽겠어, 외리안!

한편으로는 순수한 패배감이 끈질기게 나를 괴롭히기도 했다. 난 외리안이 그렇게 어처구니없이 죽어버렸다는 사실에 분통이 터졌다.

우린 모든 계획을 세워놓고 있었다. 가까운 미래부터 먼 장래의 일까지 모두! 베름란드에서 카약을 하며 보낼 휴가 계획에서 각자의 여유로운 연금 계획까지.

외리안 자신도 분명 분통이 터졌을 것이다. 그토록 열심히 했던 태극권, 몸에 좋다는 유기농 감자, 복합 불포화지방산이 다 무슨 소용이란 말인가.

나, 삼류 코미디언 데시레는 누런 이를 드러내고 쓸쓸하게 웃는다.

가끔은 그를 대신해 화를 내기도 했다. 이건 공정하지가 않아, 외리안! 당신이 얼마나 착하고 유능한 사람인데!

그리고 이따금씩은 다섯 달 동안의 독수공방 탓에 다리 사이에서 야릇한 경련이 느껴지기도 했다. 그럴 때면 혹시 시간증*이 아닐까 하는 생각이 들었다.

외리안의 무덤 옆에는 아주 끔찍한 묘비가 하나 세워져 있었다. 이루 말할 수 없이 촌스러운 하얀색 대리석 비였다! 한껏 멋부려 쓴 비문에는 금박을 입혔고, 조그만 천사와 장미꽃, 새 그림과 그럴듯한 문구가 적힌 화환 모양의 리본, 심지어 죽음을 상징하는 조그만 해골과 낫이 한데 모여 있었다. 화초로 뒤덮인 무

---

* 시체에 대하여 성욕을 느끼는 이상 성욕의 한 증상.

덮은 묘판을 연상시켰다. 묘비에 남녀의 이름과 서로 비슷한 날짜의 생일이 적혀 있는 것으로 보아, 한껏 부모를 기리고 싶은 자식의 작품인 듯했다.

그리고 몇 주 전, 그 묘비 앞에서 처음 한 남자를 보았다. 내 또래로 보이는 남자는 촌스러운 누빔 점퍼에 귀마개를 덧댄 두툼한 모자를 쓰고 있었다. 미국식으로 챙이 조금 높고 앞부분에 '산림조합'이라고 쓰인 모자였다. 그는 무덤 주위의 흙을 고르고 화단을 청소하느라 분주하게 움직였다.

외리안의 무덤 주변에는 아무것도 심어져 있지 않았다. 그라면 이곳에 전혀 어울리지 않는 조그만 장미나무를 선택했을지도 모르겠다. 장미나무는 묘지라는 서식 공간에서는 자라기 힘든 식물이다. 묘지 입구에 있는 화원에서는 서양가새풀도, 흰꽃조팝나무도 팔지 않았다.

산림조합원 남자는 며칠에 한 번씩 정오경이면 어김없이 새로운 화초와 비료를 옆에 낀 채 묘지에 나타났다. 마치 묘지를 자신의 정원처럼 여기는 듯, 그에게선 자신의 땅을 가꾸는 경작자의 자부심이 느껴졌다.

지난번에는 그가 벤치 옆자리에 앉아 흘끗거리며 날 관찰했다. 하지만 아무 말도 하지 않았다.

그는 요상한 냄새를 풍겼고, 왼손에 손가락이 세 개밖에 없었다.

2

젠장, 도저히 그 여자를 못 견디겠어. 못 견디겠다고!

대체 왜 허구한 날 거기 앉아 있는 거지?

난 어머니 무덤을 손질한 후 그 앞에 있는 벤치에 앉아 잠시 쉬면서 생각을 가다듬곤 했다. 무언가 매진할 수 있는 일을 찾아 마음을 추스른 다음, 하루 이틀 버틸 힘을 얻어 가는 것이었다. 농장에서 정신없이 뛰어다닐 때는 생각 자체가 불가능하다. 그때그때 하고 있는 일에 집중하지 못하면 반드시 작은 재앙들이 발생해 더 많은 일들을 추가로 해야 한다. 트랙터를 바위에 박아 뒤쪽 차축이 나가버린다든지, 젖소에 젖통 보호대 채우는 걸 깜빡해서 젖꼭지를 상하게 하는 식이다.

묘지를 찾아오는 때가 내가 유일하게 한숨을 돌리는 순간이다. 하지만 그곳에서조차 휴식을 취하고 생각을 할 수 있는 권리는 없다고 말하는 게 맞을 것이다. 땅을 고르고 화초를 심고 부지런히 할 일을 마친 다음에야 겨우 벤치에 앉을 수 있기 때문이다.

그리고 거기에 그녀가 앉아 있었다.

유리창 너머에 오랫동안 걸려 있는 빛바랜 컬러사진 같은 모습으로. 생기 잃은 금발, 창백한 얼굴빛, 잿빛 눈썹과 속눈썹, 엷고 바랜 색깔의 옷. 대부분 하늘색 아니면 베이지색이었다. 그녀는 베이지색 여인이었다. 그녀의 모든 것은 일종의 거만함과도 같았다. 약간의 화장과 예쁜 액세서리만으로도 자신이 어떻게 보일지, 남들이 자기를 어떻게 볼지 신경 쓰고 있다는 걸 암시할 수 있었을 것이다. 하지만 그녀의 빛바랜 모습은 이렇게 말하고 있는 듯했다. "난 당신의 생각 따위 관심 없어요. 당신이란 존재가 눈에 들어오지도 않는다고요."

난 "날 좀 봐요, 내가 당신에게 뭘 줄 수 있는지 잘 보라고요!"라고 외치는 듯한 외양의 여자들을 좋아한다. 그런 여자들 앞에선 괜히 우쭐해지기까지 한다. 반들반들 윤기가 흐르는 립스틱을 바르고 가느다란 가죽 끈이 달린 날렵한 하이힐을 신고 남자의 코앞까지 가슴을 바짝 올려붙이는 그런 여자. 입가에는 립스틱이 번져 있고 꽉 조인 원피스 아래로 처진 뱃살을 출렁이며 목에는 커다란 모조 진주 목걸이를 치렁치렁 늘어뜨린 여자는 딱 질색이다. 너나없이 취향이 세련될 수는 없겠지만 중요한 건 노력하는 자세다. 한물간 젊음을 만회하기 위해 하루 반나절을 치장하는 데 보내면서 자신을 가꾸는 여자를 보면, 난 항상 일말의 사랑을 느끼게 된다. 인조 손톱을 붙였거나, 머리가 상할 정도로 파마를 했거나, 위태로워 보일 만큼 높은 하이힐을 신었다면 더욱더 그렇다. 그 여자를 품에 안고 위로와 찬사를 보내고 싶어진다.

내가 정말 그런다는 뜻은 물론 아니다. 가끔 우체국이나 은행에서 그런 여자들이 눈에 띌 때가 있긴 하지만 가까이서 본 적은 한 번도 없다. 내 농장에 오는 여자들이라고는 인공수정사나 수의사가 전부다. 커다란 장화를 신고 파란색 긴 고무 앞치마와 머릿수건을 두른 모습으로 수소의 정자가 든 튜브를 아무 데서나 휘두르는 여자들. 내가 간신히 짬을 내 안에서 커피를 준비한다고 해도 마시고 갈 시간 따위 없는 여자들이다.

최근 몇 년간 어머니는 내게 '나가서' 여자를 만나라며 성화였다. 밖에 나가기만 하면 한 무리의 여자들이 어딘가에서 다소곳이 날 기다리기라도 하는 것처럼, 난 그저 선택만 하면 되는 것처럼. 그게 어디 사냥철에 엽총을 들고 나가 토끼를 쏘아 맞히는 거랑 똑같은 일이냔 말이다……

어머니는 암이 당신을 야금야금 삼키고 있다는 사실을 나보다 훨씬 먼저 알고 있었다. 이제 곧 농장 일이며 오랫동안 당신이 돌봐온 집안일까지 모두 내가 떠맡아야 한다는 사실도. 따뜻한 집, 깨끗한 시트, 이틀에 한 번씩 하는 작업복 세탁, 소박하면서도 맛난 음식들, 언제나 따뜻한 커피와 오븐에서 막 꺼낸 케이크와 페이스트리들. 내가 신경 쓰지 않아도 되었던 이 모든 것들에는 알고 보니 엄청난 노동이 필요했다. 장작 패기, 불 때기, 산딸기 따기, 빨래. 지금의 내가 무엇 하나 제대로 해내지 못하는 일들이다. 작업복은 쇠똥과 쉰 우유가 말라붙은 채 혼자 버티는 중이고, 침대 시트는 언제부턴가 잿빛을 띠었으며, 일을 마치고 냉기가 도는 집으로 돌아오면 따뜻한 수돗물을 받아 네스카페를 타 마시는 게 내가 할 수 있는 전부였다. 게다가 이 망할 놈의 스칸* 소시지는 전자레인지 속에서 날이면 날마다 터져버렸다.

어머니는 〈란드〉**의 '좋은 만남' 광고란을 펼쳐 내 커피 잔 옆에 놓아두는 습관이 있었다. 때로 특정 광고에 표시를 해놓기도 했다. 하지만 내게 직접 얘기를 한 적은 한 번도 없었다.

어머니는 '시골 농장에 사는 매력적인 독신남'의 아내가 되는

---

* 스웨덴 최대의 육류 및 육가공업체.
** 스웨덴 최대의 종합 주간지. '전원생활'이라는 뜻이다.

14

꿈을 꾸며 집유瀦乳 구역을 서성이는 젊은 여자들이 더이상 존재하지 않는다는 걸 알지 못했다. 여자들은 보육교사나 간호사가 되기 위해 모두 도시로 떠났다. 그리고 기계공이나 판매 사원과 결혼하여 지금은 예쁜 집을 장만하는 꿈을 꾸고 있다. 여자들은 여름이면 아기띠 안에 잠든 금발의 아이와 남편을 데리고 낡은 고향 집 농장으로 돌아와 뒤뜰에 놓인 기다란 접의자에 누워 한가로운 시간을 보냈다.

중학교 때 나를 졸졸 따라다녔고 조금만 잘해줘도 쉽게 넘어갔던 카리나는 가끔 식료품점에 숨었다가 불쑥 나타난다. 여름 휴가철 동안만 문을 여는 가게인데, 운이 좋다면 아직 몇 년은 더 유지할 수 있을 것이다. 그녀는 우리가 마치 우연히 마주치기라도 한 것처럼 반색하며 내게 결혼은 했는지, 아이는 있는지 묻는다. 그러면서 자신은 도무스 백화점에서 재고 관리를 하는 스테판이라는 남자와 도시에서 살고 있다고 의기양양하게 말한다. 마치 내가 자기를 놓친 걸 아쉬워하며 눈물이라도 철철 흘리기를 기대하는 것처럼. 이런 젠장!

저 창백한 베이지색 여인에게도 아마 한가로이 여름휴가를 즐기러 갈 수 있는 시골 부모님 집이 있을 것이다. 단 몇 주만이라도 저 여자 없이 나 혼자 있을 수 있다면 얼마나 좋을까. 사실 여름엔 비가 억수같이 퍼붓는 날을 빼고는 막상 여기 올 시간도 없긴 하다. 그래도 가을 수확 철엔 그렇게 여유가 없는 편은 아니다.

그런데 저 여자가 한시도 눈을 떼지 않는 저 무덤은 대체 뭐지! 저런 걸 무덤이라고 부를 수 있나? 꼭 측량 기사가 경계를 표시하기 위해 아무렇게나 던져놓은 돌덩이 같잖아!

아버지의 묘비를 고른 것은 어머니였다. 다소 요란하긴 하지만 아버지를 향한 극진한 사랑의 표현이었다. 어머니는 묘비 디자인 카탈로그를 잔뜩 주문해놓고는 몇 주 동안 심사숙고했다. 그리고 매일같이 새로운 아이디어를 떠올리다가 결국 모든 것을 선택했다.

외리안이라는 남자는 저 여자의 아버지나 오빠일까? 아니면 남편이었을까? 어쨌거나 하루도 빠지지 않고 와서 하염없이 쳐다보고 있을 바에야 무덤 주변에 뭐라도 심든가 할 것이지!

3

벌어진 상처의 가장자리는 다시 아물기 위해 고군분투하고,
멈춰 선 시곗바늘은 누군가 다시 작동시켜주기를 바란다.
(언제까지나 1시 30분에 머물러 있는 건 좋지 않으니까!)
하지만 절단된 수족에는 환상통이 존재하는 법.

오늘은 전혀 예상치 못했던 일이 일어났다.

쌀쌀하면서도 맑은 가을 날씨였다. 여느 때처럼 점심시간에 묘지를 한 바퀴 돌아보러 갔다. 벤치에 먼저 와서 앉아 있던 산림조합원 남자가 못마땅한 얼굴로 나를 흘끗거렸다. 마치 내가 자신의 개인 묘지에 침입이라도 한 것처럼. 손에 흙이 잔뜩 묻은 게 보아하니 이미 오늘의 원예 업무를 끝낸 듯했다. 난 그의 손가락이 왜 세 개밖에 없는지 궁금해졌다.

나도 평소처럼 벤치에 앉아 외리안과 나 사이에 생겼을지도 모를 아이들을 생각하기 시작했다. 외리안은 육아휴직을 충분히 이용했을 것이다. 게다가 천 기저귀와 실용적인 아기띠에 관해서라면 그를 따라올 사람이 없었을 것이다. 아이를 수영 강습에

데리고 다니는 일도 그의 몫이었을 테고.

우리의 결혼생활은 5년 동안 지속됐고, 그동안 우리 사이에는 다툼이라고 할 만한 게 거의 없었다. 내 쪽에서 퉁명스럽게 말을 내뱉거나 빈정거리거나 비죽거린 적은 있었어도, 결코 그 이상으로 악화되는 일은 없었다, 절대로.

내가 잘했기 때문은 아니었다. 외리안은 누구하고도 다투는 법이 없었다. 그는 상대방이 지쳐서 두 손을 들고 말 때까지 조곤조곤 자신의 관점을 설명하는 사람이었다.

그렇게 변함없이 온화해주시는 바람에 내 쪽에서 자제력을 잃은 적이 한두 번쯤 있긴 했다. 난 마치 어린아이처럼, 가구를 발로 차고 요란하게 문을 쾅 닫고 나가버렸다. 하지만 그는 여전히 아무것도 보지 못한 사람처럼 행동했고, 난 더 화를 낼 수가 없었다. 그랬다가는 내 꼴만 우스워지고 그가 이겼다는 걸 인정하는 셈이 될 테니까.

언젠가 한번은 그가 읽던 〈다겐스 뉘헤테르〉*를 한 장 한 장 공처럼 둥글게 뭉쳐 그에게 던진 적이 있었다. 우린 토요일의 절반가량을 신문 읽기에 할애했다. 논평들에 관해 토론하고, 우리가 사는 곳에서 무려 3백 킬로미터나 떨어진 곳에서 일어나는 주요

---

* 1864년에 창간된 스웨덴 대표 정론지.

문화 행사에 관심을 기울였다. 만화 주인공 어니의 역경을 보면서 웃음을 터뜨려야 했고, 햇볕에 말린 토마토로 이국적인 토요일 저녁식사를 계획해야 했다. 그러다가 문득 우리가 진정한 삶을 놓치고 있는 건 아닐까 하는 생각이 들었다. 우리가 신문을 읽고 있는 동안 진짜 삶이 창문 앞에서 전속력으로 달아나고 있는 것 같았다. 그래서 난 외리안이 읽던 신문을 빼앗아 공세를 취하려고 했다. 그러자 그의 밤색 눈이 너무나도 슬픈 빛을 띠는 바람에 내겐 두 가지 선택만이 남게 되었다. 그의 뺨을 때리든지, 울음을 터뜨리든지.

물론 난 분노에 사로잡혀 울음을 터뜨리는 쪽을 택했다. 나를 가장 짜증 나게 하는 것은, 초록색 장화를 신고 쌍안경을 둘러멘 채 진짜 세상을 만나러 가는 사람은 언제나 '그'라는 사실이었다. 내가 신문을 채 반도 읽기 전에 말이다. "당신은 언제나 현실과 자신 사이를 쌍안경으로 가로막아놓는 것 같아." 나는 훌쩍거렸다. 그 누구에게도, 심지어는 나 자신에게조차, 이해받지 못하고 있다는 생각이 들었다.

며칠 후, 외리안은 나를 다정하게 토닥이면서 생리 전 증후군에 관한 신문 기사를 불쑥 내밀었다. 나는 즉각 신문을 구겨 그의 얼굴에 던지려고 했다. 하지만 내가 공격 준비를 하는 동안 그는 뜰에 있던 산악자전거를 타고 어디론가 사라져버렸다.

처음에 난 그에게 흠뻑 빠져 있었다. 연애편지를 그리스 서사시처럼 6보격 운율로 써서 그를 미소 짓게 하기도 했다. 그를 위해 새 둥지 사진을 찍으려고 가냘픈 나뭇가지 위로 기어오르는 것도 마다하지 않았다. 그의 연구에 필요하다는 이유로 차가운 개울 속으로 들어가 다리에 거머리가 달라붙는 것을 견뎌낸 적도 있었다.

어쩌면 그가 무척 멋진 남자였기 때문이었는지도 모르겠다. 따뜻함이 느껴지는 구릿빛 얼굴과 균형 잡힌 몸매, 언제나 무언가 하고 있는 딴딴한 손을 포함해 그의 모든 것이 좋았다. 그의 옆에 서면 내 존재가 얼마나 미미해지는지를 깨닫고 새삼 놀란 적은 있지만, 다른 여자들이 그를 바라보는 시선까지도 마음에 들었다. (그래요! 바로 내가 이 남자를 낚았어요! 원한다면 한 수 가르쳐줄 수도 있어요!)

죄다 허풍이다. 솔직히 나는 그가 어쩌다 '내 남자'가 된 건지 잘 모르겠다. 일반적으로 봤을 때 난 멋진 남자들이 흥미 있어하는 타입이 전혀 아니었는데 말이다. 평범하기로는 임대 아파트 상담사가 추천해주는 벽지에 결코 뒤지지 않으니까.

그런데 일단 자기 렌즈에 포착되자—난 도서관 안내 데스크에서 일하던 중에 그가 영어로 된 동물학 잡지 찾는 것을 도와준 적이 있다—외리안은 나를 '내 여자'로 낙점한 듯했다. 이제부터 그가 특혜를 부여할 유일한 여자로 말이다. 마치 아웃도어 상표로는 언제나 '피엘레벤'만 선택하듯이.

처음엔 그에게 테스트를 받는 느낌이었다. 꼭 〈로드 오 뢴〉*에서 나온 사람 같았다. 숲 속에서. 침대에서. 영화관에서. 영화를 보고 난 후 카페에서. 하지만 우리 사이엔 어떤 불협화음도 존재하지 않았다. 우린 하나의 스웨터를 짜는 두 개의 뜨개바늘처럼 완벽하게 조화를 이루었다. 그리고 점차 모습을 드러내는 무늬를 기쁜 마음으로 함께 바라보았다.

그런 다음 우린 결혼을 했고, 어느 정도 숨을 돌릴 수 있었다. 부부로서의 성숙도를 시험하는 시기가 지나자 다음 단계가 우리를 기다리고 있었다. 아기용품 매장의 쇼윈도 앞에서 미소를 짓는 단계였다.

그리고 그는 죽었다. 어느 이른 아침 큰 뇌조의 짝짓기를 관찰하기 위해 자전거를 타고 길을 나섰다가 트럭에 치였다. 사고 당시 그는 카세트테이프에 녹음된 새소리를 듣고 있었다. 어쩌면 그래서 트럭 소리를 듣지 못하고 자전거 도로를 벗어났을 수도 있고, 운전사가 깜빡 졸았던 것인지도 모른다.

---

* '조언과 관찰'이라는 뜻을 지닌 소비자 권익 보호 잡지. 생필품에서 부동산 중개 서비스에 이르는 다양한 상품 및 서비스를 테스트하여 그 결과를 게재하는 것으로 유명함.

이제 남은 건 소박하고 작은 무덤이 전부다. 난 그가 이렇게 날 떠난 것에 분통이 터진다. 어떻게 한 마디 상의도 없이 이럴 수가 있는지…… 이제 난 그가 어떤 사람이었는지 영영 알 수 없을 것이다.

나는 손가방에서 수첩을 꺼냈다. 돛단배가 떠 있는 푸른 바다 사진이 표지에 실린 파란색 하드커버 수첩이다. 수첩을 펼치고 이렇게 적어 넣었다.

벌어진 상처의 가장자리는 다시 아물기 위해 고군분투하고,
멈춰 선 시곗바늘은 누군가 다시 작동시켜주기를 바란다.

난 거창하게 시를 쓸 생각 같은 건 없다. 다만 삶이란 것을 이미지로 파악하려고 애쓰는 것뿐이다. 내겐 거의 매일 메모를 하는 습관이 있다. 다른 사람들이 일상을 정돈하기 위해 해야 할 일의 목록을 작성하는 것과 같다. 내가 꾼 꿈을 다른 사람에게 이야기하지 않는 것과 마찬가지로, 난 누구에게도 내가 쓴 글을 보여주지 않을 것이다. 누구에게나 삶을 파악하기 위한 각자의 방법이 있는 거니까.

산림조합원 남자가 머뭇머뭇 곁눈질로 날 훔쳐보았다. 그래, 보고 싶으면 얼마든지 보라지. 어쩌면 그는 나를 일주일 치 예산

을 꼼꼼하게 세우는 알뜰 주부쯤으로 생각할지도 모르겠다.

만년필(간신히 찾아냈다. 시적인 표현은 잉크로 써야 하는 법이다.) 뚜껑을 다시 닫으려는 순간, 물뿌리개를 손에 든 서너 살가량의 여자아이와 아이의 엄마로 보이는 한 여자가 산림조합원 남자의 가족무덤 바로 옆 무덤 앞에 멈춰 섰다. 어린 소녀는 한 번도 쓰지 않은 새것처럼 윤이 나는 진분홍색 물뿌리개를 왕관에 달린 보석이라도 되는 것처럼 여기는 듯했다. 아이 엄마는 무덤 주위의 화병과 꽃을 손질하느라 분주하게 움직이기 시작했고, 소녀는 무덤들 사이를 깡충깡충 뛰어다니며 물뿌리개를 가지고 놀았다. 그러다가 갑자기 입에 손을 갖다 대면서 구슬처럼 눈을 동그랗게 뜨고 겁먹은 표정으로 소리쳤다.

"엄마, 큰일 났어요! 내가 모르고 할아버지 이름 위에 물을 뿌렸어요! 할아버지가 또 화내시면 어떡해요?"

그 순간 나는 내 양쪽 입꼬리가 올라가는 걸 느꼈고, 동시에 산림조합원 남자를 흘긋 쳐다보았다. 그리고 바로 그 순간 그도 나를 바라보았다.

그 역시 미소를 짓고 있었다. 그리고……

그 미소를 묘사하기 위해선 대중가요의 환상적인 노랫말 속에 빠져들어야 한다.

그 속에는 따사로운 햇볕과 산딸기, 새의 지저귐, 그리고 산

위 호수에 비친 그림자가 모두 들어 있었다. 산림조합원 남자는 서툴게 포장한 생일 선물을 내미는 아이처럼 당당하고 자신감 넘치는 표정으로 내게 미소를 보내고 있었다. 내 입꼬리는 여전히 귓가에 걸려 있었다. 그리고 그 순간 우리 사이로 무지개 같은 환한 빛이 솟아올랐다. 물리학 선생님이 특별한 장비로 쏘아보낸 것 같은 파란색 무지개였다. 세 시간, 아니 3초 정도 흐른 것 같았다.

그런 다음 우린 마치 하나의 줄로 잡아당기기라도 한 것처럼 동시에 고개를 돌려 각자의 정면을 똑바로 응시했다. 어디선가 나타난 구름이 해를 가리는 동안, 난 눈을 감은 채 그의 미소를 슬로모션으로 계속 돌려보았다.

만약 나와 가장 친한, 아니 어쩌면 유일한 친구일지도 모르는 메르타가 조금 전 나와 산림조합원 남자가 주고받은 그 미소를 나처럼 묘사했다면, 난 얘가 얘가 또 소설 쓰네, 했을 것이다.

난 현실을 미화시키는 메르타의 그런 재능이 부러웠다. 나로 말하자면, 나는 아기가 웃는 것은 단지 반사 행동일 뿐이라고 생각했다. 별이 떨어지면 방송위성이 궤도를 이탈했구나 생각했고, 새들의 울음소리는 침입자를 향한 경고 메시지쯤으로 여겼으며, 예수의 존재 역시 믿어본 적이 없었다. 적어도 이 시대, 이곳에는 존재하지 않는 인물이라고 생각했다.

'사랑'도 인류의 유전적 변이가 필요하기 때문에 존재하는 것일 뿐, 그렇지 않다면 처녀생식으로 번식하는 여성만으로도 충분하다는 게 내 생각이다.

물론 나 역시 남자와 여자 사이에 작용하는 놀라운 힘에 대해 잘 알고 있다. 우리 안의 난자가 원하는 것은 적절한 정자와 만나 수정되는 것이다. 바로 그런 정자가 다가오는 순간, 난자는 딸꾹질을 하며 요동치기 시작한다.

하지만 정자의 겉모습이 그런 미소를 띠고 있을 것이라고는 전혀 예상치 못했다! 순간, 내 안의 난자가 펄쩍펄쩍 뛰어오르더니 찰랑찰랑 공중제비를 돌기 시작했다. 그러면서 소리 없는 신호를 보냈다. '여기예요! 이쪽이라고요!'

난 내 안의 난자에게 큰 소리로 외치고 싶었다. '얌전하게 있어, 움직이지 말란 말이야!'

나는 벤치 위에 놓인 그의 손을 몰래 훔쳐보았다. 그는 세 손가락으로 볼보의 열쇠를 만지작거리고 있었다.

그의 약지와 새끼손가락 자리에는 뼈마디만 뭉툭하게 남아 있었다. 손에는 흙과 기름으로 보이는 것들이 잔뜩 끼어 있었고, 손등에는 핏줄이 울툭불툭했다. 순간, 코를 킁킁거리며 그의 손 냄새를 맡고 입술로 그의 손마디를 훑고 싶다는 생각이 들었다.

미쳤군, 얼른 이곳에서 벗어나야 해! 남자 없이 살다보면 이렇게 되는 건가?

난 튀어 오르듯 자리에서 일어나 가방을 움켜쥔 채 무덤과 화단 들을 뛰어넘으며 묘지 입구를 향해 내달렸다.

4

처리해야 할 회계 문제들이 산더미다. 모든 게 엉망이 되어가는 느낌이다. 온갖 서류며 청구서들을 애써 피하는 것도 어쩌면 그런 두려움 때문이었다. 아버지가 쓰던 낡은 책상 서랍 안에는 내 손길을 기다리는 서류가 한 무더기다. 그중에서도 은행에서 보내온 그 망할 서류는 마치 시한폭탄의 초바늘처럼 똑딱똑딱 소리를 내고 있다. 신용 대출 약정 기간이 오래전에 지났다는 경고였다. 업무시간에 걸려 오는 전화는 차마 받을 용기가 나지 않았다. 은행 전화일 게 뻔했다.

난 서류나 돈 관련 일에는 별로 재주가 없었다. 어머니는 그 모든 일을 능숙하게 처리했다. 책상 앞에 앉아 혼잣말을 중얼거리다가 가끔씩 몸을 돌려 안경테 너머로 나를 보면서 간단한 사항만 확인하는 식이었다.

"지금 남아 있는 정액으로 충분할 것 같니? 수의사에게 돈은
지불한 거야?"

나머지는 모두 어머니가 알아서 했다. 난 돈이 얼마큼 필요하
다고 얘기만 하면 그만이었다. 어머니는 내게 어떤 것도 묻지 않
았다. 심지어 예전에 잠깐 만나던 아네트에게 금팔찌를 사주려
고 했을 때조차. 아네트는 자신이 좋아하는 굵은 팔찌를 사달라
고 징징거렸다. 그게 그녀에 대한 내 유일한 기억이다.

마지막이 다가오는 것을 느낀 어머니는 어느 날 내게 농장관
리센터에 모든 걸 위임하는 것이 어떻겠냐고 물었다. 팔에 주삿
바늘을 꽂고 있는 상태에서도 그런 생각을 하고 있었던 것이다.
어머니는 수액을 맞느라 환자용 변기를 달고 살아야 했는데, 그
상황을 몹시 불편해했다. 간호보조사가 변기를 가지고 올 때마
다 난 담배를 피우고 오겠다는 핑계를 대야 했다. 어쩌면 내가
농장관리 서비스 비용을 지불할 여력이 없을지도 모른다는 말은
어머니에게 차마 하지 못했다. 우유로 얻는 수입이 매달 줄어들
고 있었기 때문이다.

게다가 그곳은 이제 농장관리센터라고 불리지도 않았고, 새로
온 젊은 직원들은 모두 주식중매인 같았다. 갈 때마다 왠지 모르
게 불편했다.

어머니는 자리를 털고 일어나 쓸모 있는 사람이 될 수 없다는 것에 점점 더 좌절감을 느끼는 듯했다. 계속되는 화학요법은 촛불을 불어 끄듯 어머니의 기력을 쇠하게 했다. 하지만 내가 나타나기만 하면 곧바로 어머니는 이렇게 말하는 것 같은 표정을 지어 보였다. '이런 꼴을 보여서 어쩐다니? 이게 무슨 낭패야! 부디 이 어미를 용서하려무나.'

이런 젠장, 어김없이 또 나타나셨군, 베이지색 여인께서! 묘지에 오는 것 말고는 다른 할 일이 아무것도 없는 건가? 혹시 은행 지점장과 결혼할 꿈을 꾸며 부모 밑에서 그럭저럭 살아가는 한가로운 노처녀 부류는 아닐까. 그러고 보니 내가 거래하는 은행에 꼭 어울리는 분위기잖아!

여자는 옆자리에 앉아 내가 마치 부도수표라도 되는 것처럼 내 쪽을 흘끗거렸다. 딱하긴 하지만 자신의 문제는 아니니 상관없다는 식이었다. 그러더니 깊은 한숨을 내쉬고는 커다란 꽃무늬 가방에서 수첩을 꺼냈다. 그리고 만년필 뚜껑을 조심스럽게 돌려 열었다. 만년필이라니. 볼펜이 발명된 게 언제인데 아직까지 만년필을 쓰는 사람이 있을 줄은 몰랐다. 그녀는 천천히 꼼꼼하게 무언가를 적기 시작했다.

물론 그녀의 그런 행동은 내 호기심을 자극했다, 엄청나게. 무덤 앞에서 메모를 하는 이 여자는 대체 어떤 사람일까? 혹시 그

동안 자신이 죽게 만든 남편들의 명단을 적고 있는 건 아닐까? 갑자기 그녀가 날 곁눈질하더니 흥, 콧방귀를 뀌었다. 내가 자신을 관찰하고 있음을 알아차린 것 같았다. 난 그 거만한 태도에 복수하기 위해 상상 속의 그녀에게 보라색 파마머리 가발을 씌우고 나일론 망사 스타킹을 신겼다. 번쩍거리는 검은색 인조가죽 코르셋 위로 밀가루처럼 허연 가슴이 꽉 조여져 비집고 나오게 했다. 잿빛 속눈썹과 촌스러운 버섯 무늬 펠트 모자는 그대로 남겨두었다.

내가 조합해낸 그 이미지가 너무 웃겨서 난 함박웃음을 지은 채 그녀를 바라보는 실수를 범하고 말았다. 그리고 내가 미처 평소의 표정으로 되돌아오기도 전에 그녀의 시선이 내 쪽을 향했다. 그러면서 내게 미소를 지어 보이는 게 아닌가!

뭐야, 이 여자가 그 여자 맞아?

잿빛 무덤 앞에서 창백한 입술을 꼭 다문 채 생각에 잠겨 있던 베이지색 여인이 이런 미소를 지을 줄도 알았나?

마치 방학을 맞은 여자아이, 혹은 처음으로 산 자전거를 보며 즐거워하는 꼬마 같았다. 그리고 옆 무덤 앞에서 분홍색 물뿌리개를 가지고 노는 어린 소녀처럼 완벽하게 행복한 미소를 짓고 있었다.

우린 둘 다 한동안 그 상태에서 헤어나지 못했다. 각자 헤드라이트의 불을 환하게 밝힌 채 서로를 피할 생각도 하지 않았다.

대체 지금 무슨 일이 일어나고 있는 거지?

이럴 땐 무슨 말이든 해야 하는 게 아닐까? "여기 자주 오시나요? 오늘은 묘지에 사람이 많은 편이죠? 묘지의 예배당에 대해선 어떻게 생각하시나요?" 아니면 그녀의 무릎에 손이라도 올려놓아야 하는 걸까?

그러다 어느 순간 누군가 전기 코드를 뽑아버린 것처럼 우린 동시에 고개를 돌려 다시 각자의 정면을 응시했다.

그리고 마치 벤치 밑에 폭탄이라도 설치되어 있는 것처럼 한동안 꼼짝도 하지 않았다. 난 초조함을 감추기 위해 차 열쇠를 만지작거리기 시작했다.

언뜻 보니 그녀의 시선이 조심스럽게 내 손에 머물러 있었다. 수년간 나는 사람들의 시선을 피하지 않는 훈련을 했다. 나는 내 손을 주머니 속에 감추지 않는다. 지금도 마찬가지다. '세 손가락 벤니, 그게 바로 나요. 가지려면 가지고 아니려면 말아요!'

그녀는 '마는' 편을 선택했다. 하하. 그리고 자리에서 일어나더니 마치 내가 가련한 세 손가락으로 자신의 엉덩이를 만지려는 시도라도 한 것처럼 비틀비틀 자리를 떴다. 대체 왜 저렇게 화난 표정을 짓고 있는 거지?

어쩌면 '탱고맨 벤니'가 되살아난 때문일지도 모르겠다.

내가 끊임없이 여자를 찾아 헤매던 시절엔 이런 일이 다반사였다. 당시에는 내 아랫도리가 가리키는 방향을 따라가기만 하면 됐다. 수맥 탐지봉을 쫓듯 따라가다보면 거기엔 언제나 여자들이 있었다. 여름에는 야외 무도장으로 겨울에는 실내 무도장으로, 아무리 먼 곳이라 해도 마다하지 않았다. 네온등을 밝힌 칙칙한 분위기의 커다란 무도장은 주중 낮에는 지역 학교에서 하는 체조 강습이, 저녁에는 알코올중독 치료를 위한 모임이 열리는 곳이었다. 그리고 금요일과 토요일에는 네온등을 크레이프지로 감싸고 밴드를 섭외했다. 시내에 있는 디스코텍에 가는 건 어쩌다 한 번이었다. 모자를 거꾸로 쓴 사람들과 마주치면서 내가 유행과는 거리가 먼 사람이라는 것을 깨달았거니와, '서로 떨어져서' 몸을 흔들어대는 건 에너지 낭비일 뿐이라고 생각했기 때문이다. 나는 누군가를 껴안고 싶었다. 여자의 허리에 손을 두르고 무도장 한가운데로 이끄는 게 좋았다. 그것은 매번 로또에 당첨되는 듯한 기쁨이었다. 여자들에게선 좋은 냄새가 났고, 모두가 끝내주게 예뻤다, 모두가. 난 매번 사랑에 빠졌고, 춤이 끝나도 여자를 놓아주고 싶지 않았다. 반주 소리보다 더 크게 말하려는 노력도 하지 않았다. 다만 여자를 품에 안고 그녀의 냄새를 맡으며 눈을 감은 채 미끄러지듯 무도장을 누빌 뿐이었다.

언젠가는 내가 원하는 대로 여자를 선택할 수 없을 것이라는 생각은 단 한 번도 해본 적이 없었다. 고등학교 마지막 해에만 해도 수많은 여자애들이 내게 추파를 던졌고, 책상 곳곳에 내 이름이 새겨져 있었다. 하지만 농장을 맡게 된 이후로 여자들을 만날 기회가 확연히 줄어들었다. 시간이 이렇게 빨리 지나갈 거라고 누가 짐작이나 했겠는가? 나는 그사이 나 자신이 얼마나 시대에 뒤처진 사람이 되어버렸는지도 미처 깨닫지 못하고 있었다.

처음 시작은 언제나 좋았다. 난 기분이 내키는 대로 대충 스텝을 밟았지만, 여자들은 대부분 실력이 좋아 요령껏 발을 밟히지 않았다. 때로는 여자들 실력이 그보다 훨씬 좋아, 음악의 리듬에 자연스럽게 몸을 내맡기며 함께 황홀경에 빠져들기도 했다. 그야말로 천국이 따로 없었다. 음악이 끝날 때쯤 되면, 여자들은 이후 내가 어떤 액션을 취할지 살피느라 계속 날 흘끔거렸다. 그러면 난 얼굴 한가득 미소를 띤 채 그녀들을 마주 보았다. 하지만 나는 그 같은 상황에서 나올 법한 "여기 자주 오나요? 밴드 음악은 마음에 들어요? 오늘 밤엔 사람이 많군요" 따위의 말은 결코 하지 않았다. 물론 이런 식의 진부한 말들이 나쁘다는 건 아니다. 적어도 인간적인 정감은 유지할 수 있으니까. 하지만 내 취향은 아니었다. 어떤 여자들은 몇 곡이 끝나면 내게서 떨어져 자기 자리로 돌아갔다—여자들은 항상 무도장 한쪽 구석에 모여 있곤 했다. 하지만 대부분은 계속해서 춤을 췄다.

한번은 함께 춤을 추던 여자에게 질문을 던졌다. 춤을 추는 내내 머릿속을 떠나지 않던 물음이었다.

"그쪽을 행복하게 해주는 게 뭐죠?"

"나한테 뭘 해준다고요?"

주변이 소란스러워 여자는 소리를 지르다시피 했다.

"행복하게 해주는 것 말이에요! 뭐가 그쪽을…… 이런 제길, 됐어요!"

난 귀가 벌겋게 달아오른 채 빠른 속도로 그녀를 이끌어 여자들 자리로 데려다주었다.

하지만 최악의 경험은 한 여자와 다섯 곡 연속으로 춤을 추었을 때였다. 나도 모르게 일어난 일이었다. 전적으로 그녀에게서 기막히게 좋은 냄새가 났기 때문이었다. 다섯번째 연주가 끝난 후 난 몸을 숙여 무심코 여자의 목덜미를 킁킁거렸다.

순간, 여자가 뒤로 세 발짝 물러섰다. 혹시 나를 뱀파이어쯤으로 생각한 건 아닐까? 불소 작용으로 새하얘진 내 치아가 뾰족한 끝을 드러내며 길게 자라난 모습이 상상되면서 나도 모르게 활짝 미소를 짓고 말았다. 그러자 여자는 성난 백조처럼 거친 숨을 몰아쉬더니 쌩하니 뒤돌아 가버렸다.

나중에 휴대품 보관소에서 우연히 그녀의 뒤에 서게 되었다.

"아까 그 탱고맨 대체 뭐야?"

친구가 묻는 말에 그녀는 이렇게 대답했다.

"아, 그 남자? 술 취한 것 같더라고. 바보같이 웃는 거 봤어? 게다가 말도 한 마디 않더라니까, 한 마디도."

탱고맨이라! 왠지 실크 셔츠를 입고 애프터셰이브를 잔뜩 발랐을 것 같은 분위기가 연상되지 않는가. 한마디로, 느끼한 남자.

탱고맨 벤니. 예의 그 살인적인 미소로 여자들을 겁먹게 하는 남자. 어쩌면 베이지색 여인이 도망간 것도 그 때문이 아닐까.

하지만…… 그녀 역시 내게 미소를 지었잖아?

5

매일매일
깨진 거울과 마주하며
짓궂은 여성 주차단속원들과
실랑이를 벌이다.

그해 가을 동안 파란 수첩에 적어둔 메모를 읽다보면 내가 우울증을 앓고 있었던 게 아닌가 하는 생각이 든다.

도서관의 직원 휴게실에서 동료들과 함께 있을 때면 나는 걸쭉한 농담으로 동료들을 눈물나게 웃기곤 했다. 나는 그녀들의 눈에서 마스카라가 지워져 흘러내리는 걸 지켜보는 게 즐거웠다. 그럴 때면 갑자기 모든 게 정상으로 돌아온 것 같았다. 우리 중에서 가장 즐거워한 사람은 바로 나였다.

저녁에 콘숨*에서 장을 보고 집으로 돌아오면 언제나 일거리를 만들었다. 덴마크산 세라믹 접시에 신선한 야채로 정물 배치

---

*스웨덴 소비자협동조합 산하의 생필품 체인 매장.

를 해보기도 하고, 꺾꽂이 식물에 물을 주거나, 격정적이되 너무 과하지는 않은 오페라 곡을 골라 볼륨을 최대한으로 높여서 듣기도 했다. 아니면 욕조 가장자리에 불 밝힌 촛대를 놓아두고는 새하얀 목욕탕 한가득 라벤더 향이 퍼져나가는 동안 욕조 안에 마냥 머물러 있기도 했다.

그해 가을에는 자서전과 판타지 문학을 주로 읽었다. 최상의 경우, 다른 세계로 들어가는 것 같은 일종의 최면 효과가 있었다. 책을 다 읽고 나면 난 마치 해변으로 떠밀려온 난파선처럼 기진맥진해 소파 구석에서 오들오들 떨었다. 자서전과 판타지 소설 속 인물들이 내게 이렇게 물어오는 것 같았다. 당신은 무엇 때문에 살죠? 이토록 덧없고 짧고 통제 불가능한 삶을 어떻게 살아가고 있나요?

밤이 되면 난 꿈속에서 다양한 대답을 내놓았다. 한번은 여신이 되어 빛이 새어 들어오는 격자창을 오갔다. 손가락 끝에서는 다양한 종류의 생명, 굵고 무성한 넝쿨식물과 포동포동한 아이들의 몸 같은 것들이 솟아났다.

삶을 채우고 있는 것은 버스 정류장에서의 끝없는 기다림과 진눈깨비뿐인 것처럼 느껴지는 날들도 있었다. 난 연금보험 불입금을 늘렸고, 유언장을 작성해놓았다. 외리안이 자신의 장례 절차를 포누스에 맡겼으니, 나도 그를 따라 하는 게 당연했다.

그런 날에는 오래된 영수증을 정리하거나, 벽장을 더욱더 비좁게 만드는 데 최적인 이케아 정리함을 사거나, 오래된 슬라이드 필름을 분류했다. 작년에 주워 모은 낙엽들만큼이나 아무 쓸모 없어 보이는 사진들이긴 했지만.

난 종종 자위를 했다. 내 환상 속의 남자들은 모두 야성적인 타입이었다. 턱은 각이 지고 거친 손에는 못이 박혀 있었다. 턱 위로는 얼굴이 없었다.

메르타는 내 삶을 지탱시켜주는 구명정이자 닻과 같은 존재였다. 아무 때나 불쑥 내 욕실로 쳐들어와서는 영화 표 두 장을 흔들며 날 욕조에서 끌어내, 촛불을 불어 끈 다음 함께 나가게 만드는 친구였다. 외출했다 돌아오면 우리는 소파를 하나씩 차지하고는 뒹굴뒹굴 수다를 떨곤 했다. 사소한 일상에서 삶의 의미까지, 신경질적인 메르타의 상사가 최근에 저지른 치사한 짓거리부터 성 아우구스티누스의 여성관에 대한 다소 격앙된 비판에 이르기까지 모든 게 우리의 화젯거리였다.

메르타는 자신의 주위에 따뜻한 빵 냄새와 향수 냄새, 그리고 시가릴로*의 향을 퍼뜨리는 여자였다. 메르타는 로베르트라는 자신의 '열정적 사랑'과 함께 살았다. 늘상은 아니었다. 그가 비

---

* 가늘게 말아 만든 시가.

밀스러운 출장을 떠날 때면 메르타와 나는 포트와인 한 병을 다 비웠고, 메르타는 내 소파에서 잤다. 다음 날 아침에도 우린 헝 클어진 머리와 퉁퉁 부은 얼굴로 웅얼웅얼 평화로운 논쟁을 이 어갔다. 메르타는 내가 차마 버리지 못한 외리안의 잠옷을 입었 다. 우린 종종 서로가 레즈비언이 아닌 것을 참으로 유감스럽게 생각했다. 난 메르타를 닮은 누군가라면 함께 살 수도 있을 것 같았고, 메르타 역시 종종 로베르트의 무게를 감당하기 힘들어 했다.

어느 날 밤, 메르타에게 산림조합원 남자와 그의 야릇한 미소 이야기를 들려주었다. 그러자 메르타가 소파에 똑바로 앉더니 검지에 침을 묻혀 쳐들고는 소리쳤다.

"분명 무슨 일이 일어나고 있는 거라고!" 메르타의 얼굴에 희 색이 가득했다.

6

경작해야 할 농토가 수 헥타르인 데다 숲까지 있는 나 같은 농부에겐 가족도 아이도 없는 고독한 삶이 더욱더 고통스러울 수밖에 없다.

30년 후에나 벌채가 가능해질 숲에 누굴 위해 지금 나무를 심을 것인가? 농토의 기를 보존하기 위한 휴작 또한 대체 누굴 위한 것인가?

건초 만드는 일은 또 누가 도와준단 말인가?

난 매달 있는 유질 검사에서 좋은 결과를 얻기 위해 최선을 다했다. 그 결과, 생산량은 늘어났고 박테리아 수는 감소했다. 퇴비 생산 방식을 개선했고, 우유 제조 방식에 변화를 주었으며, 저장 탱크도 새로 구입했다. 사륜 트랙터도 하나 장만했다. 필수

품은 아니었지만, 내 삶에도 무언가 나아지는 게 있다는 것을 느끼고 싶어서였다.

바보 같은 소리처럼 들릴지도 모르겠지만, 나는 점점 더 늦게까지 작업에 열중하며 가능한 한 오랫동안 밖에 있었다. 집 안 전체에 퍼져 있는 숨 막히는 정적과 마주할 자신이 없었던 것이다. 집에는 쇠락의 기운이 찾아들고 있었다. 그래서 어느 날은 시내로 나가 검은색 시가처럼 생긴 괴상한 라디오 카세트를 하나 구입했다. 그걸 가지고 돌아와서 부엌 조리대 위 잘 보이는 곳에 올려놓았다.

그런 다음부터는 저녁에 집으로 돌아오면 가장 먼저 하는 일이 샤워를 하러 가기 전에 라디오 볼륨을 최대로 높여 민영 방송을 틀어놓는 것이었다. 라디오에서 쏟아내는 활기찬 목소리들은 아직 어딘가에선 삶이 계속되고 있음을 느끼게 해주었다. 그러면 낡고 초라한 내 부엌에도 다소나마 생기가 도는 것 같았다. 하지만 그렇다고 오래된 밤색 베이클라이트 라디오를 버린 것은 아니었다. 앞면에 누런색 천을 댄 그 라디오는 1950년대에 아버지가 어머니에게 결혼기념일 선물로 준 것이었다. 소리를 죽인 채 켜놓기만 할 때도 있었다. 고양이가 따뜻해진 라디오 위에 눕는 것을 무척 좋아했기 때문이다.

한번은 빨랫감을 구분하지 않고 세탁기를 돌리는 바람에 모든 옷들이 푸르딩딩하게 물든 적도 있었다. 가끔 〈란드〉의 '여가'란을 뒤적거리기도 했다. 그러다가 번지르르한 싸구려 장식으로 베란다를 꾸미고 직접 소시지를 만드는 사람들에 관한 기사를 보게 되었다. 대체 베란다에 멋을 부려 무엇에 써먹는다는 건지. 내게 베란다는 장화에 묻은 진흙을 털어내고, 빈 맥주병 상자를 내다 놓는 곳일 뿐이었다. 게다가 콘숨에서 일주일 치 장을 볼 때면 소시지 사는 데 2.75초밖에 걸리지 않았다.

냉장고 청소를 해야겠다는 막연한 계획을 세우기도 했다. 냉장고 속에는 이미 오래전에 상해서 원래의 형체를 알아볼 수 없게 된 것들도 있었다. 어머니가 직접 만들어 병에 이름을 써붙여 놓은 과일 잼에는 곰팡이가 두텁게 덮여 있었다. 그것들을 내다 버린다면 마치 어머니를 버리는 느낌일 것 같았다.

물론 저녁 모임에 나가 사람들을 만날 수도 있었다. 스웨텐 농업인협회에서는 '농장 수익성 높이기'라는 주제로 일련의 토론회를 개최했다. 주제명은 얼마 못 가 '농장 불지르기'로 바뀌었다. 수익성 면에서 그편이 나아 보였기 때문이다. 나도 처음 몇 번은 토론회에 참석했는데 매번 그 얼굴이 그 얼굴이었다. 농업 협동조합에서 만난 사람들이나 예테 닐손의 트랙터 가게에서 만난 사람들이나 농업인협회에서 개최하는 크리스마스 파티에서 만난 사람들이나.

다만 크리스마스 파티에는 대부분 부부 동반으로 참석한다는 게 달랐다. 난 참석자들의 부인들과 춤을 추었고, 이리저리 옮겨 다니며 파트너를 바꿨다. 그러다 가끔씩 여자 쪽에서 호흡을 거칠게 내쉬며 엉덩이를 흔들어대기 시작하면 갑자기 난처해져 남편 눈치를 살펴야 했다. 밤이 깊어지면 남자들은 저희들끼리 밖으로 나가 누군가 가져온 술을 진탕 마시며 음담패설을 늘어놓았다. 농부 딸하고 그 외판원이 어쨌다더라, 농장 하녀와 머슴이 저쨌다더라. 그러다 갑자기 모두 울적해졌고, 농장 일은 아무리 열심히 해도 결국 남는 게 없다는 식의 자조로 끝이 났다.

파티가 끝날 무렵이면, 결혼한 사람들은 마지막 곡조에 맞춰 춤을 췄고 우리 같은 사람들은 문간에 서서 분뇨를 퇴비로 만드는 방법이나 유럽연합 현안 등에 대해 말다툼을 벌였다. 파티 참석자의 부인 중에는 다음 날 새벽 병원으로 일을 가야 한다며 술을 한 잔도 마시지 않는 이가 있게 마련이었다. 그러면 난 그 부부의 차를 얻어 타고 집으로 돌아왔다. 머리끝까지 취하지 않은 날에는 파티에서 꼭 붙어 슬로를 춘 여자들 중 하나를 떠올리며 자위를 했다. 머릿속으로는 다음 날 새벽 여섯시에 일어나야 한다는 생각을 하면서. 나 대신 일해줄 사람을 고용할 형편이 되지 않았기 때문이다.

그러면서 그 사람들 생각을 했다. 그들은 번지르르한 싸구려 장식으로 멋을 낸 그 망할 놈의 베란다가 있는 집으로 돌아가 잠든 아이들의 이불을 찬찬히 덮어주겠지. 다음 날 아침이면 여자는 남자가 활기찬 하루를 시작할 수 있도록 진한 커피를 준비하고 빵 반죽을 만들고 소시지 속을 채울 테고. 그런데 내 삶은, 젠장, 도대체 난 뭣 때문에 사는 거야?

심지어 필리핀 여성과 짝을 지어준다는 소개소에 편지를 보낸 적도 있었다. 하지만 그들이 우편으로 보내준 브로슈어를 받아보고는 절망감을 느꼈다. 저속한 흑백사진 몇 장을 박은 단순 복사물이었다. 문득 묘지의 베이지색 여인이 떠올랐다. 이걸 이렇게 열심히 들춰보는 나를 봤다면 무슨 생각을 했을까. 지금까지 살면서 그렇게 뼛속 깊이 우울했던 적은 없었던 것 같다.

7

주차요금 징수기
권장 소비 유효기간
결제 마감일
사회체社會體로부터의 전이

한동안 외리안의 무덤에 가는 게 부담스러웠다. '점점 추워지
는데 차가운 묘지 벤치에 오래 앉아 있다보면 난소염에 걸릴 수
도 있어.' 하지만 내 난자가 가만있지 않았다. '그런 위험쯤은 감
수해야 하는 거야. 난 그 산림조합원 남자를 다시 보고 싶다고.'

어느 날 도서관에서 연간 예산안 관련 회의를 하다가 도중에
벌떡 일어났다. 나의 잰 발걸음이 향한 곳은 바로 그 묘지였다.

물론 그는 그곳에 없었다. 게다가 다른 옷차림에 진지한 표정
을 짓고 있다면 다시 그를 알아볼 수 있을지도 자신할 수 없었다.

하지만 그의 미소만은 대번에 알아볼 것 같았다. 어디서든.

외리안에겐 미안한 생각이 들었다. 구릿빛 피부에 잘생기고
착했던 나의 외리안. 아내라는 여자가 남편 무덤 앞에 앉아서 딴

생각이나 하고 있으니! 그런데 말이 나온 김에 하는 얘기지만, 만약 내가 땅속에 누워 있고 외리안이 이 벤치에 앉아 있다면, 그는 분명 쌍안경을 들고 새들을 관찰하고 있었을 것이다.

그를 향한 열정은 결혼 전에 벌써 사라진 상태였다. 햇볕에 그을린 피부가 본래 색으로 돌아오듯, 모르는 사이에 조금씩 조금씩. 선탠은 다시 할 수 있지만 사그라진 마음은 다시 불붙지 않았다. 결혼 전 한동안, 나는 다시는 볼 수 없을 먼 산 너머에 있는 무언가를 찾으려 괴로워한 적이 있었다. 적어도 외리안과는 더 이상 불가능하다는 것을 느꼈기 때문일까.

그 무렵 난 수많은 질문들로 메르타를 귀찮게 했다. 새벽 세시 반까지 차를 마시고 또 마시면서.

"언제까지나 사랑에 빠져 있을 수는 없는 거잖아, 안 그래? 열정적 사랑은 점차 또다른 형태의 사랑으로 바뀌는 거 아니겠어? 자신을 걸 수 있는 좀더 지속 가능한 감정으로 말이야. 사랑은 따뜻한 우정 더하기 섹스도 될 수 있지 않아?"

어휴, 메르타가 내 앞에서 토하지 않았다는 게 놀라울 따름이다. 메르타는 사랑에 관한 조언이 담긴 책들을 언제나 화장실에 비치해두었다. 필요할 경우 한 장씩 찢어 쓸 수 있게.

"자기 자신을 납득시킨다는 건 참 힘든 일이야, 그렇지?"

메르타는 시가릴로 너머로 나를 흘끔거리며 담담하게 되물었다. 메르타는 '마음 가는 대로 해라'가 원칙인 친구였다.

"외리안은 모든 걸 다 가진 남자야."

난 계속 고집스럽게 말했다.

"소비자 여론조사 결과를 놓고 볼 때 말이지?" 메르타는 내 말에 코웃음을 쳤다. "스물다섯에서 서른다섯 사이의 남자들 중에서 엄선된 건가? 그런데 그 남자 실제 존재하긴 하는 거니? 그냥 시제품 아니고? 건전지로 작동하는 건 아닌지 확인해본 적 있어? 혹시 아니? 귀에서 배터리 돌아가는 소리가 들릴지……"

그리고 얼마 지나지 않아 메르타의 '열정적 사랑' 로베르트가 메르타의 차를 팔아치운 다음 돈을 챙겨 마다가스카르로 떠나버렸다, 혼자서. 한동안 메르타는 몰골이 말이 아니었다. 로베르트를 증오하며 눈물을 쏟아내는가 하면, 미친 듯이 일하다가 자기 전 또다시 그를 증오하기를 반복하더니 조금씩 제 모습을 찾아갔다. 그리고 그가 멋지게 그을린 얼굴로 돌아온 지 3주가 채 지나지 않아 다시 그를 받아들였다.

나의 고민은 일단락이 됐다. 먼 산 너머에 있는 게 바로 그런 거였다면, 난 별로 관심 두고 싶지 않았다.

그 후 난 '행복한 신부' 되기 프로젝트에 돌입했다. 여섯 달이 지나자 우리는 발에 길든 실내화처럼 편안한 결혼생활을 즐길 수 있게 되었다. 지출과 가사는 확실하게 분담했으며, 동료들을 초대해 신선한 그리스 와인 데메스티카에 불가리아산 페타 치즈를 곁들인 저녁을 대접했다. 골동품점에서 구입한 가구들에 새 칠을 하기도 했고, 상대가 흥미로워할 만한 신문 기사들을 스크랩해주기도 했다.

부부 관계에는 약간의 문제가 있었다. 그 이유가 내가 성적으로 일찍 눈을 뜨지 못한 탓이라는 데에는 둘 다 동의했다. 외리안은 매번 적어도 30분 이상을 전희에 할애했지만 난 여전히 사포처럼 메말라 있었다. 우린 서로 삐걱거리기만 할 뿐이었다.

물론 내가 외리안을 잘 알았다고는 말할 수 없다.

그에게 비밀이 있었다는 뜻은 아니다. 오히려 궁금한 것을 물어보면 조곤조곤 얘기해주는 사람이었다. 정치 성향에서부터 어머니의 미혼 시절 이름까지 모두. 하지만……

가끔씩 잡지 같은 데서 '사진 속 인물은 기사의 내용과 아무런 관련이 없습니다'라는 문구를 볼 때가 있다. 외리안이 대략 그랬다. 그래서 더이상 그에게 질문을 하지 않게 됐다.

그 역시 내게 별로 궁금한 것이 없어 보였다. 어쩌다 뭘 물어볼 때도 얼굴에 훤히 드러났다. '관심 표명하려고 애쓰는 중.' 그래서 나도 더이상 대답해주지 않았다. 그것 역시 그에겐 아무런 상관이 없는 듯했다.

우리가 서로를 가장 친밀하게 느꼈던 순간은, 부부클리닉에서 요란스럽게 상담을 받고도 결국 이혼을 한 친구들과 지인들에 관한 이야기를 나눌 때였다. 우린 그들의 잘못을 되짚어가며 여러 각도로 생각해보기를 좋아했다. 그러다 가끔은 시크한 디자인의 이불 속으로 직행하기도 했다. 그럴 때는 평소보다 덜 삐걱거리는 걸 느낄 수 있었다.

외리안은 내 성감대에서 무진 애를 썼지만 결코, 단 한 번도 내 안의 난자를 공중제비 돌게 하지는 못했다.

엉덩이에 감각이 없어지기 시작하자 벤치에서 일어났다. 산림조합원 남자는 어디에도 보이지 않았다, 하하! 그다음 또 그다음 날에도 마찬가지였다.

나흘째 되던 날 묘지를 나서려는 순간 드디어 입구에서 그와 마주쳤다. 그는 가느다란 전나무 가지와 플라스틱 아룸 꽃을 꽂은 조그만 화환과 만성절 초롱을 들고 있었다. 그렇다, 그날은 모든 성인을 기리는 만성절이었던 것이다! 그는 마치 늙은 학교 선생처럼 엄한 얼굴로 내게 고개를 까딱했다. 마치 '어떻게 된 거지, 학생? 만성절 초롱은 어디 있나?'라고 묻는 듯한 표정이었다.

그 순간 메르타와 그녀의 열정적 사랑, 로베르트가 떠올랐다. 처음엔 다 이렇게 시작되는 건가? 다리와 난자가 제 맘대로 움직여 내 의지와는 상관없이 가려던 방향이 바뀌면서?

조화로 만든 화환이라니! 외리안이 봤다면 웃었을 게 분명하다. 그렇다, 외리안도 웃을 줄 알았다!

그다음 주에는 묘지에 가지 않았다. 내 다리와 난자에게는 절제가 필요했다. 안 그랬다간 우스운 꼴을 당하게 될지도 몰랐다.

최근에 이혼한 울로프 팀장이 퇴근 후에 저녁을 함께 먹자고 했다. 우린 새로 생긴 펍으로 갔다. 인테리어가 1930년대 이후로는 영국 펍에서도 찾아볼 수 없는 스타일이었다. 울로프를 소년처럼 보이게 하는 희끗한 앞머리는 그가 흥분할 때마다 이마로 흘러내려 눈을 가렸다. 그는 말을 할 때마다 하얗고 긴 손을 매우 우아하게 움직였다. 젊은 시절 소르본 대학에 다닐 때 생긴 습관인 듯했다.

우린 양고기 꼬치구이를 먹었다. 난 와인을, 울로프는 뿌연 빛깔의 벨기에산 맥주를 마시면서 한참 맥주 얘기를 했다. 그는 흘러내리는 앞머리를 연신 뒤로 넘겼다. 우린 라캉과 크리스테바 그리고 그레고리안 성가에 대해서도 토론했다. 그런 다음 내 아파트로 와서 섹스를 했다. 너무나 오랫동안 금욕해온 나로서는 지극히 당연한 과정으로 여겨졌다.

하지만 그 역시 내 난자를 요동치게 하진 못했다.

우린 샤워를 하고 함께 페르노 한 병을 비웠다. 그에겐 아이가 둘 있었다. 그는 아이들 사진을 보여주면서 딸이 치아 교정한 얘기를 시시콜콜 늘어놓았다. 그러고는 울음을 터뜨렸다. 그는 우리 집을 나가서야 마음이 편해졌을 것이다. 나도 그제야 불편했던 마음이 가셨으니까.

그리고 나자 며칠 동안은 산림조합원 남자 생각이 나지 않았다. 난자를 진정시키는 방법을 찾아낸 것 같았다. 생체리듬을 건강하게 유지하기 위해서는 가끔 하룻밤 연인이 필요했다. 그러니까 산림조합원 남자를 향한 내 관심은 일종의 결핍 증상에 불과했던 것이다. 비타민 B가 부족하면 손톱이 부러지는 것처럼. 그럴 땐 효모 추출물이 든 영양제 몇 알만 먹어주면 모든 게 정상으로 돌아오는 법이다.

8

난 어느새 기념물이 되어 있었다. 그것도 천연기념물이. 이러다가는 박제가 되어 스칸센 민속 박물관*의 전시실에서 인생을 마감하게 될지도 모른다. 시내에 나갈 때마다, 그리고 수시로 그런 생각이 들곤 한다. 텔레비전을 볼 때도 마찬가지다. 20세기는 진정 나의 시대가 아닌 듯했다, 적어도 후반부는. 내 사고방식이나 전반적인 차림새 모두가 시대에 뒤처졌다.

난 시골 사람이고, 할렌스 통신판매 카탈로그에서 대충 고른 옷을 입고 다닌다. 서른여섯 살이면 우리 마을에선 이미 한물간

---

* 스웨덴 스톡홀름에 있는 세계에서 가장 오래된 민속 박물관. 산업화 이전 스웨덴의 옛 농경 생활 방식을 복원했다.

노총각에 속했다. 이제 여자들이 나를 한 번 이상 쳐다보는 일은 극히 드물었다. 사실 내리막길을 걷기 시작한 건 오래됐다. 학교 다닐 때는 그래도 최고의 창던지기 선수였는데…… 그 후로 20년이라는 세월이 흘러버렸다. 맙소사! 대체 그 시절들이 언제 다 지나갔단 말인가. 인생의 4분의 1을 젖소들과 함께 흘려보냈다니!

하지만 내가 천연기념물이 된 것은 단순히 옷차림 때문만은 아니었다. 시골에는 나처럼 입고 다니는 남자들이 많지만 대부분은 아주 잘 지내고 있다. 그러니까, 내가 요즘 세태에 어울리지 않는 다소 고지식한 행태를 보이기 때문이 아닐까 하는 생각이 들었다. 나 자신도 그 점을 잘 알고 있었다. 한마디로 처세술이 부족한 것이다. 너무 오랫동안 대화 상대라고는 젖소들밖에 없었던 탓이 크겠지만.

엊그제만 해도 그랬다. 그날은 만성절이었다. 열일곱 살 때 아버지가 돌아가신 이후로 매년 만성절에는 어머니와 함께 아버지 무덤에 초롱을 밝히러 가곤 했다. 바빠서 무덤에 들를 시간이 많지 않았기 때문에, 어머니는 시들지 말라고 늘 플라스틱 솔방울이나 아룸 꽃 장식이 된 화환을 샀다. 이제 그곳엔 어머니도 함께 누워 있으니, 난 어머니에게 그런 화환을 선물하고 싶었다.

묘지 입구로 들어서는 순간 그곳에서 나오는 베이지색 여인과 마주쳤다. 그런데 그녀가 날 이상한 눈으로 쳐다보는 느낌이 들었다. 탱고맨이 자신에게 또다시 그 느끼한 미소를 날릴까봐 두려워하는 것 같았다. 그래서 난 얼굴에 잔뜩 힘을 준 채 고개를 까딱하고는 그대로 지나쳐 내 갈 길을 갔다.

그런데 문제는 그다음이었다.

누가 내 미간을 한 대 친 것 같았다.

그 여자가 가고 없다는 사실에 실망감이 든 것이다. 몇 주 내내 이 벤치를 독차지하고 사색에 잠길 수 있다면 얼마나 좋을까 생각했었다. 그런데 이젠 그녀가 내 곁에 앉아 있었으면 바라고 있었다. 묘지를 나가면 어디로 가는지도 알고 싶어졌다.

난 뒤돌아 거리를 두고 여자의 뒤를 따라가기 시작했다. 행인들은 추모 화환과 초롱을 들고 달려가는 나를 흘끗거리며 돌아보았다. 가끔씩 그녀가 뒤를 돌아볼 것 같을 때면 주차된 차 뒤로 몸을 숨기기도 했다.

하지만 그녀는 한 번도 뒤를 돌아보지 않았다. 도심의 반 정도 거리를 빠른 걸음으로 가로질러 도서관으로 들어갔다.

그럼 그렇지. 그녀는 끊임없이 책을 읽을 것 같은 분위기를 풍겼다. 그림도 없이 깨알 같은 글씨만 빽빽한 두꺼운 책을 즐겨 읽을 것 같았다.

난 어떻게 해야 할지 몰라 멍하니 입구에 서 있었다. 아무리 천연기념물이라 할지라도 추모 화환과 만성절 초롱을 흔들며 도서관에 들어가는 사람은 없다는 것 정도는 알고 있었다. 나는 머릿속으로 모자걸이에 화환을 걸고 도서 대출대 위에 초롱을 올려놓고는 안내 직원에게 베이지색 여인을 보지 못했냐고 묻는 모습을 상상했다.

곧 책이 가득 든 커다란 가방을 들고 밖으로 나오지 않을까? 하지만 대체 얼마나 더 기다려야 하는 거지? 이미 난 많은 사람들의 호기심의 대상이 되어 있었다. 천연기념물이 예의 바르게 초롱을 흔들어 보이며 탱고맨의 살인 미소를 날리고 있었던 것이다. 난 당신들을 해치지 않아요! 정신병원에서 잠깐 바람 쐬러 나온 것 뿐이라고요!

난 잽싸게 발길을 돌려 묘지를 향해 달리기 시작했다.

역시나 행인들이 뒤를 돌아보았다.

저 남자는 조문 화환을 들고 왜 저렇게 뛰어가는 걸까? 대체 무슨 일이야? 어디서 누가 죽었나?

망할 여자 같으니라고!

9

난 사과나무의 꽃향기를 꿈꾸고
넌 사과가 잔뜩 담긴 바구니를 들고 뒤뚱거리지.
우리 둘 중 누가 사과에 대해 더 잘 알까?

"자긴 괜찮잖아."

릴리안은 암시가 잔뜩 깔린 듯한 어조로 말했다. 도서관 동료
인 그녀는 내가 되도록 피하고 싶은 사람 중 하나였다. 특히 온
갖 잡동사니를 한 아름 안고선 몹시 바쁜 척 또각또각 정신없이
지나갈 때는 더욱더 그랬다. 언제나 지쳐 보였지만 무엇 하나 제
대로 끝내는 법이 없었고, 다른 사람이 행여 일에서 은밀한 즐거
움을 느끼지나 않는지 감시하는 분위기를 풍기는 여자였다.

"안 그래?" 그녀는 목에 두른 겐조 스카프를 손가락으로 비비
꼬면서 한숨을 내쉬었다. "아무 때고 저녁 시간을 낼 수 있으니
까 저녁에도 얼마든지 일을 할 수 있잖아."

다분히 공격적인 어조였다. 마치 내가 무슨 속임수라도 쓰고

있다고 비난하는 소리로 들렸다. 성인이 됐으면서도 가정을 꾸리지 않았다는 이유만으로 같은 여성들의 삶에 분란을 일으키는 주책덩어리라도 되는 양.

나쁜 계집애! 그녀는 습관처럼 고개를 옆으로 기울이고는, '가족이 없는' 내게 자기 대신 야근과 일요일 업무를 해줄 수 있는지 물었다.

나는 얼마 전 어린이책 담당 부서의 책임자로 승진했다. 최근 몇 년간 구연동화, 연극반, 북 페스티벌, 그림 전시회 등 아이들을 위한 다양한 활동을 기획하고 이끌어온 때문인 듯했다. 이전 책임자였던 룬드마르크 부인은 곧 은퇴를 앞두고 있어서 시간제로 일하길 원했다. 그녀는 그 옛날 학교에서 가르치던 것들을 바람직한 아동문학의 표준으로 삼았다. 이미 오래전에 일에 대한 열정을 잃어버린 듯 보였고, 도서관에서 아예 모습을 볼 수 없을 때도 많았다. 룬드마르크 부인은 주로 지하 서고에서 시간을 보냈다. 그녀는 정체되어 있던 자신의 구식 부서에 내가 새로운 바람을 불어넣는 것에 만족스러워했고, 원칙적으로 내 담당이 아니었음에도 내가 하는 대로 내버려두었다. 내가 그렇게 한 것은 남몰래 아이들에게 흠뻑 빠져 있었기 때문이다.

그렇다, 남몰래! 서른다섯 살이 다 되어가는 아이 없는 과부라면 공공연하게는 그럴 수가 없다. 내가 어떤 아이를 무릎에 앉히기라도 하면, 메르타를 제외한 내 주위의 모든 여자들이 동정 어린 눈으로 날 쳐다보며 은밀한 쾌감을 느낄 게 분명했다. 난 그 여자들에게 그런 즐거움을 느끼게 해주고 싶지 않았다. 그녀들은 마음속으로 어쨌거나 '나에게는' 아이가 있다고 스스로를 위안할 것이다. 가정불화로 정신과 상담을 받고 있고 그래서 이혼을 했건 안 했건, 시간제 일자리밖에 구하지 못해서 가난에 찌든 삶을 살고 있건 아니건 말이다. 그녀들은 아이들 때문에 밤에 잠도 제대로 못 잔다고, 맨날 다투고 차 안에 토하고 숙제도 하지 않는 아이들 때문에 죽겠다고 불평을 늘어놓곤 했다. 우윳값이며 축구화 구입 비용, 승마 레슨비에 허리가 휜다고 투덜거렸다. 애가 열이 난다고, 치과에 데려가야 한다고, 먼저 퇴근해야겠다고 했다. 일본 무용을 배우는 아이들의 부모 모임이 없는 날이나 아이 바이올린 레슨이 없는 날에는, 부모 순찰대와 함께 거리를 돌며 도시의 치안에 일조해야 한다고도 했다. 그러면서 내게 늘 이렇게 외쳤다. "자기는 초과근무 해도 아무 문제 없잖아! 얼마나 좋아!"

덕분에 난 가끔씩 저녁에 초과근무를 할 때면 남의 눈에 띄지 않도록 몰래 도서관으로 되돌아와야 했다. 아이들이 그린 기발한 그림들은 진정으로 나를 즐겁게 해주었다. 구연동화 시간은 이야기를 듣는 아이들을 은밀히 지켜보기 위해서 만들었다고 해도 과언이 아니었다. 눈을 동그랗게 뜨고 입을 반쯤 벌린 채 이 야기에 몰입해 있는 아이들의 모습은 마치 태양을 향하는 꽃처럼 보였다.

난 은밀한 즐거움을 느끼며 아이들을 훔쳐보고 있었다.

그것은 나로서도 무척 당혹스러운 일이었다. 나처럼 아이가 없는 사람들은 아이들에게 관심을 보여선 안 됐다. '진짜 부모'들은 그것을 일종의 도발로 간주하는 듯했다. 그들은 한숨을 내쉬며 이렇게 말하곤 했다. "자기가 어떻게 이해할 수 있겠어. 어떨 땐 정말 창문 밖으로 던져버리고 싶다니까."

사실 그들이 나쁜 의도로 그런 말을 하는 것은 아니다.

물론 나도 잘 알고 있었다. 이 모든 게 내 생물학적 시계 때문이라는 것을. 메르타 역시 아이가 없었다. 그녀의 '열정'이라는 남자는 또다시 덫에 걸리고 싶어 하지 않았다. 그는 각기 다른 여자와의 사이에서 본 세 아이 양육비를 벌기 위해 뼈 빠지게 일해야만 했다. 한번은 메르타가 입가에 미소를 띤 채 부모들에겐 아이를 가질 권리를 허용해서는 안 된다고 말한 적이 있다. 부모들은 아이들의 가치를 제대로 알지 못한다는 것이었다.

우리와는 다르게 말이다. 하지만 사실 우린 자동차 안의 토사물을 치워본 적은 없었다.

"나야 뭐 자기처럼 부서 책임자가 될 수나 있겠어?" 릴리안이 이어서 말했다. "적어도 일주일에 한 번씩은 집에 문제가 생기는 판인데. 아마도 막내가 군대 가기 전까진 죽 그럴 거고. 게다가 자긴 연봉도 오르겠지. 신입 녹지 관리원 수입 정도는 되지 않겠어? 죽기 전에 학자금 대출도 갚을 수 있을 테고! 난 빅트벡타르나*에 등록할 돈도 없는데. 하지만 아무래도 상관없어. 어차피 먹을 걸 살 돈도 없으니까, 하하! 아무래도 울로프겠지? 그 자리에 자길 추천한 사람 말이야."

그녀는 단번에 자기 아이들이 굶주리는 것을 내 탓으로, 내 승진을 상사와의 잠자리 덕으로 돌렸다. 정말 멋진 한 방이야, 릴리안! 앞으론 내 덕분에 누리던 자유로운 일요일의 호사 따위는 없을 줄 알아!

생물학적 시계라…… 조그만 망치로 두 개의 동그란 종을 번갈아 가며 발작적으로 내리치는 거대한 자명종이 떠올랐다. 후손을 퍼뜨리려는, 아니 단순하게 아이를 낳고 싶다는 강렬한 욕망에 사로잡혀 공포에 질린 채 잠에서 깨는 내 모습과 함께. 이 생물학적 시계에도 반복 알람 기능을 내장하여 좀더 나중에 깨어나게 할 수는 없는 것일까? 그럴 수만 있다면 정말 좋으련만!

그 문제의 생물학적 시계가 날 이렇게 만든 것이다. 산림조합

---

* 다이어트 서비스 업체인 '웨이트 와처스(Weight Watchers)'의 스웨덴 지점명.

원 남자를 향해 변태적인 반응까지 보이게끔! 그는 아이가 줄줄
이 딸린 가장임이 분명했다. 그 남자처럼 산림조합원 모자를 쓰
고 그 남자처럼 손에 삽을 들고, 일렬종대로 그의 뒤를 따라가는
아이들의 모습이 떠올랐다.

내일은 내 서른다섯번째 생일이다. 침대에서 받아먹는 아침
따위는 기대해본 적도 없다. 메르타는 '열정'과 함께 코펜하겐으
로 여행을 떠났고, 아버지는 생일 같은 걸 기억하는 사람이 아니
었다. 그런 건 늘 어머니의 몫이었다. 그리고 어머니는…… 어
머니는 생일을 그럭저럭 기억해냈다. 걸핏하면 자리에서 일어나
누군가의 생일을 축하할 정도로. 요양원 직원의 말에 의하면 한
밤중에 그러는 때도 있다고 했다. 다만 어머니가 기억하는 날이
달력의 날짜와 일치하는 경우가 거의 없다는 사실이 문제일 뿐.

도서관 사람들은 모두 내가 '공주 케이크'*를 가져오길 기대하
고 있다. 그렇지 않으면 그들이 돈을 각출해 지역 공예품 가게에
서 사놓았을 세라믹 화병을 받을 수 없을 것이다.

외리안은 내게 세련되면서도 실용적이고 몰개성적인 생일 선
물을 하곤 했다. 참신한 디자인의 토스터와 자전거 헬멧, 그리고

---

* 스펀지케이크와 휘핑크림으로 만들어진 본체에 아몬드 페이스트인 녹색 마지
팬을 덧씌운 스웨덴 전통 케이크. 『공주들의 요리책』(1930)에서 최초로 만드는
법이 소개되었다.

두툼한 노르웨이식 보온 내의 같은. 하지만 침대로 아침식사를
가져다준 적은 한 번도 없었다. 값비싼 거위털 이불을 더럽히지
말자는 원칙에 서로 합의했었기 때문이다.

10

가을 경작은 모두 마무리했고, 올겨울엔 가지치기를 약간 하는 것 말고는 숲에서 작업을 많이 하지 않기로 했다. 지금은 장비 수리 및 퇴비 저장고에 콘크리트 새로 깔기, 농기계 창고 다시 칠하기 등에 신경을 써야 할 시기였다.

하지만 난 아무것도 하지 않았다.

그냥 하루하루를 흘려 보냈고, 축사에서 돌아오면 긴 부엌 의자에 누워 천장만 뚫어져라 쳐다봤다. 창밖을 바라보면 해야 할 일들이 눈에 들어오기 때문이었다. 가끔은 〈란드〉를 읽기도 했는데 그중에서 딱 두 부분, 여가란의 광고들과 지역 소식의 부고란만 훑었다. 그 무엇도 시작할 필요가 없었다. 이제 곧 소젖을 짜러 가야 할 테니까.

5년 전까지만 해도 마을에는 나 말고도 축산업자가 한 명 더 있었다. 벵트 예란 역시 나처럼 부친의 일을 물려받았다. 우린 일을 끝내놓고 종종 함께 맥주를 마시면서, 공동 방목을 하면 어떨지 실외 착유 시설을 세워보면 어떨지 하는 이야기를 나눴다. 하지만 시의 재정 부서에서 일하는 그의 매형이 전혀 수익성 없는 투자라는 진단을 내렸다. 그 후 벵트 예란은 비올레트를 만났다. 패키지여행에 푹 빠진 여자였다. 벵트 예란은 가슴에 털이 수북하고 목에는 금 십자가 목걸이를 건 구릿빛 남자가 해변에서 그녀를 유혹하는 상상에 시달렸다. 그러더니 젖소들을 모두 팔아버리고 해변으로 비올레트를 따라다니기 시작했다. 육우로 업종을 전환하여 자신이 농장을 비울 때는 도시 출신 환경론자에게 소들을 맡겼다. 겨울엔 눈 치우는 일로 돈을 벌었다. 이젠 그를 만나는 일이 아주 드물었다.

작년 가을, 어머니가 아프다는 걸 알기 전까지만 해도 난 매일 저녁 차를 몰고 나가 사람들을 만났다. 그때까지 마을에 남아 있던 사람들 말이다. 나이 든 사람들은 내게 커피를 대접하면서 여기가 아프다 저기가 아프다 했고, 젊은 사람들은 아이를 재워야 한다는 둥 찬장 칠을 다시 해야 한다는 둥 부산스럽게 굴었다. 하지만 여자 사촌이나 안주인의 여자 친구가 찾아올 때면 짝을 맞추기 위해 금요일 저녁식사에 나를 초대했다. 우린 스납스* 몇 잔과 엘크 스테이크를 먹고 때로는 춤을 추기도 했다. 그러다가 여자와 나만 남게 되고 적당히 술이 취하면 마땅한 장소를 찾아 노닥거리기도 했다. 하지만 그 이상의 일은 벌어지지 않았다. 올가을엔 사람을 만나러 간다고 차를 꺼낸 적도 없었다. 사람들이 나를 보러 오는 경우는 있었다. 그들에게 난 좋은 이웃이었다. 그들의 이마에 형광색으로 그렇게 쓰여 있었다. 어쩌면 내가 잘못 생각한 건지도 모르지만.

며칠 전, 시내 은행에 가는 길에 베이지색 여인을 보게 되었다. 도서관으로 들어가는 그녀의 손에는 책이 들려 있지 않았다. 어쩌면 거기서 일을 하는 건지도 모른다는 생각이 들었다. 은행 일을 마치고 거리로 나왔는데 어느새 내 다리는 도서관의 유리문을 향해 가고 있었다. 내 다리가 저절로 움직이고 있었다. 그리고 나는 안으로 들어갔다. 참으로 이상한 일이었다.

유리 천장에서 안내 데스크 위로 빛이 떨어지고 있었다. 그 아래 서자 긴장이 되기 시작했다. 혹시 내게서 축사 냄새가 나지 않을까, 나는 점퍼 깃의 냄새를 맡아보았다.

그리고 그녀를 보았다. 그녀는 앞으로 몸을 숙여 한 여자아이와 정담을 나누고 있었다. 그녀가 책 속의 무언가를 가리키더니

---

* 아쿠아비트, 보드카를 비롯한 스칸디나비아 지역 특유의 반주용 화주의 통칭.

둘이 함께 웃음을 터뜨렸다.

　나는 가까이 다가가 그녀의 어깨를 가볍게 두드렸다. 그녀는 이마를 살짝 찌푸리며 몸을 일으켰다. 그리고 날 보자 겁먹은 표정을 지으며 당황스러워했다. 나 또한 당황스럽기는 마찬가지였다.

　"저기, 안녕하세요, 혹시…… 여기 양봉 관련 책이 있나요?"

　난 살인 미소를 짓지 않으려고 애를 쓰며 더듬거렸다.

　"아마 있을 거예요. 그쪽도 안녕하시죠? 안내 데스크에 요청하시면 돼요. 저는 점심시간이라."

　천연기념물은 결정적인 도약을 위해 모든 에너지를 집중했다.

　"저기…… 같이 묘지 한 바퀴 돌지 않을래요?"

　그러자 그녀는 나를 뚫어지게 바라보았다.

　"다른 여자들한테도 다 그렇게 얘기하시는 거죠?" 그녀는 바캉스를 즐기고 있는 소녀처럼 환하게 미소를 지어 보였다.

　그 순간부터는 기억 속에 구멍이 나버린 듯 아무것도 생각나지 않는다. 하지만 다른 것과는 비교가 안 될 만큼 두렵고 불안했던 기억은 있다. 그녀는 외투를 집어 들었고 우린 함께 밖으로 나갔다. 그녀의 버섯 무늬 펠트 모자까지도 사랑스러워 보였다.

　우린 식당에 가서 점심을 먹었다. 그때 우리가 뭘 먹었는지, 무슨 얘기를 했는지는 전혀 기억나지 않는다. 딱 한 가지만 빼고. 내가 점심값을 내려고 하자 그녀는 이렇게 말했다. "아, 고마워요, 사양하지 않을게요. 실은 오늘이 제 생일이거든요. 서른다섯번째. 생일 선물이라고 생각할게요."

그 순간 난 두 가지 사실을 깨달았다.

그녀는 다른 선물은 기대하지 않고 있다는 것.

그리고 내가 그녀와 사랑에 **빠졌다**는 것.

딸깍, 하는 느낌과는 좀 달랐다. 그보다는 방심하고 있다가 전기 울타리에 감전된 것 같은 느낌에 더 가까웠다.

11

달력은 의미를 알 수 없는 축제일들과
보름달의 예고로 가득하다.
이제 그것들을 즐기기만 하면 된다.

나는 백설공주가 바보 같다고 화를 내면서 씩씩거리는 어린 소녀를 상대하던 중이었다.

"어떻게 독이 든 사과를 가져온 계모를 못 알아볼 수가 있어요! 그런 바보가 어디 있어요!" 우린 함께 웃음을 터뜨렸다.

그때 누군가 내 어깨를 두드렸다. 왠지 법을 집행하는 정의로운 손길처럼 느껴졌다. 하지만 그는 산림조합원 남자였다. 평소처럼 요란한 색상의 점퍼 차림이었지만 모자는 벗은 모습이었다. 이마 위로 칙칙한 빛깔의 머리카락들이 흘러내려 있었다. 그는 화가 난 것 같았고, 권위적인 어조로 잘 알아들을 수 없는 말을 했다. 나는 혹시 내가 무덤을 잘 돌보지 않는다고 뭐라 그러는 건가 했다. 조금 후에야 그가 사실은 책을 찾고 있다는 걸 알게 되었다.

"안내 데스크에 요청하시면 돼요. 저는 점심시간이라." 나는 그에게 이렇게 말했다.

그는 스스로가 잘 통제되지 않는 듯 계속 얼굴을 씰룩거렸다. 그러더니 내게 묘지를 한 바퀴 돌지 않겠냐고 제안해왔다.

옆에 있던 아이가 흥미롭다는 얼굴로 그를 지켜보고 있었다.

순간 내가 무언가를 잘못 알고 있었으며, 내가 전혀 알지 못하는 것들이 많다는 사실을 깨달았다.

우린 같이 점심을 먹으러 갔다. 그는 비트와 빵을 곁들인 소고기 스튜를 엄청나게 먹어치운 다음 시끄럽게 우유를 홀짝거렸다. 나는 그의 환한 미소에만 온통 정신이 팔려 있었다. 모자도 쓰지 않았고 무언가에 긴장하고 있으니 더이상 슬프거나 나이 들어 보이지 않았다. 다만 지극히 현실적으로 느껴질 뿐이었다. 덥수룩한 머리마저 매력적으로 느껴졌다.

대화는 즐거웠다. 크리스테바나 라캉에 관해서는 한 마디도 하지 않았지만, 난쟁이 요정이나 콘크리트 주조의 여러 단계, 노란색 멧새, 로마의 성 베드로 성당, 그리고 커다란 발톱 얘기를 했던 것 같다. 그가 내 말을 너무 잘 알아들어서 마치 텔레파시가 통하는 것 같은 느낌이었다.

난 오늘이 내 생일이라고 얘기했고, 그는 내가 선물을 받지 못했다는 것을 알게 되었다.

"저와 같이 가시죠!"

그는 모자를 쓰더니 단호한 몸짓으로 서둘러 내게 외투를 입혔다. 그런 다음 거의 뛰다시피 도무스 백화점으로 끌고 가서는 선물을 고르기 시작했다. 내가 뭘 원하는지는 묻지도 않고 다만 자기가 뭘 골랐을 때는 내게 눈을 감으라고 했다. 우린 세 층을 누비고서 카페에 앉아 케이크를 먹었다.

그는 예쁜 포장지로 싼 선물들을 테이블 위에 모두 늘어놓고는 초조한 표정으로 날 바라보았다. 나는 정말이지 일말의 가식도 없이 그것들을 덥석 집었다. 그리고 포장지를 뜯으면서 "오오오!" "이럴 수가!" "너무 과분해요!"를 연발했다.

그는 1층에서는 미키마우스 귀고리와 나비 모양 비누, 그리고 보라색 스타킹을 샀다. 2층에서는 반짝이는 빨간 공, 연인의 모습이 그려진 포스터(그들은 두 손을 꼭 잡은 채 거대한 조개껍데기를 타고 바다 위로 떠오르는 태양을 향해 가고 있었다) 그리고 자기 것처럼 특이하게 생긴 모자를 샀다. '산림조합'이라는 글씨는 물론 없었지만.

마지막 상자 속에는 하모니카가 들어 있었다.

"하모니카 불 줄 알아요?"

난 고개를 저었다.

"잘됐군요! 나도 못 불거든요! 우리에게 공통점이 있을 줄 알았어요!" 그는 내게 예의 그 미소를 날렸다.

그러고는 세번째 크림 케이크에 포크를 꽂으려다가 자신의 시계를 흘끗 쳐다봄과 동시에 갑자기 동작을 멈추었다.

"먼저 가봐야겠어요! 실은 벌써 몇 시간 전에 농장에 가 있어야 했거든요!"

그는 포장지와 선물들을 마구 떨어뜨리며 자리에서 일어나더니 서둘러 에스컬레이터로 향했다. 그리고 발을 올려놓으려던 찰나 뒤를 돌아보면서 외쳤다.

"이름이 뭐예요?"

"데시레예요오오오!"

그렇게 소리치고 있는 나 자신이 바보처럼 느껴졌다. 주위 사람들은 분명 날 이상한 여자로 봤을 것이다.

그가 또다시 외쳤다.

"뭐라고요오오오오?"

그러고는 그대로 사라져버렸다.

"그러는 당신 이름은 신데렐라가 분명해." 난 혼자 케이크를 먹으면서 중얼거렸다. "장화 한 짝 안 잃어버리게 조심하시길!"

내가 세 시간이나 늦게 공주 케이크도 없이 빈손으로 돌아오자 직원 휴게실에는 형언할 수 없이 야릇한 분위기가 감돌았다.

12

난 비싼 대가를 치러야만 했다. 그녀에게 사준 선물 이야기를 하는 게 아니다, 절대로. 소젖 짜는 시간에 한 시간 반이나 늦게 축사에 도착했을 때 젖소들은 내게 선물을 할 준비가 전혀 되어 있지 않았다. 사료를 몽땅 먹어치우고 자기들 똥 위에 드러누워 전혀 말을 들으려고 하지 않아서 시간을 엄청나게 들여야 했다. 간신히 끝내고 청소를 할 때쯤이 되어서야 페니실린 주사를 맞은 젖소의 젖을 짰다는 사실을 깨달았다. 우유는 이미 탱크로 들어갔고, 그 사실이 뜻하는 바는 딱 한 가지였다. 지난 24시간 동안 생산된 우유를 모두 폐기해야 한다는 것. 그로 인해 내가 입을 수천 크로나의 손실은 차치하고서라도, 그 많은 우유를 모두 버리려면 몇 시간이고 일을 해야 했다. 하지만 그녀는 내가 충분히 그런 대가를 치를 만한 여자였다. 물론 그렇고말고!

열다섯 살 이후로 이런 어마어마한 실수를 저지른 것은 처음이었다. 당시 어머니는 남의 집 일을 다녔기 때문에, 난 학교에서 돌아오면 저녁에 젖 짜는 일을 도맡아 했다. 그런데 그날은 다음 날 있을 중요한 수학 시험 때문에 정신이 다른 데 팔려 있었다. 무슨 공식 같은 것을 생각하고 있었던 것 같다. 점수에 무척 신경을 쓰는 편이었기 때문이다. 하지만 그래선 안 됐다. 농부는 전투기 조종사처럼 항상 경계를 늦추지 않고 모든 일에 신속하게 대처할 수 있어야 해, 아버지는 내게 늘 그렇게 말했다. 안 그랬다가는 정신없이 날뛰는 트랙터 아래 깔리거나, 배에 쇠뿔이 박히거나, 전기톱이 허벅지에 꽂힐 수 있으니 말이다. 그날은 내 실수로 7백 리터의 우유를 모조리 버려야 했다. 아버지는 머리를 식히러 쏟아지는 빗속으로 나갔지만 내겐 아무 말도 하지 않았다. 나는 네 살 때 전기톱에 손가락을 잃었다. 그 때문에 아버지가 평생 자책감에 시달리며 살았다는 것을 난 알고 있었다.

좋은 수학 점수는 내게 별 쓸모가 없었다. 아버지가 돌아가시자 농장 일을 도맡기 위해 고등학교를 그만두었던 것이다. 어머니는 내 결정에 반대했다. 가업이긴 해도 차라리 농장을 포기하기를 원했다. 하지만 어느 여름날 밤 어머니가 마당에 있는 커다란 마가목 아래서 나무 몸통을 끌어안고 농지를 바라보는 모습을 본 순간, 나는 마음을 굳혔다.

예전 반 친구들이 찾아올 때면 내가 마치 마초맨이라도 된 기분이었다. 난 요란한 모터 소리를 내는 커다란 트랙터를 몰고 그들이 기다리고 있는 마당으로 들어섰다. 징이 박힌 축사용 장화를 신고 돌아다녔고, 아무 데나 스누스*를 뱉어댔다. 하지만 그마저도 외할아버지가 살아 계실 때 일이었다. 할아버지가 돌아가신 후에는 찾아오는 친구들 수도 점점 줄어들었다. 어쩌다 한번씩 볼 때도 항상 일만 하고, 화젯거리라고 해봐야 도축한 소의 무게나 펄프용 목재 가격뿐인 내게 질려버린 것인지도 몰랐다. 이해 못 할 일도 아니었다.

아무렴 어떤가, 이제 다시 정신을 집중해서 일을 할 시간이었다. 발정기에 접어든 소들을 꼼꼼하게 확인해야 한다. 한 마리라도 놓쳐선 안 됐다. 송진이 엉겨 붙어 못 쓰게 되기 전에 쇠스랑도 깨끗하게 닦아놓아야 한다. 수의사를 부르고, 내일은 은행에도 가야 한다. 더 늦기 전에 회계 문제를 처리해야 하기 때문이다. 그리고 장작도 다 떨어져간다.

집 안은 끔찍하게 추웠다. 소들을 보러 가기 전에 보일러 틀어놓을 생각을 미처 못 했던 것이다. 더운물이 나오려면 한 시간은

---

* 잘게 썬 담뱃잎에 소금과 향료를 혼합해 만드는 스웨덴 특유의 씹는담배.

더 기다려야 한다. 내일 아침에는 무슨 일이 있어도 장작을 패야 한다. 소젖을 짠 다음 샤워를 해야 하기 때문이다. 그녀를 만나러 갈 생각이니까. 아, 이런 망할! 내일은 인공수정사와 수의사가 오기로 한 날이잖아. 몇 시에 올지도 모르는데, 이런 제에엔 자아앙!

장을 보러 갈 시간도 없었다. 오래전에 따놓은 청어 통조림을 잘못 먹었다가는 탈이 날 게 뻔하다. 내가 보툴리누스중독으로 급사한다 해도 그녀는 그 사실을 전혀 알지 못할 것이다. 심지어 내 이름도 모른다! 내가 안 보이면 이상하게 생각하기는 할까?

하지만 나는 그녀의 이름을 알고 있다! 뭐, 확신할 순 없지만. 난 눅눅해진 크네케브뢰드*에 맛이 가고 있는 버터를 발라 먹으며 전화번호부에서 발린이라는 성을 찾기 시작했다.

같은 성이 여덟 명 있었지만 여자 이름은 보이지 않았다. 코페르디스트 거리에 D. 발린이라는 사람이 살긴 했다. 그녀가 자신의 이름을 외칠 때 잘 듣진 못했지만 아마 D로 시작하는 이름이 아니었나 싶었다. 알지도 못하는 사람에게 전화해서 이름이 D로 시작하는 분과 통화하고 싶다고 말하기란 결코 쉬운 일이 아니다.

하지만 금요일 점심시간에 맞춰 그녀를 만나러 갈 생각이다.

---

* 주로 아침식사 때 먹는 납작하고 바삭한 크래커 종류.

오, 이런! 금요일에는 유질 검사원이 오기로 되어 있잖아. 젠장! 젠장! 젠장!

다음 날 아침 깨어보니 거실 소파였다. 한 손에는 반쯤 먹다 남은 빵을 들고, 입가에는 그대로 굳어버린 것 같은 행복한 미소를 띤 채 잠이 들었던 것이다.

13

기사는 말에서 추락하고
토템은 벌레가 갉아먹었으며,
인간은 끊임없이 새로운 증기기관을 만들어낸다.
변하지 않는 건 오직 해가 떠오른다는 사실뿐이다.

나는 집에 돌아와 신발을 벗자마자 소파 위로 올라가, 벽에 걸린 케테 콜비츠의 모사화를 떼어냈다. 초췌한 여인이 울고 있는 모습을 그린 목탄화로 외리안이 애지중지하던 그림이었다. 그리고 그 자리에 조개껍데기 연인 포스터를 붙였다.

그런 다음 옷을 모두 벗고 미키마우스 귀고리를 한 다음 보라색 스타킹을 신었다. 그리고 글뢰그*를 한 잔 따라서 데우지 않고 혼자서 건배를 했다. 집에 있는 유일한 술이었다.

그런 다음 저녁 내내 이 기이한 복장을 하고서 하모니카로 〈귀리를 베자〉를 연습했다. 그사이 내 생각은 자유롭게 떠다니고 있

---

* 북유럽 등의 추운 지방에서 겨울철에 데워 마시는 와인.

었다. 마지막으로 더운물 속에 한참 동안 몸을 담그고 빨간 공을 가지고 놀다가 나비 모양 비누로 몸을 마사지했다.

이 정도면 꽤 근사한 생일을 보낸 셈이 아닌가!

막 잠이 들려는데 전화벨이 울렸다. 제일 먼저 떠오른 생각은 '그가 내 전화번호를 어떻게 알아냈을까?'였다. 하지만 코펜하겐에서 메르타가 건 전화였다. 생일을 축하한다며 좀더 일찍 전화하지 못해 미안하다고 했다. 무슨 일인지 로베르트와 함께 경찰서에 붙들려 있는 듯했다. 더 자세한 얘기는 경찰서를 나가면 해주겠다고 했다. 내가 너무 건성으로 대답하자 메르타가 마침내 눈치를 채고 말았다.

"결국 그렇게 됐구나!"

메르타의 후각은 모든 상황에 대해 경찰견보다 더 예민했다. 자신의 일이 관련되어 있을 때를 제외하곤.

"옆 무덤의 남자를 만났어!"

난 어린 소녀처럼 킥킥거렸다.

나 때문에 메르타의 말문이 막히기는 처음이었다. 그러다 누군가 덴마크어로 소리쳤고 전화가 끊겼다.

그는 목요일엔 도서관에 오지 않았다. 나는 인덱스카드 상자를 떨어뜨렸고, 중요한 컴퓨터 파일을 삭제하는 실수를 저질렀다.

그는 금요일에도 오지 않았다. 나는 점심시간에 미키마우스

귀고리를 빼버렸다. 릴리안이 나와 전혀 어울리지 않는다며 놀려댔지만 개의치 않았다. 나도 덩달아 웃으면서 구연동화 시간에 받은 선물이라고 둘러댔다.

어느 정도는 사실이기도 했고.

금요일 오후 세시경, 울로프가 내게 전화기를 내밀었다.

"누가 '발린 양'을 찾는데, 아마도 당신 전화인 것 같아."

그러자 갑자기 상한 음식을 먹은 것처럼 위가 뒤틀렸고, 손이 떨려서 전화기를 잡고 있기도 힘들었다.

"네, 데시레 발린입니다."

"데시레?" 발음은 불분명했지만 틀림없이 그였다. 듣는 순간 그 사람이란 걸 알 수 있었다.

"난 벤니예요, 벤니 쇠데르스트뢲. 당신 성이 발린일지도 모른다고 생각했어요. 옆 무덤에서 그 성을 본 적이 있거든요."

"네."

"내일 볼 수 있을까요? 한시에 묘지 정문 앞에서?"

"네." 난 여전히 단음절로 대답했다.

그리고 침묵이 이어졌다.

"나 이제 하모니카로 〈귀리를 베자〉 불 줄 알아요." 내가 입을 열었다.

"그럼 가져와서 나한테 가르쳐주면 되겠네요!"

"묘지에서 하모니카 불어도 돼요?"

"거기 있는 사람들이 불평을 할 수 있을 거라 생각해요? 그런 다음 같이 점심 먹으러 가죠. 이틀 동안 아무것도 먹지 못했거든요."

"나도 그래요."

"그래요, 그럼!" 그는 단번에 전화를 끊었다.

울로프는 나를 유심히 살피고 있었다. 그에게는 우리의 대화가 무척 이상하게 들렸을 것이다. 그는 침울한 미소를 띤 채 내 뺨을 살짝 어루만졌다. 삶은 그에게 직감하는 능력을 선사한 듯했다. 그는 내게서 어쩔 줄 몰라 하는 사춘기 소녀의 모습을 본 것 같았다.

상자를 뒤엎는 바람에 디스켓이 쏟아졌다. 그것들을 주워 담으려다, 그만 그대로 주저앉아버리고 말았다. 그리고 미친 듯이 터져나오는 웃음을 한참 동안 멈추지 못했다.

14

아무리 찾아도 깨끗한 양말이 보이지 않았다. 게다가 펌프가 작동하지 않아 더운물도 나오지 않았다. 허둥지둥 묘지 입구에 도착하고 나서야 내 몸에서 축사 냄새가 난다는 것을 깨달았다. 마을 식품점에 장을 보러 갈 때도, 사람들이 나와 거리를 두는 걸 본 후에야 내가 파란색 작업복을 그대로 입고 나왔다는 것을 알게 되는 경우가 있다. 복부팽만이나 뭐 그런 문제가 있나 보다 생각했을 것이다. 요즘에는 사실 구수한 쇠똥 냄새를 알아차리는 사람이 매우 드무니까.

그녀가 신은 보라색 스타킹은 그녀의 외투와 완벽한 부조화를 이루고 있었다.

"내 몸에서 축사 냄새가 날 겁니다. 소를 키우거든요." 난 인

사도 건네기 전에 그녀에게 예고하듯 말했다. "젖소 스물네 마리와 종자소를 키우고 있죠."

지난번에는 미처 이런 얘기를 할 시간이 없었던 것이다. 난 수줍게 덧붙였다.

"그리고 양도 몇 마리 있어요."

그런 다음 최대한 자연스러운 분위기를 유지하려고 애쓰면서 그녀를 곁눈질했다.

그녀는 잠시 나를 응시했다. 예의 그 바캉스 미소가 그녀의 얼굴 전체로 번져나갔다.

"그런데 종자소가 뭐예요?"

우린 냄새 문제를 해결하기 위해 수영장에 가기로 했다. 가는 도중 그녀에게 종자소란 소를 번식시키기 위해 따로 키우는 송아지라고 설명해주었다. 나는 촌스러운 남색 수영복을 빌려 입고 조그만 샴푸 한 병을 사서 꼼꼼히 씻은 다음 풀장에서 그녀를 다시 만났다. 그런데 젖은 금발을 뒤로 모아 소시지 모양으로 묶어놓은 그녀를 하마터면 못 알아볼 뻔했다.

그녀는 물론 베이지색 수영복을 입고 있었다. 뼈가 드러날 정도로 마른 체격이었고, 자두만 한 가슴이 없었더라면 '14~16세 남성'으로 분류해도 별 무리가 없을 듯 보였다. 하지만 영양 섭취가 부족해 야윈 사람으로 보이는 것은 아니었고 그보다는 아프간 하운드 쪽에 가까웠다. 그녀의 몸짓은 효율적이고 에너지 절약형이었다. 그녀가 자신의 말을 뒷받침하기 위해 허공에 그림을 그릴 때마다 난 무언가에 홀린 듯 그녀의 새하얀 손의 움직임을 좇고 있었다.

난 언제나 화려한 색을 좋아했고, 글래머 스타일을 선호하는 편이었다. 늘어진 뱃살을 포함해서 손에 넉넉하게 잡히는 느낌이 좋았다. 하지만 언젠가 그녀의 자두를 만질 수 있게 된다면 손가락 끝만으로도 충분할 것 같았다.

예전에 콜리 암컷을 혈통 좋은 동종 수컷과 교미시키려고 한 적이 있었다. 하지만 암캐는 담벼락까지 기어오르면서 기를 쓰고 도망가려고 했다. 수컷과의 관계를 한사코 거부했다. 그러더니 몇 달 후, 그 암캐는 노르웨이 엘크하운드와 래브라도 리트리버의 잡종쯤 되는 개가 올라타는 것을 눈 하나 깜짝 않고 받아들였다.

이런 일들에 대해서는 깊이 생각하지 않는 편이 나을 것이다.

우린 풀장을 두세 번 정도 왕복하고 실내용 자전거를 탄 후에 휴게실로 갔다. 케이크를 주문해놓고 쉴새없이 얘기를 나눴다. 사실은 그녀 혼자 얘기한 거나 마찬가지이지만.

순간 그녀의 발이 내 장딴지를 문지르는 게 느껴졌다. 그때부터 정신을 차릴 수 없었다. 심장이 쿵쿵거리는 소리에 풀장에서 들려오는 아이들의 함성이 더해졌다. 난 수건으로 무릎 부위를 가려야만 했다. 서로의 발가락을 가지고 장난치는 동안 난 애써 그녀의 얼굴에 시선을 집중했다. 하지만 그녀 입술의 움직임만이 눈에 들어올 뿐 무슨 말을 하는지는 전혀 귀에 들어오지 않았다.

그러다 갑자기 그녀가 내 손을 잡더니 손가락 없는 마디를 잘근잘근 깨물기 시작했다. 난 그 자리에 얼어붙은 것처럼 꼼짝도 하지 못했다.

"이제 우리 집으로 가요." 그녀가 말했다.

그리고 우린 그렇게 했다. 함께 그녀의 집으로 갔다. 흰색과 베이지색 일색인 그녀의 아파트로.

난 죽을 때까지 그 순간을 잊지 못할 것이다.

그녀는 문을 열고 들어가 수영 가방을 한쪽 구석에, 외투는 다른 쪽 구석에 던져놓았다. 그리고 나를 향해 돌아서더니 옅은 하늘색 티셔츠를 벗고 고개를 옆으로 기울였다.

나는 주위를 살피며 청바지를 벗기 시작했다. 그러자 발기해 있던 내 그것이 완전히 시들어버렸다. 마치 시립 도서관에서 발가벗고 있는 기분이 들었던 것이다.

"여기 책장에 꽂혀 있는 망할 책들 때문에 신경이 쓰여서 그런 거예요!" 난 구시렁거렸다.

"이런 적은 처음이에요!" 그녀는 재미있다는 듯이 웃었다. 그리고 내 손을 잡더니 또다시 손가락이 없는 마디를 입술로 가져갔다.

우린 두 번 연속 거침없이 사랑을 나누었다. 섬세한 기교 따윈 없었다. 단지 쭉 뻗은 철로 위를 달리는 고속 열차처럼 둘 다 멈추는 게 불가능했다.

세번째 사랑을 나눌 때 난 그녀의 귀에 대고 나지막하게 속삭였다.

"이제 우린 꼭 달라붙은 두 마리의 강아지나 마찬가지야. 우릴 떼어놓으려면 누군가 물을 한 양동이쯤 끼얹어야 할걸!"

우린 일어나 움직일 때도 여전히 몸을 꼭 붙이고 있었다. 그녀가 소시지와 계란을 익혀 접시에 담는 동안 난 뒤에서 그녀를 안고 있었다. 그녀는 자신의 배에 두른 앞치마를 내 등 뒤로 묶었다.

우린 다리가 여덟 개 달린 선사시대 생물체처럼 몸을 붙인 채 샤워를 하러 갔다.

그다음엔 그대로 발맞춰 걷는 연습을 했다. 이 상태로 몸에 시트를 두른 채 가판대에 신문을 사러 간다면 사람들이 얼마나 기겁할지 상상해보기도 했다. 하지만 그녀는 시트로 몸을 제대로 가리기도 전에 눈의 초점이 흐려지더니 현관 카펫 위에 그대로 주저앉았다. 그리고 가슴에 생긴 붉은 반점에 관해 뭐라고 웅얼거렸다. 하지만 난 무슨 말인지 하나도 알아들을 수 없었다.

처음으로 난 시간에 구애받지 않아도 되었다. 벵트 예란을 설득해 저녁 착유를 부탁해놓았던 것이다. 하지만 다음 날 아침을 대비해야 했다. 단 1분도 그녀와 떨어져 있고 싶지 않았던 나는 그녀에게 내 집으로 함께 가자고 했다.

네번째로 그녀와 한 몸이 되었을 때 나를 꽉 조이는 그녀를 느낄 수 있었다. 그녀의 속 근육은 우유를 짜는 노련한 여인의 손만큼이나 탄탄했다.

그녀에게 그 얘기를 했더니 내 코에 자신의 코를 부비면서 말했다.

"그럼 나도 손으로 젖 짜는 걸 배울 수 있을까?"

15

사랑을 하면 어떤 여자들은 비둘기나
영양, 암고양이 또는 공작새가 된다고 하지요.
그리고 나는,
투명하고 젖은 몸을 가늘게 떨고 있는 나는
당신의 보랏빛 해파리인가요?

외리안과 난 『사랑의 기쁨』이라는 책을 함께 읽었다. 그런 다음 오일로 서로의 몸을 마사지해주고 할 수 있는 한 다양한 체위를 시험해보았다. 심지어는 프레첼의 8자 모양을 닮은 기이한 자세를 시도해본 적도 있다. 나는 종종 오르가슴에 도달한 것처럼 연기를 하기도 했다. 외리안을 기쁘게 해주려는 의도에서가 아니라 단지 섹스를 지속하는 것이 힘에 부쳤기 때문이다. 그는 자신이 정해놓은 목표에 도달하기 전까지는 결코 포기하는 법이 없었다. 그에게 섹스는 과학자의 연구 과제나 마찬가지였다.

외리안은 어디선가 여자들이 오르가슴을 느낀 후에는 가슴에 붉은 반점이 생긴다는 기사를 읽은 적이 있다고 했다. 그리고 섹스 후에도 내 가슴이 평소와 달라지지 않으면 못마땅한 듯 이맛

살을 찌푸렸다. 그러곤 처음부터 다시 시작하려는 제스처를 취했다. 난 체질적으로 멜라닌 색소가 부족한 것 같다고 변명했다. 하지만 그는 그런 것과 성적인 흥분은 전혀 상관이 없다며 내가 지쳐 잠들 때까지 장황한 설명을 늘어놓았다.

그래서 난 성적인 즐거움은 나와는 거리가 먼 것으로 간주하고 있었다.

그런데 그건 나의 크나큰 착각이었다.

탈의실에서 나온 나는 수영하는 남자들 중에서 산림조합원 남자를 찾으려 했다. 하지만 그는 금방 눈에 띄지 않았다. 난 언제나처럼 귀마개가 달린 모자를 눌러쓴 채 곰처럼 느릿느릿 움직이는 사람을 찾고 있었다. 그러다가 어느 순간 엉덩이가 꼭 끼는 수영복을 입은 그의 모습이 내 시야에 포착되었다. 넓은 어깨에, 근육질의 팔에는 핏줄이 울룩불룩했다. 얼굴과 팔뚝은 구릿빛으로 그을어 있었고, 몸의 다른 부분은 분필처럼 새하얬다. 칙칙한 누런색으로 보였던 머리는 물에 젖어 곱슬곱슬한 금발의 매력을 발산하고 있었다.

휴게실에서 내가 엄지발가락으로 그의 장딴지를 문지르자 그는 난처해하며 무릎 위에 커다란 수건을 올려놓았다. 나는 그의 그런 몸짓을 놓치지 않았다.

순간 내 난자가 공중제비를 돌기 시작했고, 내 머릿속엔 어서

빨리 그를 내 집으로 데려가야겠다는 생각뿐이었다.

　그날 오후 한 남자와 함께 자신의 집에 있던 여자, 그녀는 분명 데시레 발린이었다. 사회보장 번호도 바뀌지 않았고, 운전면허증도 똑같았다. 아침에 있었던 몸의 점도 그대로였다.

　하지만 나는 더이상 똑같은 사람이 아니었다. 마치 가끔 일요일판 신문의 부록으로 나오는 잡지에서 다루는, 이중인격 장애라도 겪고 있는 듯했다.

　그는 내 머리를 한 번 어지럽게 하는 것으로 그치지 않았다. 어찌나 여러 번 빙빙 돌게 하던지 머리가 떨어져나갈 것 같았다. 몸이 뒤틀리면서 쾌락의 바닷속을 헤엄치는 동안 난 풍선끈을 붙잡듯 내 머리를 꼭 잡고 있어야 했다. 그렇게 여러 시간이 흘렀다. 심지어 가슴에 생겨난 붉은 반점을 보면서 그 옛날의 외리안을 떠올려볼 여유마저 있었다.

　다양한 섹스 테크닉에 관해 열거한 책들을 읽노라면 지루해서 하품이 나곤 했다. 언제나 같은 얘기의 반복일 뿐이니까. 하지만 막상 자신의 일이 되고 보면 리히터 규모 9의 지진이 일어난다. 생각만으로도 정신이 아득해지면서 몸이 반응하는 것이다.

　저녁이 되자 우리의 몸 곳곳엔 벌건 자국과 반점이 생겨나 있었다. 그는 내게 자기와 함께 가자고 했고, 난 가방에 칫솔과 샴푸를 챙겨넣었다.

잠옷은 챙기지 않고 그에게서 생일 선물로 받은 모자를 썼다.

그의 차는 끔찍하게 생긴 소형 트럭이었는데, 난 조수석에 타기 위해 수북이 쌓인 고철 더미를 다른 자리로 옮겨야 했다. 가는 도중 우린 빵과 치즈를 사려고 주유소에 멈춰 섰다. 그는 어정쩡하게 콘돔이 있는 칸을 가리켰다. 난 고개를 저으면서 김이 서린 유리창에 루프 모양을 그렸다. 외리안을 기억하는 뜻으로 제거하지 않고 있었다.

그의 농장에 도착했을 때는 이미 날이 어두워져서 주변을 볼 수가 없었다. 하지만 평온한 시골 냄새가 났고, 온통 붉은색으로 칠해진 집은 크고 오래되어 보였다. 그는 내게 먼저 계단을 올라 현관으로 들어가라 하고는 자신은 축사를 돌아봐야 한다며 가버렸다.

집 안에도 시골 냄새가 희미하게 감돌고 있었다. 솔직히 말하면 꽤 불쾌한 냄새였다. 곰팡이, 상한 우유, 그리고 젖은 개 냄새 같은 것들이 뒤섞여 풍겼다.

그렇게 난 그 남자 없이 그가 사는 집과 첫 대면을 했다. 유감스러운 일이었다. 그가 따뜻하고 보송보송한 세 손가락으로 내 손을 꼭 잡아주었더라면 좋았을 텐데. 왜냐면 의심의 여지 없이 그곳은 그 촌스러운 묘비의 주인 되는 남자의 집이었기 때문이다.

난 부엌부터 탐색을 시작했다. 천장의 형광등 속에 죽은 파리가 몇 마리 보였다. 회청색으로 칠해진 벽은 적어도 반세기 동안은 그 상태를 유지해온 듯했다. 벽 군데군데 파리똥이 눈에 띄었고, 한쪽은 온통 십자수로 뒤덮여 있었다. 새끼 고양이, 푸른 박새, 붉은색 오두막집, 그리고 밤색 바구니에 담긴 밝은 오렌지빛 꽃들 아래에는 '질서와 안락함이 깃든 우리의 작은 집은 우리에게 행복과 평온함을 가져다주리니'라는 글귀가 수놓여 있었다. 창가에는 먼지가 뽀얗게 내려앉은 에델바이스가 꽂혀 있는 1950년대식 검은색 화병과 죽어버린 화초들이 늘어서 있었다. 꼬질꼬질한 러그가 깔린 기다란 나무 의자 위에는 용도가 불분명한 천이 팽개쳐져 있었다. 밤색 꽃무늬 쿠션이 놓인 의자도 몇 개 있었다. 부엌 구석에는 모서리가 닳은 낡은 냉장고가 덩그러니 있었다. 살짝 튀어나온 냉장고 위에는 파란색 천으로 만든 장미꽃이 든 신발 모양 도자기가 놓여 있었다. 너무 오래되어 투명하게 변해버린 플라스틱 고양이 장식품도 함께였다. 치즈를 넣으려고 냉장고 문을 열자, 텅 비다시피 한 냉장고 안에서 거름 냄새가 훅 풍겼다.

다음 방으로 갔다. 어둠 속에서 벽을 더듬어 허리 높이에 있는 커다란 검은색 스위치를 찾아낼 수 있었다. 벽에는 짙은 녹색의 비닐 발포 벽지를 발라놓아 마치 그 위로 이끼가 자라난 것 같은 착각이 들게 했다. 한쪽 다리가 부서진 낡은 침대 의자 위에는 전혀 어울리지 않는 색상의 빛바랜 낡은 담요가 덮여 있었다. 오크 찬장 위에는 타원형 거울이 걸려 있고, 커다란 텔레비전도 보였다. 모서리가 각진 1950년대식 안락의자와 때 지난 〈란드〉가 빼곡하게 꽂혀 있는 잡지꽂이, 그리고 또다른 테마로 수놓은 십자수 장식도 눈에 띄었다. 유리 액자에 담긴 그림은 농가 입구에서 동전을 놓고 다투는 아이들을 그린 유명한 〈그린드슬란텐〉*의 모사화였다.

난 애써 긍정적으로 생각하려고 했다. 여기다 포스트모던 스타일의 카페를 열면 완벽하겠는걸! 그리고 이렇게도 생각해보았다. 만약 에스토니아 같은 곳에서 이런 식의 인테리어를 발견했다면 아마도 이국적이고 감동적이기까지 하다고 생각했을 거야. 하지만 그런 노력에도 불구하고 내 입가의 음울한 미소가 그대로 굳어버리는 것은 어쩔 수가 없었다.

그리고 그의 침실로 들어가 칙칙한 회색빛 시트가 엉망으로 흐트러져 있는 침대를 발견한 순간, 그 억지웃음마저 완전히 사라져버리고 말았다.

---

* 스웨덴 화가 요한 아우구스트 말름스트룀(1829~1901)의 그림으로, 제목은 '입장료(지나가는 마차를 위해 농장이나 집 문을 열어주고 받는 푼돈) 수입'이라는 뜻.

16

난 지하실로 가서 샤워를 했다. 집 안에 축사 냄새를 퍼뜨리지 않기 위해서였다. 지금은 지하실의 샤워장을 예전처럼 자주 사용하지 않는다. 솔직히 그곳을 제대로 청소해본 적이 없기 때문이다. 찌든 때를 모두 제거하려면 고압세척기라도 동원해야 할 판이었다. 집 안 여기저기 상황도 마찬가지였다. 하지만 젠장, 대체 언제 하냔 말이지.

어머니는 하루에 적어도 열 시간을, 난 열다섯 시간을 일했다. 모두 합치면 스물다섯 시간이었다. 발가락까지 모두 동원한다 해도 결코 나 혼자 그 시간만큼 일을 할 수는 없을 터였다. 그건 부인할 수 없는 명백한 사실이었다. 윤이 나는 타일 바닥과 집에서 만든 시나몬 롤, 깔끔하게 다려진 시트는 이제 더이상 존재하지 않았다.

콧노래를 흥얼거리며 샤워를 하는 동안, 부엌에서 분주하게 움직이고 있을 내 사랑스러운 베이지색 여인의 모습이 떠올랐다. 내가 즐겨 먹는 염장 소고기 덩어리를 냉장고에서 꺼내고, 노릇노릇하게 갓 구운 빵과 시원한 필스너 맥주를 준비해놓는 그녀의 모습을 상상했다. 물론 슈가파우더를 뿌린 달콤한 웨이퍼 롤도 곁들여서.

물론 그녀는 그렇게 하지 않았다. 갑자기 어디서 웨이퍼 롤을 구하겠는가? 스타토일 주유소 편의점의 비닐봉지조차 풀어놓지 않았고, 찻물을 올려놓지도 않았다. 그녀는 거실 책장 앞에서 두 팔을 늘어뜨린 채 책등을 살피고 있었다. 안타깝게도 마음에 드는 책을 고르지는 못했을 것이다. 내 책장에 꽂혀 있는 책이라고는 오래된 교과서와 어머니가 독서 클럽에서 읽었던 소설 몇 권, 그리고 스웨덴 농업인협회의 15년 치 정기간행물이 전부였으니까.

조금은 당혹스러웠다. 다른 일로 정신없던 와중에도 그녀의 아파트는 벽면 두 개가 온통 책으로 뒤덮인 것을 똑똑히 본 터였다. 무슨 말이라도 해야 할 것 같았다.

"자기 전에 침대에서 읽을 책을 찾는 건가? 『중등 화학 교과서』와 『농업인협회』 1956년도 판 중에서 어떤 걸 원해? 1956년은 돼지 사육과 관련해서 아주 획기적인 사건이 일어난 해였어."

그녀는 대답 대신 피곤함이 묻어나는 미소를 지어 보였다. 바캉스 미소와는 전혀 다른.

우린 부엌으로 자리를 옮겼다. 난 요란스럽게 찻잔을 꺼내고 물을 데울 준비를 했다. 그러는 동안 그녀는 식탁에 앉아 〈란트만넨〉*을 뒤적거렸다.

조금 당혹스러웠다. 나로선 그녀가 가만히 앉아서 내가 대접해주기를 기다리고 있다는 사실이 잘 이해가 되지 않았다.

"난 대학 공부도 몇 년 했어." 그녀가 갑자기 입을 열었다. "〈다겐스 뉘헤테르〉에 나오는 문화 관련 퀴즈도 대부분 잘 맞히는 편이야. 편법을 사용하지 않고도. 하지만 지금까지 자동 적재 트레일러나 젖통 보호대 같은 게 존재하는 줄은 전혀 몰랐어."

난 아무런 대꾸도 하지 않은 채 그녀의 다음 말을 기다렸다. 그녀는 내게 무언가 할 말이 있어 보였다. 내가 식탁 위에 빵을 내려놓자 무심코 팔을 뻗어 한쪽을 집으며 말했다.

"당신이야 매일 이런 것들을 접하니까 당연히 잘 알겠지. 나한테 라캉의 이론이 친숙한 만큼이나."

"라콩? 그게 누구지? 혹시 알파 라발**에서 일하던 녀석인가?

---

* 스웨덴어로 '농민'이라는 뜻의 농업 전문 월간지.

유지 분리기를 발명한?"

　물론 그녀가 좋은 의도에서 그런 말을 했다는 건 잘 알고 있었다. 책도 많이 없고, 공부도 많이 못한 것에 대해 자격지심을 느끼지 않도록 하려는 배려였다. 그러면서 자신에게도 부족한 면이 있다는 것을 말하고 싶었던 것이다. 하지만 한편으로 불쾌한 생각이 드는 것은 어쩔 수가 없었다. 자기가 무슨 대단한 존재라고 내가 자신과 같지 않다는 것에 대해 위로하려 드느냔 말이다. 그녀는 내가 화가 났을 거라고 생각했는지, 앞머리 사이로 내 눈치를 살피면서 조심스럽게 말했다.

　"그러니까 내 말은, 당신한테는 금발을 굵게 땋아 내리고 여기 부엌 의자에 앉아서 '이걸 좀 봐 벤니, 올해 최신식 새 젖통 보호대가 나왔네! 당신도 자동 적재 트레일러를 크로네 2400으로 바꾸는 게 어떨까?' 이런 얘기를 나눌 수 있는 여자가 더 잘 어울릴 것 같다는 거야. 난 당신이 하는 일에 대해서 아는 게 아무것도 없잖아."

　"그런 여자를 원했다면 농민 전용 임시대행센터 같은 데를 알아봤겠지. 아니면 〈란드〉에 구인 광고를 내든지. '트랙터 운전면허증이 있는 여성과 좋은 만남 원함. 무보수.' 뭐 이런 식의 광고

** 스웨덴의 산업 기계 전문 제조업체.

말이야. 하지만 묘지에서 여자를 찾는 경우라면 그냥 구해지는 대로 해야 하는 것 아니겠어? 게다가 손으로 소젖 짜는 걸 배우고 싶다고 당신 입으로 말하지 않았나?"

그러자 그녀의 얼굴에 또다시 그 바캉스 미소가 번졌다.

"나한테 가르쳐줄 게 있어?" 그녀가 물었다.

물론 있었다. 당장, 그 자리에서.

그런 다음 우린 침대까지 기어가다시피 했다. 시트를 깨끗한 걸로 바꾸고 싶었지만 내겐 그럴 힘조차 남아 있지 않았다.

난 한밤중에 잠에서 깨어났다. 그녀가 침대에 앉아 겁먹은 얼굴로 가쁜 숨을 몰아쉬고 있었기 때문이다.

"외리안?"

그녀가 땀에 젖은 손으로 내 팔을 더듬으며 메마른 목소리로 조그맣게 말했다.

"괜찮아, 괜찮아, 내가 옆에 있잖아."

난 나지막한 목소리로 이렇게 말하며 그녀가 진정될 때까지 팔을 쓰다듬어주었다. 그녀는 내 세 손가락을 입에 문 채 안도의 한숨과 함께 다시 잠들었다.

17

최고급 브랜드의 운동화와
믿을 만한 나침반이 다 무슨 소용일까?
지도를 똑바로 볼 줄 모른다면.

나를 잠에서 깨운 것은 침대에 걸터앉아 가느다란 내 머리카락을 땋고 있는 벤니의 손길이었다.

아직 한밤중인 것 같았고, 간밤에 꾼 악몽이 머릿속에 어렴풋하게 남아 있었다. 꿈속에서 외리안은 내게 구명조끼를 입히려 했다. '그럴 필요 없어. 난 단지 조개껍데기를 타고 한 바퀴 돌고 오려는 것뿐이라고……' 그렇게 말하려고 했지만 내 주위로는 끝없이 펼쳐진 물밖에 보이지 않았다. 그리고 신음 소리를 냈던 것 같다.

벤니는 침대 위로 내 몸을 굴려 반대쪽 머리를 땋기 시작했다.

"잘 생각해보면 무언가 당신이 할 수 있는 일이 있을 거야. 그런데 당신 오늘 아침에 소젖 짜는 일은 놓쳤어."

그의 젖은 머리에서 비누 냄새가 났다.

"저리 꺼져, 치사한 인간 같으니라고!" 내가 꺽꺽거리며 말했다. "당신 소들을 모두 데리고 내 눈앞에서 사라져버려! 얼른 가서 카페오레와 크루아상, 그리고 〈다겐스 뉘헤테르〉의 문화란을 펼쳐서 내 앞에 대령해! 그러고 나서 농민 뉴스를 듣든지 말든지 마음대로 해!"

그는 땋은 내 머리를 비비 꼬아 위로 올리고는 자전거 타이어만 한 고무줄을 둘러 고정시켰다.

"내일은 이렇게 하고 출근해봐. 축사용 장화도 신고 엉덩이를 흔들면서. 그리고 동료들에게 소 발굽 관리법에 대해 얘기해주는 거야."

엉덩이를 흔드는 것에 관해서는 문제될 게 없었다. 이미 사타구니가 부풀어 화끈거리고 있었으니까.

"고삐 풀린 황소를 조심하지 않으면 그렇게 되는 거야." 그는 스스로에게 몹시 만족스러운 표정으로 말했다.

우리는 부엌으로 내려갔고, 주유소의 편의점에서 사온 그저그런 빵으로 파티를 이어갔다. 벤니는 오트밀과 사과 조림을 걸신들린 것처럼 먹어치웠다. 마치 위장에 구멍이라도 뚫린 것 같았다. 그러면서 내게 빵을 직접 만들어 먹는지 물었다. 난 빵은 나무에 열리는 거 아니었냐고 반문했다. 처음엔 조그맣던 게 점점 자라나서 먹음직스러운 둥근 빵으로 변하면 따 먹는 건 줄 알았다고.

그는 내 말에 웃음을 터뜨렸지만 왠지 어색해 보이는 표정을 감추지는 못했다.

그런 다음 내게 빨리 보여주고 싶어 안달하며 자신의 농지로 나를 데리고 갔다. 난 고개를 끄덕이며 아하, 어머나, 와우, 당신 정말 대단한데, 하는 식으로 계속 그의 말에 추임새를 넣었다. 어려운 일은 아니었다. 그의 농장은 늦가을의 마지막 황금빛 나뭇잎들이 멋진 배경을 이루는 구릉의 풍경 속에 위치하고 있었다. 그가 막 경작을 끝낸 검고 기름진 땅 위로 옅은 안개가 끼어 있었다. 그는 자기 어머니가 반짝이는 빨간 마가목 열매로 기막힌 젤리를 만들었었다고 했다. 곳간 뒤쪽으로는 발효 시킨 약초 같은 것들이 가득 든 커다란 비닐 자루가 깔끔하게 정렬되어 있었다. 우리는 젖소들이 배불리 먹고 졸고 있는 축사로 향했다. 실제 크기의 소를 볼 기회가 거의 없었던 나로서는 그 모든 게 다소 비현실적으로 느껴졌다.

난 곧장 송아지 우리로 가서는 눈망울이 암사슴처럼 순한 사랑스러운 송아지들에게 내 손가락을 핥게 했다. 하지만 밴니는 내 팔을 잡아끌면서 거름 만드는 최신 기계를 보여주고 싶어 안달했다. 어떻게 내가 그런 물건에 흥미를 보일 거라고 생각했을까! 양들은 여전히 밖에 있었다. 그는 내게 "하지만 이제 곧 우리가 저놈들을 안으로 들여놓아야 해!"라고 말했다. '우리'라고?

마치 다른 사람의 꿈속에 들어와 있는 기분이었다. 다른 누군가가 되어 스물네 마리의 젖소와 종자소를 키우는 매력적인 농장주 남자를 유혹하고 있는 것 같았다. 하지만 난 결코 그런 걸 바란 적이 없었다. 난 이대로 독신으로 살아가는 것에 별다른 거부감이 없었다. 정 외로우면 고양이 한 마리쯤 키울 수는 있을 것이다. 그러면서 호르몬을 안정적으로 유지시켜줄 가끔씩 보는 애인 하나쯤 있어도 좋겠고.

아무튼 모든 것이 메르타의 표현대로 "투 머치too much"한 상황이었다. 어쨌든 스물네 마리는 너무 많았다. 하지만 나는 그런 말을 하지는 않았다. 본인은 엄청난 자부심을 느끼는 일이었으니까.

그리고 집에 돌아가고 싶다는 생각이 들자 어김없이 문제가 발생했다. 꼭 하루 만에 내 안에는 숱한 십자수와 다양한 거름 제조 방식만큼의 스트레스가 차곡차곡 쌓여 있었다. 난 더운물에 몸을 담근 채 보케리니를 틀어놓고 〈다겐스 뉘헤테르〉를 읽으며 혹사당한 내 몸을 달래주고 싶은 마음이 간절했다. 그런 다음 따뜻한 차를 마시고 새하얀 시트에서 잠들고 싶었다.

내겐 생각할 시간이 필요했다.

하지만 이 모든 걸 좋게 표현할 방법을 미처 생각해내기도 전, 벤니가 냉동고에서 1킬로그램짜리 다진 고깃덩이를 꺼내더니 몹시 흥분한 얼굴로 내게 휙 건네며 말했다. "이걸로 두 사람 저녁은 충분하지 않을까? 미트볼을 만들어보는 건 어때?" 내 시선은 벤니와 냉동된 고깃덩이 사이를 번갈아 오갔다. 그리고 궁여지책으로, 난 아직 문화적 충격 상태에 있기 때문에 잠시 평소의 내 생활환경으로 돌아가 있어야 할 것 같다고 둘러댔다.

그가 날 바라보는 동안 그의 긴 더듬이가 내 얼굴을 훑고 지나는 게 느껴졌다. 그렇다, 그는 감정 변화에 무척 민감한 편이다. 인간의 말을 할 줄 모르는 동물 친구들과 좋은 관계를 유지하려면 꼭 필요한 능력이겠지만.

그리고 이내 그의 얼굴에서 예의 그 환한 미소가 자취를 감추었다.

"당연히 그래야지. 내가 데려다줄게. 일요일엔 버스가 안 다니거든."

그는 그 말밖에 하지 않았다. 그리고 40킬로미터를 달려 내 펠트 모자를 조심스럽게 살짝 만지고는 집 앞에 나를 내려주었다. 그는 저녁 착유 시간에 맞춰 서둘러 돌아가야만 했다.

아파트 문을 열고 들어가자 전날 밤에 우리가 남겨놓은 요란한 흔적들이 눈에 들어왔다. 그러자 다시 마음이 변해 그 즉시 뒤돌아섰다. 그 모든 것에도 불구하고 냉동 고깃덩이를 감당했어야 하는 걸까? 단지 그의 미소가 사라지는 것을 보고 싶지 않다는 이유만으로?

하지만 착각은 금물이었다. 난 그 고깃덩이를 미트볼로 변신시키는 법을 알지 못했다. 바로 그게 문제였던 것이다. 외리안과 난 채식 위주의 식사를 했고, 그가 세상을 떠난 후로는 데우기만 하면 되는 냉동 미트볼을 사다 먹었다. 결혼 전 어머니와 함께 살 때 이후로는 집에서 만든 미트볼은 구경조차 해본 적이 없었다. 게다가 어머니는 끈적거리는 고깃덩이로 자신의 소중한 딸 데시레의 학구적인 손이 더럽혀지는 것을 절대 허락하지 않았다.

그리고 이젠 내가 알고 싶다고 해도 어머니는 내게 요리법을 알려줄 수가 없게 되었다. 지난번 찾아갔을 때 어머니는 나더러 카린 간호사라고 불렀다. 그리고 커피를 주지 않았다며 내게 소리를 질러댔다.

난 다시 발길을 돌려 집 안으로 들어와서는 더운물을 받아 욕조에 몸을 담갔다.

18

무언가 잘못된 게 분명했다. 내가 그 정도도 감지 못할 만큼 바보는 아니다. 그녀는 내가 농장에 관련된 것들을 보여줄 때, 내가 내 소화 기능에 대해 설명할 때만큼의 흥미를 보였다. 물론 예의상이었다. 사이사이에 적절한 질문을 섞어가며. 하지만 진심으로 관심이 있어서 반짝이는 눈빛은 아니었다.

그녀가 나를 도서관으로 초대해 서가마다 붙어 있는 알파벳의 의미와 인덱스카드 정리법에 대해 설명해준다면 나 역시 그다지 흥미를 느끼지 못했을 것이라고 스스로 위로해보려 했다. 하지만 그다지 설득력 있게 느껴지진 않았다. 어쨌거나 책은 책일 뿐이니까. 농장은 농장이고.

하지만 그녀에게 저녁식사 준비에 쓸 고기를 휙 건넸을 때, 꽁

꿍 언 고깃덩이가 채 식탁에 닿기도 전에 그건 하지 말았어야 하는 실수였다는 것을 깨달았다.

사실 깊이 생각하고 한 행동은 아니었다. 내가 사는 지역에서는 남자들이 사냥한 엘크를 집으로 가져와 아내에게 건네주고는 식탁에 앉아 먹음직스러운 엘크 스튜가 차려지기를 기다리는 것을 지극히 당연한 일로 여겼다. 그 중간 과정에 대해서는 전혀 궁금해할 필요가 없었던 것이다. 난 그녀가 먹을 것을 준비하는 동안 송아지 축사를 돌아볼 수 있겠다고 얼추 생각하고 있었다. 그리고 식사 후에는 저녁 착유 전에 한잠 잘 수 있겠다고, 하하. 그런데 그녀는 고깃덩이를 마치 얼린 쇠똥이라도 되는 양 바라보았다. 그러더니 집으로 돌아가겠다고 했다. 나는 그녀의 뜻에 따를 수밖에 없었다.

가는 동안 내내 그녀는 내 목덜미에 손을 올려놓고 있었다. 그리고 가끔씩 손가락으로 내 머리카락을 만지작거렸다.

"당신에게 상처를 주려고 그런 건 아니야. 이게 우리 관계의 끝의 시작이라고 생각하진 말아줘." 그녀의 손가락은 내게 이렇게 말하고 있었다.

그것을 제외하면 차에서 우린 서로 한 마디도 하지 않았다.

그날 저녁에 나는 벵트 예란과 비올레트의 집으로 갔다.

"당신이 어떤 여자랑 같이 있는 걸 봤어요!" 비올레트가 노골적인 호기심을 드러내며 말했다.

벵트 예란은 내게 윙크를 하고는 옆구리를 팔꿈치로 툭 치면서 의미심장한 미소를 보냈다. 마치 조금 전에 같이 포르노 영화라도 훔쳐보고 온 것처럼. 사실 그가 비올레트를 만나기 전까지는 종종 그러기도 했다.

"도시 여자인가봐? 그런 거야?"

벵트 예란에겐 도시 여자들에 대한 환상 같은 게 있었다. 언제나 몸이 달아 있고, 가운데가 뚫린 검은색 레이스 팬티를 입고 다니며, 남자와 단둘이 있기만 하면 다리를 벌린다고 생각했다. 사실 그 도시라는 게 얼마나 조그맣고 평온한 곳인지를 생각하면 그런 상상은 우습기 짝이 없는 것이었다. 거기다 벵트 예란의 누나가 내 목덜미를 움켜잡고 건초 더미 위로 거칠게 나를 눕혔던 생각을 하면 더욱더. 당시 난 열네 살이었고 그녀는 열일곱이었는데, 그것이 내게는 여자와의 첫번째 경험이었다. 적어도 그 누나와는 마지막 경험이었고. 그 후 난 그 누나를 피해 오랫동안 먼 길로 돌아 다녀야만 했다. 조그만 레이스 팬티? 누나는 그런 팬티는 입고 있지도 않았다. 아니, 팬티 자체를 입고 있지 않았다. 물론 벵트 예란은 전혀 모르는 일이었다. 이제 네 아이의 어머니가 된 그 누나는 스모 선수를 닮아 있었다.

"음, 도시 여자 맞아. 시내 묘지에서 만났거든. 그러니까, 거기서 처음 알게 되었다고."

"어쩐지, 좀 창백해 보이더라니."

웃음을 터뜨리는 벵트 예란 옆에서 비올레트가 못마땅한 표정을 지으며 말했다.

"묘지라고요? 당신은 언제나 특별해 보이고 싶어 하는 것 같더군요, 벤니!"

내가 무슨 잘못을 했길래 비올레트가 그렇게 비아냥거리는지 의아했다. 그날 파티에서 술기운에 지나치게 솔직한 얘기를 한 때문일 수도 있었다. 그녀야말로 벵트 예란을 농부의 고질적 우울감에서 벗어나게 해줄 수 있는 여자라 생각한다고 말했던 것이다.

농부의 고질적 우울감이라니! 그 생각만 하면 아직도 쥐구멍에라도 숨고 싶은 심정이다.

"저 친구를 좀 보세요. 이 소란 속에서도 말없이 혼자 저러고 있잖아요!" 난 딸꾹질을 하면서 이렇게 말했다. 하지만 비올레트는 잘라 말했다.

"취해서 그러는 것뿐이에요."

그리고 말할 것도 없이 그녀가 옳았다. 그가 곧바로 라일락나무 아래로 달려가 토악질을 했던 것이다.

"그 여자는 미트볼도 만들 줄 몰라. 책이나 읽고 라콩이라는 작자의 이론에 대해 늘어놓을 줄이나 알지!"

　가능하면 조금 과장해서 얘기하는 게 좋을 것 같았다. 그들에게 내가 자신들을 초대해 커피와 웨이퍼 롤을 앞에 놓고 서둘러 약혼 발표를 할지도 모른다는 기대감을 심어주지 않으려면 말이다. 난 지금만으로도 충분히 머리가 복잡했다.

　"미트볼을 만들 줄 모른다고요?" 비올레트는 식탁 맞은편 끝에서 날 곁눈질하며 만족스러운 미소를 지어 보였다. 그녀 옆에 놓인 대야만 한 접시에는 바삭하게 익은 먹음직스러운 황금빛 미트볼이 가득 쌓여 있었다.

　"좀 드실래요?"

　"자네 말이 맞아, 벤니!" 벵트 예란은 또다시 예의 그 포르노 영화를 공유한 시선을 던지며 웃음을 터뜨렸다.

　"사용 후에는 던져버리는 게 좋아! 결혼이라는 늪 속으로 빠져들지 않게 조심하라고!"

　벵트 예란의 세계에서는 미트볼을 만들 줄 모르는 여자와 진지하게 사귄다는 건 불가능한 일이었고, 결혼까지 생각한다는 건 더더욱 있을 수 없는 일이었다.

　그리고 비올레트가 직접 만든 월귤 소스를 곁들인 미트볼을 접시에 가득 담아서 내게 건넸을 때 나 역시 엇비슷한 생각을 하고 있었다.

19

나는 고독을 맛보며
잠깐 동안의 정적이 내 혀 위로 녹아들기를 기다린다.
오직 희뿌연 햇살만이 나를 방해할 뿐이다.

내 아파트는 3층짜리 건물들이 에워싸고 있는 뜰 쪽을 향해 있
었다. 지은 지 20년쯤 된 건물들이었다. 창문 너머로는 커다란
나무들이 보였다. 모래 놀이터에서 노는 아이들은 거의 찾아볼
수 없었다. 15년 전 그곳에서 모래로 집짓기 놀이를 하던 아이들
은 이제 모두 둥지를 떠나고, 50대의 중년이 된 그 부모들만 이
곳에 남아 살고 있었다. 주위에 별다른 문제를 일으키는 일 없이
평온하고 안정적인 삶을 살아가는 이웃들이었다.

그래서 내 창문 바깥은 언제나 조용한 편이었다. 창문이 남쪽
에 면해 있어서 목재 블라인드 사이로 햇빛이 스며들어와 내 흰
색 소파에 줄무늬를 그려놓곤 했다. 계단에서 발소리가 들릴 때
가 있긴 했지만 자주 있는 일은 아니었다. 난 꼭대기 층에 살았

다. 창문을 열어놓으면 바람이 불어와 외리안이 꺾꽂이해서 훌쩍 키워낸 벤자민고무나무의 나뭇잎이 흔들리곤 했다. 하지만 나는 추위를 잘 타는 편이라 창문을 오래 열어두지 못했다. 보일러를 한껏 가동시켜 실내 온도를 이십삼 도 이상으로 유지해야 할 정도였다.

나는 흰색 목욕 가운을 두른 채 소파에 길게 누워 빈둥거리기를 좋아했고 창문으로 스며들어온 햇살이 방 안에 그려내는 줄무늬를 보는 게 좋았다.

때로는 한 손을 들어 손에 줄무늬를 만들기도 했다. 정적을 깨는 것은 윙윙거리는 냉장고 소음과 늦가을까지 남아 있던 파리가 멍청하게 유리창에 부딪혀대는 소리가 전부였다.

난 잘 알고 있었다. 벤니와는 애초부터 가능하지 않다는 것을.

그건 마치 휴가가 끝나갈 무렵 플라타너스 그늘 아래 차가운 레치나* 한 잔을 놓고 앉아, 아예 그곳으로 거처를 옮겨 매일매일 그렇게 지낼 수 있기를 꿈꾸는 것과 다를 바 없었다. 뭐든 생계를 해결해줄 수 있는 일을 구하고, 허브 화분들을 옹기종기 놓은 햇살 가득한 테라스 딸린 새하얀 집을 구입해 그곳에서 살아가는 꿈을 꾸는 일. 하지만 그러면서도 우리는 안다. 다섯 시간

---

* 송진 향이 첨가된 그리스산 포도주.

후면 가랑비 내리는 스톡홀름 알란다 공항에 내리게 될 것이며, 그다음 날엔 또다시 딱딱한 사무실 의자에 앉아 스트레스를 받게 될 것임을. 그리하여 휴가의 흔적이라고는 햇볕에 그을린 자국밖에 남지 않을 것임을. 그것조차 3주 후면 욕실 배수구로 영영 사라지고 말 테지만.

나는 벤니를, 우리의 만남을 생각하며 바로 그런 꿈을 꾸고 있었다. 하지만 그 모든 꿈을 보존할 수 있는 방법이 어딘가에는 있지 않을까. 열쇠로 문을 잠그고 내가 일을 마치고 돌아올 때까지 남자를 벽장 속에 가두어놓는 건 어떨까. 안토니오 반데라스가 나오는 스페인 컬트영화에서처럼.

나는 그의 삶 속에 들어가 있는 내 모습을 상상해보려 애썼다. 하지만 어떤 그림도 그려지지 않았다.

내가 사는 이곳에서 40킬로미터밖에 떨어지지 않은 곳에 살고 있으며 거의 동년배에다 같은 나라 사람인 한 남자에게서 그렇게 심한 문화적 차이를 느끼게 될 줄은 상상조차 하지 못했다.

차라리 이슬람교도와 더 잘 어울릴지도 모르겠다는 생각마저 들었다.

순간, 눈에는 우수가 가득하고, 구릿빛 피부에 몸이 마른 한 남자가 떠올랐다. 그는 정치적 이유로 망명하여 방 한 칸짜리 조그만 임대 아파트에 살고 있었다. 그의 방 벽면에는 페르시아어 시집들이 빼곡하게 들어차 있었다. 대학까지 나온 사람이었지만 낮에는 청소부로 일했다. 밤에는 정치와 문학을 함께하는 동료들과 담배연기 자욱한 모임을 가졌다. 우리는 때로 시네클럽에서 상영하는 감동적인 흑백영화를 보러 가는 사이였다. 난 그네 문화를 접하면서 그가 쓴 시를 우리말로 옮겼고, 그의 나라에서 자행되고 있는 독재를 타도하자고 외치며 거리 모금을 하기도 했다. 근사한 카펫 위에 앉아 향신료가 듬뿍 들어간 요리를 먹을 때도 있었고……

그런데 우중충한 벤니의 시골집 부엌에서 미트볼이나 만들고, 일주일 아니 1년 내내 젖소 스물네 마리의 노예가 되어 지내라고? 거기다 물때 찌든 샤워장을 매일 청소하고, 물을 데우기 위해 난로에 장작을 대고, 〈란드〉의 기사를 읽고 그와 토론을 한다고? 내가?

조금 다른 유형이긴 해도 난 분명 인종차별주의자였다.

하지만 며칠 동안 내 손은 전화기를 끊임없이 만지작거렸다. 때로는 전화벨이 울리지 않아서였고, 때로는 전화를 하고 싶어서였다.

다시 철모르는 사춘기 소녀로 되돌아간 것 같은 수치심을 떨쳐버리기 위해 저녁에는 가능하면 집에 있지 않으려고 애썼다. 초과근무를 자청하거나 영화를 보고, 싱글인 동료들과 바를 순회하기도 했다. 그녀들은 내가 무척 유쾌하고 좋아 보인다고 했고, 나 역시 그렇게 생각했다.

가을이 깊어지면서 비가 내리는 궂은 날씨가 이어졌고, 난 더이상 스며드는 햇살과 노닥거릴 수 없게 되었다. 회색빛 속에 잠긴 내 아파트는 치과 대기실만큼이나 무미건조해 보였다. 그나마 활기를 돋우는 것은 벤니의 생일 선물이었다. 포스터 속의 조개껍데기 연인 뒤로 형광색 해가 떠오르는 그 광경 말이다.

난 하루 이틀 사흘 나흘 매시간 벤니를 생각했다.

도서관에서는 열심히 〈란드〉를 읽는 나를 보고 릴리안이 놀라 소란을 떨기도 했다. 나는 시에서 요청한 하수 처리 관련 기사를 찾는 중이라고 둘러댔다.

울로프는 가끔씩 뭔가 물어볼 게 있는 사람처럼 날 바라보았다. 하지만 현명하게도 아무것도 묻지 않았다.

하루는 문득 다양한 나라의 이민자 남성들이 모이는 카페에서 점심을 먹고 싶다는 엉뚱한 생각이 들었다. 나는 카페 테이블에 혼자 앉아 고집스럽고 의미심장한 시선으로 그들을 주시했다. 그러자 내 의도를 곡해한 남자들이 다시 떠올리기도 싫은 수상쩍은 말들을 걸어왔다. 어리석다고까진 할 수 없어도 내가 그곳을 찾은 의도 자체가 모호했기 때문에 난 머릿속까지 벌겋게 달아올랐다.

시간이 흐르자 나의 고질적인 우울증이 다시금 고개를 들기 시작했다. 메르타는 여전히 돌아오지 않고 있었다. 난 저녁마다 문고판 판타지 소설을 한 아름씩 가져왔다. 그리고 매일 밤 피부가 새하얘지고 쪼글쪼글해질 때까지 몇 시간씩 욕조를 나오지 않았다. 나비 모양의 비누가 형체를 알아볼 수 없는 조그만 분홍색 덩어리로 변할 때까지 조물조물하면서.

그토록 좋았던 것이 어떻게 이렇게 나빠질 수 있을까?

벤니 역시 이 시험 단계에서 나와 똑같은 질문을 하고 있는 게 분명했다. 그동안 전혀 연락이 없는 걸 보면.

20

그녀에게 전화를 걸 때마다 난 더이상 발신음이 들리지 않을 때까지 수화기를 귀에 바짝 붙이고 있었다. 그녀는 내게 문화적 충격을 받았으며 혼자 있고 싶다고 했다. 난 사흘 동안 그녀의 전화를 기다렸다. 그리고 결국 내가 먼저 전화를 했다. 하지만 그녀는 받지 않았다.

난 오래전에 사두었던 '빠른 쾌유를 기원합니다'라고 적힌 카드를 찾아 겉봉에 그녀의 주소를 적고 우표를 붙였다가 곧바로 찢어버렸다.

그녀가 일하는 도서관으로 직접 찾아갈 생각도 해보았다. 하지만 그건 너무 극단적인 방법인 것 같았다.

날씨는 계속 나빠졌다. 열세 살짜리 이웃집 소년의 도움을 받아 이틀에 걸쳐 양들을 우리 안으로 들여놓았다. 너무 오랫동안 바깥에 방치되어 있던 탓에 양들은 마치 정예 체조선수들처럼 근육이 발달해 있었다. 수컷 새끼 양들은 울타리를 훌쩍 뛰어넘었고, 암양들은 마치 사슴처럼 뛰어다녔다. 지금 도축장으로 보낸다면, 마리당 맥도널드 세트메뉴 값밖에 받지 못할 터였다. 닐손 영감님의 도움을 받아 농장에서 직접 도축한대도 근육이 너무 발달해 힘든 작업이 될 게 뻔했다. 이웃집 소년과 난 욕설을 내뱉으며 진눈깨비 속을 정신없이 뛰어다녀야 했다. 특히 소년은 양들을 향해 "퍽큐!" 소리를 질러댔다.

내가 왜 아직도 양들을 키우고 있는지 모르겠다. 몇 마리 정도 키우고 싶어 한 건 어머니였다. 펠트 공예 시간에 필요한 양모를 얻기 위해서였다. 어머니가 만든 감자와 강낭콩을 넣은 양고기 스튜는 생각만 해도 입에 침이 가득 고였다. 왜 진작 그 요리법을 배워둘 생각을 하지 못했을까.

어머니가 돌아가실 수 있다는 생각을 한 번도 해본 적이 없었다.

어머니의 양들을 없앤다는 건 생각만 해도 가슴 아픈 일이다. 돌아가시고 나서 어머니 방에 들어가는 일도 너무 힘들었다. 체취가 남아 있는 옷들을 정리하고, 손때 묻은 돋보기안경과 약병, 뜨개질 교본을 만지는 것만으로도 목이 멨다. 그 누구도 내게 어머니의 죽음에 대비하는 법을 가르쳐주지 않았다. 난 내가 할 수 있는 가장 쉬운 방법을 택했다. 낡은 여행 가방 몇 개에 물건들을 모두 집어넣어 다락방에 올려다놓는 것이었다. 방도 시트만 치우고 나머지는 그대로 놔두었다. 어머니는 창가에 조그맣고 푸르스름한 보랏빛 꽃이 피는 화초들을 키웠었다. 이젠 그것들 역시 모두 죽었겠지만.

그녀는 문화적 충격이라는 빌어먹을 표현으로 대체 무슨 말을 하려던 것일까?

오늘 아침 두세 가지 볼일이 있어 시내로 나갔다. 나는 몇 번씩이나 그녀를 본 것 같은 느낌을 받았다. 농업인협회 지부와 베리그렌 철물점, 그리고 유제품 판매소에서도.

벵트 예란은 이틀 연속으로 저녁마다 우리 집에 왔다. 아마 '도시 출신'의 퇴폐적인 내 여자친구를 좀더 가까이에서 훔쳐보기 위해서였을 것이다.

"그 여자를 여기 다시 데려올 날이 있을지 잘 모르겠어."

벵트 예란은 내게 감탄한 듯 말을 잇지 못했다. 내가 여자들을 가지고 놀다 차버린다고 생각해도 어쩔 수 없는 일이었다.

내 머릿속엔 온통 그녀 생각뿐이고, 밤마다 전화 코드를 뽑아 위층 침실에 연결한다는 사실까지 그가 알아야 할 필요는 없으니까.

21

"아기 천사들이 겁에 질려
신에게로 피신하여 말했다.
오, 신이시여 보소서,
살라미와 술라미트가 이루어낸 것을!"
사카리아스 토펠리우스*의 「은하수」에서

마침내 메르타가 코펜하겐에서 돌아왔다. 일을 마치고 덴마크
맥주인 투보르 한 팩과 인공 눈이 내리는 플라스틱 돔 안에 알몸
의 커플이 들어 있는 기념품을 들고 날 기다렸다. 그리고 나와
함께 우리 집으로 와 차를 마시고 소파에 편안하게 누웠다.

코펜하겐에서 둘이 뭘 하다 왔느냐는 내 질문에는 대답을 얼
버무렸다.

"지금 내 얘길 할 때가 아니잖아. 잘 알면서 그래!"

나는 지난 한 주간의 이야기를 자세히 들려주었다. 메르타에

---

* 스웨덴계 핀란드 시인, 소설가(1818~1898). 핀란드 국민문학의 선구자로, 핀
란드 민화를 소재로 한 동화집으로 널리 알려져 있다.

게 숨기려 들어봐야 시간 낭비일 뿐이었다. 메르타는 흙탕물 같은 속내를 살펴 결국 자신이 원하는 것을 건져내는 친구였다.

나는 하나도 빼놓지 않고 모두 이야기했다. 촌스러운 묘석, 요상한 모자, 십자수, 파리똥 그리고 벽에 낀 이끼까지 모두.

불평 섞인 내 말에 메르타는 코웃음을 쳤다.

"난 정말 네가 이해가 안 된다. 함께 좋은 시간을 보내기에 딱 맞는 상대인 것 같은데 사소한 실내장식 같은 걸로 불평을 늘어놓다니! 벽에 십자수가 있는 게 뭐가 어때서? 게다가 그 남자가 수를 놓은 것도 아니잖아. 그저 부모님 추억이 담긴 물건을 없애버리고 싶지 않아서 그런 것 같은데. 너 설마 스웨덴 농가의 실내가 모두 칼 라르손*의 그림 같을 거라고 생각하는 건 아니지?"

그만 입이 다물어졌다. 사실 내가 스웨덴 농가의 실내장식을 상상한다면 분명 칼 라르손 스타일을 떠올렸을 거라는 생각이 들었다. 벽난로에서 장작이 타닥타닥 타고 있는 커다란 부엌, 화덕 위의 구리 냄비, 부엌 천장의 나무 봉에 둥그런 호밀 빵이 일렬로 걸려 있는 모습. 허를 찔린 나는 괜히 목소리를 높였다.

"내가 지금 실내장식 따위 얘기를 하는 게 아니잖아! 이건 서

---

* 스웨덴의 국민 화가(1853~1919). 스웨덴 전원생활을 단순한 선과 맑고 투명한 색채로 묘사하며 세계적 명성을 얻었다.

로 다른 삶의 방식이 충돌하는 문제라고! 절대로 십자수가 내 집 문턱을 넘어오는 일은 없을 거야. 물론 케테 콜비츠가 그의 집 안으로 들어가는 일도 없을 거고. 이건 단지 취향의 문제가 아니란 걸 인정해야 해!"

"그럼 저 벽에 조개껍데기 연인 포스터는 왜 붙여놓은 건데?" 메르타가 짓궂은 미소를 지으며 물었다.

"왜냐하면, 날 행복하게 해주니까……" 난 중얼거리듯 조그맣게 대답했다.

메르타는 알 것 같다는 표정으로 고개를 끄덕였다.

"정말 우리끼리 얘기지만, 넌 다리가 세 개 달린 스툴에 앉아 무릎 사이에 우유 양동이를 끼고 있는 내 모습이 상상이 돼?"

"애, 넌 그 남자 집에 채용 면접을 보러 간 게 아니잖아!" 메르타는 흥분해서 소리를 질렀다. "그 사람은 너한테 몇 년 만에 처음으로, 어쩌면 난생처음일지도 모르는 기막힌 섹스를 선사해줬어. 그리고 널 웃게 만들었고. 자칭 새들의 친구였던 죽은 네 남편과 나누었던 어떤 일보다 굉장한 거라고. 그런데 그깟 파리똥이 대체 뭐가 어떻다는 거야? 넌 아주 비겁한 겁쟁이야! 기회는 왔을 때 잡아야지! 아니면 예전처럼 다시 고고한 척 새하얀 베개나 껴안고 자든지!"

"나보고 어쩌란 거야? 그 남자가 무슨 생각을 하고 있는지도 모르는데. 그 후론 전화 한 통도 없었단 말이야!"

메르타는 인공 눈이 내리는 플라스틱 기념품을 흔들어 보이면서 말했다.

"자, 이제 내가 시키는 대로 해. 이거랑 투보르 맥주 서너 병 챙기고, 냉동 미트볼 한 봉지 사서 내일 저녁 그 남자 집으로 쳐들어가는 거야. 가서 깜짝 놀라게 해줘. 첫 발은 그쪽에서 디뎠으니까 이젠 네 차례야. 이 모든 게 수포로 돌아가는 걸 원치 않는다면 말이지. 내가 차도 빌려줄 테니까."

그 순간, 살라미와 술라미트가 떠올랐다. 사카리아스 토펠리우스의 시 「은하수」에 나오는 두 주인공의 이름이었다. 어렸을 적 의미도 잘 모르면서 무척이나 좋아했던 시였다. 어머니는 어린 나를 부추겨 그 시를 외우게 했다. 그러고는 나를 식탁 위에 올려놓고 아무런 관심도 보이지 않는 친구분들 앞에서 암송하게 했다.

한 여자와 한 남자, 살라미와 술라미트는 각자의 별에 떨어져 살았다. 하지만 그들은 서로 너무나 사랑한 나머지 하늘을 가로지르는 별 다리를 만들었다. 순간적으로 벤니와 내가 서로를 향해 한 발씩 나아가는 모습이 떠올랐다. 벤니는 모르타르와 흙손으로 별들을 꼼꼼하게 이어 붙이고, 난 호수 위에 떠다니는 얼음 덩어리를 건너듯 별 사이를 뛰어넘었다.

메르타의 충고가 항상 옳은 것은 아니었지만 대부분의 경우 일을 진전시키는 효과가 있었다. 다음 날 저녁, 난 투보르 맥주 몇 병과 냉동 미트볼, 완제품 감자 샐러드와 빵집에서 산 블루베리 파이를 바구니에 담았다. 금빛 포장지로 싼 메르타의 기념품과 함께. 그리고 차를 몰아 벤니의 집으로 갔다.

노크를 하자 아무런 기척이 없었다. 문은 열려 있었고, 부엌 불이 켜져 있는 것을 확인한 나는 안으로 들어갔다. 형광등은 윙 윙 소리를 냈고, 부엌 조리대 위에 놓인 흉물스러운 시커먼 라디오에서는 민영 방송이 요란하게 흘러나오고 있었다. 채널을 해상 기상예보로 돌려놓고서 본격적으로 정리를 시작했다. 그러자 조그만 방울 모양 술로 장식된 볼품없는 커튼 뒤로 아늑한 기운이 감돌았다. 식탁 위에 놓여 있던 말라붙은 오트밀 접시는 다른 그릇들과 함께 차가운 개수대 물속에 담갔다. 그리고 벽장을 뒤져 필요한 식기를 꺼내고, 거실의 오크 찬장에서 자수 식탁보를 찾아냈다. 그런 다음 오래되어 코팅이 벗겨진 낡은 프라이팬에 미트볼을 데우기 시작했다. 잠시 후 지하실 계단에서 묵직한 발소리가 들려왔다. 순간 나는 기시감에 사로잡혔다. 예전에 이미 경험한 것 같은 느낌.

"이게 대체……"

여전히 작업복 차림인 그는 문간에 잠시 멈춰 서는 듯하더니 한달음에 거실을 가로질렀다. 지푸라기와 왕겨를 사방으로 풀풀 날리면서. 그리고 날 으스러지게 껴안고는 미소를 띤 채 속삭였다.

"세상에, 미트볼이라니! 정말 당신이 차린 거 맞아? 조그맣고 창백한 내 여자가?"

나는 고약한 냄새가 풍기는 그의 오렌지색 헬리 한센 재킷에 코를 파묻은 채 중얼거렸다.

"앞으로도 계속 이러리라는 기대는 않는 게 좋을 거야!"

22

그것이 그녀가 할 수 있는 최선이었다. 비록 미트볼에 슬슬 질려가던 참이었지만. 비올레트가 미트볼을 냄비 가득 해놓는 바람에 사흘 내내 지겹도록 먹었던 것이다.

데시레는 내 집에서 자고 가기로 했다. 내가 깨끗한 시트를 꺼내자 그녀는 생리가 막 시작됐다며 이불을 더럽힐지도 모른다고 걱정했다.

물론 전혀 문제 될 게 없었다. 난 오히려 내심 기뻤다. 그녀가 내게 그런 말을 했다는 사실이 우리 사이를 더 가깝게 느끼게 해주었다. 심지어 아늑하고 편안한 느낌마저 들었다. 생리 중에는 잠시 즐기는 남자의 집에는 가지 않는 법이다. 말하자면 그녀가 나를 정식 연인의 지위로 격상시켜준 셈이었다. 사랑을 나누는 것은 얼마든지 기다릴 수 있었다. 그녀는 그것 때문에 온 게 아니었으니까.

게다가 내 시트 위에 그녀의 흔적이 남는다면 기분이 더 좋을 것 같았다. 아마도 이런 유의 이상 성욕 증세를 가리키는 라틴어 용어가 있을 것이다.

우린 침대에 누워 몇 시간 동안 수다를 떨었다. 아주 즐겁고 행복하게. 난 아직도 그때 우리가 나누었던 이야기를 하나도 빠짐없이 기억하고 있다.

"문화적 충격이라고 했지, 문화적 충격. 내가 진정한 문화적 충격이 뭔지 보여주지. 난 전통 복장을 입을 거야. 노란 바지에 더블 버튼 재킷을 입고 은색 버클을 차는 거지. 조끼는 당신이 직접 만들어줘야 해, 꼭! 그런 다음 일요일이면 조끼 주머니에 엄지손가락을 찔러 넣고 교회 광장을 당당하게 거닐면서 다른 농민들과 날씨와 수확에 관한 얘기를 나누는 거야. 모두들 날 뢴고르덴의 벤니 대장이라고 부를 거고, 모두가 날 알게 될 거야. 그리고 당신은 아무 말 없이 예배가 끝난 신자들을 위해 커피를 준비해놓는 거지."

"백 년 전에 당신은 아주 잘나가는 농장주가 아니었을까? 소를 스물네 마리 키우는?"

"물론이지! 지역 법원 판사에 교구 위원이기도 해. 일 잘하는 하인들과 엉덩이가 퉁퉁한 하녀들을 잔뜩 거느린 부유한 농장주이기도 하고. 마을 사람들은 이 벤니 대장에게 언제나 자문을 구하면서 교구회에 참석해달라고 사정하지. 그런데 그런 것들 대신 지금 난 대체 뭘 하고 있는 거지? 매일같이 기계 사이를 정신없이 뛰어다니느라 농업인협회 모임에 나갈 시간조차 없이 살고 있으니."

"전생의 당신이었다면 가진 거라곤 책 궤짝 하나밖에 없는 비쩍 마른 도시 여자에게 청혼했을까?"

"오, 절대 아니지! 뢴고르덴의 벤니는 분명 재산을 늘리기 위해 이웃 농장의 뚱보 브리타와 결혼했을 거야. 하지만 그 말라깽이 처녀를 하녀로 고용해 밤마다 부엌에서 밀회를 즐기다 결국 임신시켰겠지. 그렇게 태어난 아이들을 당당하게 거두어 키우면서 양치기 소년 소녀로 만들었을 거고. 뚱보 브리타가 뭐라든 상관없이 말이야."

"그런데 어느 날 그 말라깽이 하녀가 떠돌이 에밀을 따라 도망가버리는 거야! 그럼 벤니는 어떻게 했을까?"

"그럼 아이들을 집 밖으로 내쫓고 새 하녀를 들였겠지. 물론 더 젊은 여자로!"

그러자 그녀는 베개로 날 때렸고, 우린 한동안 치고받으며 뒹굴었다. 결국 내가 먼저 항복해야 했다. 안 그랬다간 당장 차가운 물로 샤워라도 해서 열을 식혀야 할 판이었다.

그녀도 가쁜 숨을 가라앉히고 말했다.

"난 절대로 당신이 원하는 부엌데기 하녀가 되진 않을 거야. 그건 당신도 잘 알지? 게다가 뭐 할 줄 아는 게 있어야 말이지. 빵도 만들 줄 모르고, 빨래도 제대로 못하고, 돼지도 못 잡는데. 농부의 아내라면 돼지 멱따는 것쯤은 할 줄 알아야 하는 거 아냐? 선지를 받아서 역겨운 요리도 만들 줄 알아야 하고, 안 그래?"

"그런 얘긴 금시초문인걸. 우린 도축장에서 잡아 바로 요리할 수 있게 손질한 고기를 사다 먹어서 말이지."

잠시 침묵이 이어졌다.

"그런데 당신이 부엌에서 날 덮칠 거라는 얘길 했을 때 말이야……" 그녀는 혼잣말처럼 중얼거렸다. "그런 얘길 들으니까 난자가 마구 요동치기 시작했어. 탐폰까지 함께. 내 생물학적 시계가 미친 듯이 돌아가고 있는 것 같아."

그녀의 말에 난 신음 소리를 내면서 시트 위에 엎드렸다.

"당신 말조심하는 게 좋을 거야! 까딱하다간 내가 새하얀 시트를 임신시킬지도 모르니까. 그러다 수많은 새끼 베갯잇들을 키우게 될지도 모른다고."

그녀는 또다시 뭉뚝한 내 손마디를 입에 문 채 잠이 들었다.

23

부모님 집에 전화를 걸면
다음과 같은 안내 멘트가 나온다.
"지금 거신 번호는 없는 번호입니다!"
자동응답기 역시 아무런 대답이 없다.

우린 서로를 더 잘 알기 위한 힘겨운 노력을 시작했다.

둘 다 비교적 자유로운 편에 속했지만, 그렇다고 모든 게 순조
롭기만 한 건 아니었다.

우린 둘 다 부모를 잃었다. 그의 경우는 말 그대로였고, 난 사
실상 그랬다. 5년 전부터 요양원에 있는 어머니는 나를 거의 알
아보지 못한다. 아버지로 말하자면, 가끔 아버지를 보러 갈 때마
다 나를 성가셔한다는 느낌을 받았다. 말을 붙이려고 하면 더욱
더 그랬다.

게다가 아버지는 내가 어렸을 때부터 늘 그랬다. '여자들 일'
에 대한 얘기는 전혀 좋아하지 않았다. 집과 아이들, 요리, 옷, 가
구, 그리고 '감정'이라는 항목으로 분류되는 것들도 당연히 거

기에 속했다. 그 속엔 예술과 문학 그리고 종교도 포함되어 있었다. 그중에서 아버지가 가장 싫어했던 것은 여자의 몸에 나타나는 질병에 관한 얘기였다. 아버지 앞에선 절대 그런 얘기를 꺼내선 안 됐다. 마치 여자들에게서 세균이라도 옮을까봐 두려워하는 것 같았다. 최소한의 예의를 갖추고 나면 아버지는 그 즉시 병영으로 사라지곤 했다. 아버지는 소령 직급의 직업군인이었다.

아버지가 동성애자 아닐까 의심한 적도 있었다. 그런 생각을 한다는 게 이상하겠지만, 그만큼 난 아버지를 가깝게 느낀 적이 없었다. 아이들은 대개 부모가 '그것'을 했다고 생각하는 순간 몸서리를 친다. 그리고 형제자매를 헤아려보고는 생각한다. '적어도 세 번은 한 게 분명하네.' 내 경우에는 아버지가 과연 한 번 이상 했을까 싶어질 정도였다. 적어도 어머니와는 말이다. 그러다 더이상 그런 생각을 하지 않기로 했다. 최소한 한 번은 그런 일이 있었다는 사실에 기뻐해야지 싶었다.

어쨌거나 어머니에게 당신이 돌봐줘야 할 존재라고는 나뿐이었다. 난 어머니가 마침내 갖게 된 인형이나 마찬가지였다. 오랜 기다림 끝에 나를 얻은 만큼 넘치는 사랑을 아낌없이 퍼부었다. 무조건적이고 맹목적인 방식으로.

어머니는 부유한 집안 출신이었다. 외할아버지는 전쟁 당시 번창했던 통조림 산업으로 부자가 된 인물이었다. 외할아버지에 대해 내가 아는 것은, '사냥감'이라는 이름을 붙여 판 여우와 다람쥐 고기로 부를 이루었다는 사실뿐이다. 아버지는 명문가 출신이었는데, 도박 빚을 감당하지 못해 어머니와 결혼했다고 한다. 어머니 친구분들이 브리지 게임을 하다가 수군거리는 소리를 들었다. 다소 구세대적인 발상인 듯하지만 충분히 가능성 있는 얘기였다. 오늘날 쇼핑센터의 슬롯머신에 빠져 있는 이들은 20세기 초 몬테카를로의 카지노 앞에서 머리에 총을 쏜 이들의 적통을 잇고 있다. 지금도 로또 추첨 시간에 아버지에게 전화를 거는 것은 화를 자초하는 일이었다.

내가 어렸을 적에 어머니는 구릿빛 도는 노란색으로 머리를 염색하고 카르멘 고데기로 컬을 말고 다녔다. 마흔 무렵 결혼을 해마흔두 살에 나를 낳은 어머니는 평생 먹고살기 위해 일을 해본적이 없었다. 간절히 바라던 아이라는 의미로 '데시레'라는 이름을 지어준 것도 어머니였다. 의도는 좋았지만, 학창 시절에는 내내 어머니를 원망했다. 아이들이 나를 '디아레'*라고 놀리기 일쑤였기 때문이다.

난 내 이름이 키티나 파멜라였으면 했다.

부모에게는 세계 8대 불가사의와도 같은 존재이겠지만, 학교

---

* 스웨덴어로 '설사'라는 뜻.

를 다니고 잔인한 현실에 부딪히면서 아이들은 대부분 조롱의 대상으로 전락하고 만다.

어쨌거나 내 부모님의 결혼생활은 사실상 존재하지 않는 것이나 매한가지였다. 서로가 완벽하게 독립적인, 일종의 동거인 같았다. 나무 바닥에 방들이 일렬로 붙어 있는 커다란 아파트. 어머니는 가구를 골랐고 아버지는 군모를 걸어두었다. 어머니와 아버지는 내 앞에선 결코 다투는 법이 없었다. 내가 보지 않을 때도 마찬가지였을 것이다. 아버지는 거의 대부분 장교 식당에서 식사를 했고, 어머니와 난 여름방학마다 펜션으로 여행을 갔다. 아버지는 언제나 '작전' 중이었다.

집에서는 딱히 사교생활이나 파티라고 부를 만한 것을 찾아보기 힘들었다. 때로 어머니 친구들이 남편들과 함께 브리지 게임을 하거나 아버지의 동료들이 부부 동반으로 지루한 저녁식사에 참석하는 게 고작이었다. 저녁식사 때는 세 가지 코스 요리가 나왔고, 시중 들어주는 사람도 있었다. 크리스털 잔에 마데이라 와인이 채워졌고 특이한 케이스에 담긴 시가릴로도 곁들여졌다. 난 앙상한 팔다리가 고스란히 드러나는, 어머니가 특별히 마련해준 벨벳 드레스를 입고 손님들 앞에 나서서 인사를 해야 했다. 술기운이 오른 남자 어른들은 기침이 나올 정도로 내 등을 세게 치면서 얼굴에 화색이 돌려면 바깥바람을 자주 쐬어야 한다고 충고했다. 그런 날이면 어머니는 평소보다 컬을 더 많이 말았다.

난 내 부모님이 서로 만지는 모습을 본 적이 없다. 심지어 팔짱 끼는 것조차 보지 못했다.

이런 내가 결혼이란 게 무언지 어떻게 알 수 있겠는가? 외리안과 내가 모범적인 결혼생활을 했다고 생각하는 것이 무리는 아니었다. 그를 진정으로 애도하지 않는 것 역시 비정상적인 게 아니다. 내게 남자들은 '존재하거나 존재하지 않거나' 둘 중 하나였다. 다시 말하면, 저녁식사 때 먹을 스테이크용 고기를 얼마나 사야 할지 결정하는 것과 매한가지였다. 남자란 존재에는 다른 특별한 의미가 없었다. 그것이 내가 어린 시절에 터득한 내용이었다.

그러니 벤니 같은 남자에게 완전히 기습을 당한 셈이었다. 어떤 날에는 그가 내 영역을 침범하고, 나의 가장 은밀한 공간까지 쳐들어오는 것 같았다. 그런 날에는 그의 존재를 견디기가 힘들었다. 외리안과는 그런 경험을 해본 적이 없었다. 외리안은 내 삶의 주변부에 머무는 것에 충분히 행복해했다. 그리고 나 역시 그 사실을 견딜 수 있었다.

그리고 또다른 날들이 있었다.

24

데시레. 난 그녀의 이름에 영 적응하기가 힘들었다. 그녀의 첫 인상이 그랬듯, 차갑고 불편하고 거만하게 들렸기 때문이다. 그래서 그녀를 '새우'라고 부르기로 했다. 고약할 정도로 그녀에게 잘 어울리는 애칭이었다. 껍데기에 싸여 몸을 웅크리고 있는 희멀건 그녀. 긴 더듬이까지 있는.

그녀에게는 내가 이해하기 힘든 부분들이 많았다.

한번은 그녀가 내가 무척이나 아끼는 부모님 사진을 한참 동안 들여다보고 있었다. 사진 속 두 분은 반쯤 벗다시피 한 모습으로 서로 팔다리를 휘감고 바위에 누워 있었다. 뺨을 맞대고 햇빛에 눈이 부셔 찡그린 미소를 짓고 있었다.

그 사진이 그녀의 심기를 불편하게 한 듯했고, 그녀는 사진이

지나치게 내밀하다고 말했다.

"어쨌거나 이분들은 당신 부모님이잖아. 그런데 너무…… 그러니까 너무 사적인 사진이라고 생각하지 않아? 좀 눈에 거슬리는데."

눈에 거슬린다고?

그녀는 항상 추위를 탔다. 아무리 실내 온도를 높여도 소용없었다. 내가 셔츠를 벗고 싶어 죽을 지경이 되어도 그녀는 스웨터를 껴입고 두꺼운 양말을 신어야 했다. 그리고 내가 꼼짝 않고 앉아 자기 머리카락을 힘 있게 계속 만져주는 것을 좋아했다. 그러면 마침내 주인을 발견한 굶주린 새끼 고양이처럼 내 품으로 파고들었다.

하지만 그녀는 자기 중심이 없다거나 남에게 종속된다거나 하는 것과는 거리가 멀었다. 만나기로 약속한 날에도 불쑥 전화를 해서는 생각이 바뀌어 친구와 영화를 보러 가기로 했다고 통고하기 일쑤였다. 내가 너무 일이 많아 도저히 시내로 나갈 수 없다는 걸 잘 알면서도 전화로 "그럼 다음 주쯤 보면 되겠네" 하면 그만이었다. 단 한 번도 "그럼 내가 당신 집으로 가면 되지!"라고 말한 적이 없었다. 나로서는 이해하기가 힘들었다.

난 그녀에게 좀더 가까이 다가가고 싶었다. 아니, 솔직히 말하면 그녀를 묶어두고 싶었다. 그녀가 가끔씩만 날 원하는 것 같아 그녀에게 아무런 요구도 할 수 없었고, 그런 사실은 내게 엄청난 좌절감을 안겨주었다. 때로는 그녀에게도 집안일에 동참해줄 것을 요구할 수 있지 않은가. 유질 검사 일을 돕거나, 하다못해 내가 하는 일에 관심이라도 보일 수 있지 않느냔 말이다. 내가 지금까지 남자의 세번째 팔 역할을 해내는 여자들에게 익숙했던 것은 사실이다. 그렇다고 그녀에게 시나몬 롤을 직접 구우라고 할 생각은 전혀 없다. 하지만 나는 산더미 같은 일을 처리하느라 동분서주하는데 손가락 하나 까딱 않고 신문에 코를 박고 있는 모습을 보는 게 나로서는 쉽지가 않았다.

사실, 가능하다면 비올레트, 데시레 이렇게 두 여자와 함께 사는 것도 좋겠다 싶었다. 그러면 비올레트가 아래층에서 커튼을 손질하거나 염장 음식을 만드는 동안, 데시레는 2층 방에서 새우처럼 내 품에 안겨 나지막하면서도 허스키한 웃음소리를 들려줄 수 있을 텐데. 이제 내게는 내 삶의 보상이 되어버린 그녀의 웃음소리, 그 웃음소리를 듣기 위해서라면 난 무슨 일이든 할 수 있을 것 같았다. 마치 시골 축제 마당에 설치된 힘 측정기의 원리와도 같은 것이었다. 볼록 튀어나온 버튼을 커다란 망치로 내려치면 측정기의 눈금이 올라간다. 눈금이 끝까지 올라가면 종소리가 울린다.

그녀의 웃음소리는 바로 그 종소리와도 같았다. 자주는 아니지만 가끔 그녀에게서 그 종소리가 들려올 때가 있었다. 그리고 난 내가 측정기의 눈금을 80까지 올렸는지, 아니면 버튼도 제대로 조준하지 못했는지 금세 알 수 있었다.

"당신은 언제나 특별해 보이고 싶어 하는 것 같더군요, 벤니!"

비올레트는 내게 그렇게 비아냥거렸다. 하지만 그녀는 자기 남편 벵트 예란처럼 나를 진정한 사내로 여겼다. 커다란 사륜 트랙터를 몰거나, 안전장비를 갖춘 모습으로 전기톱을 들고 숲으로 들어갈 때는 더욱더 그랬다.

데시레는 그녀와 정반대였다. 그녀가 나의 '색다른' 면을 좋아하는 것은 느낄 수 있었다. 하지만 내가 작업용 헬멧을 쓰거나 스누스를 입에 넣을 때면 짜증스러운 얼굴을 했다.

현대 의학은 어디까지 발전했을까? 난해하기만 한 데시레의 사랑스러운 베이지색 영혼을 비올레트의 풍만한 가슴과 일 잘하는 손에 이식할 수는 없는 것일까?

25

혼란스럽고 번잡한 삶에 마침표를 찍기로 했다.
이름표를 붙여 파일 속에 정리한 다음
서고로 보내는 일만 남았을 뿐!

오늘은 아주 황당한 일이 일어났다. 생각하면 아직도 등골이
오싹하다.

룬드마르크 부인이 출근을 하지 않았다. 일은 그렇게 시작되
었다.

우리는 그녀의 부재를 금세 알아차리지 못했다. 가장 먼저 출
근해서 사무실에 외투와 조그만 모피 모자를 걸어놓은 다음 곧
바로 서고로 내려가는 경우가 잦았기 때문이다. 담당인 어린이
책 부서를 비워둔 채 대체 무슨 일을 하는 것일까 궁금해하면서
도 다들 도서목록 작성이나 자료 분류 혹은 폐기 같은 일을 하겠
거니 했다. 하지만 막상 나서서 물어보는 사람은 아무도 없었다.
직위상 누구도 그녀가 하는 일을 문제 삼을 수 없었기 때문이다.

그녀는 브리트 마리나 내게 어린이책 업무를 맡기고는 서고에서 점점 더 많은 시간을 보내고 있었다.

우리가 그녀의 부재 사실을 깨달은 건 정오가 다 돼서였다. 룬드마르크 부인은 '언제나' 직원 휴게실 창가에 앉아 '언제나' 뮤즐리와 발효유를 먹으며 도서관 협회에서 발행한 카탈로그를 넘기곤 했다. 도서관 안이 쥐 죽은 듯 조용할 때면 색색거리는 그녀의 숨소리를 들을 수 있었다. 그녀의 존재를 드러내는 것은 그 숨소리뿐이었다.

그녀가 휴게실에 머무는 시간은 12시 1분부터 12시 55분까지, 그런 다음에는 자리에서 일어나 뮤즐리 그릇을 씻어 식기 건조대에 엎어놓고 화장실로 향했다. 그런 습관은 두고두고 농담거리가 됐다. 그렇게 배꼽시계가 정확한 사람은 드물었다.

룬드마르크 부인의 움직임은 우리에겐 마치 공장의 사이렌 소리와 같았다. 그녀가 직원 휴게실로 가기 위해 음악 서적 코너를 지날 때면 마치 파블로프의 개처럼 입에 침이 고였다. 때로는 그녀의 숨소리만 들어도 배가 고파왔다. 그녀가 발효유를 홀짝거리며 마신 후 자리에서 일어나 개수대로 향하면 우린 서둘러 자리를 정리했다. 시계는 들여다볼 필요조차 없었다.

룬드마르크 부인은 어제 점심시간에도 직원 휴게실에 나타나지 않았다. 어디가 아프다고 하거나 휴가를 낸 것도 아니었는데.

우린 아주 잠깐, 고작해야 2분 정도 그녀 이야기를 했다. 이 도서관 근무를 시작한 이래 그녀에 대해 그렇게 오래 이야기하기는 처음이었다. 누구도 그녀를 방해하지 않았다. 딱히 협조하거나 반목하는 사람도 없었다. 하지만 일부러 피한 것은 아니었다. 매일 함께 날씨 얘기며 업무 시간 얘기를 나누었다. 은퇴하는 동료를 위해서, 혹은 출산이나 중요한 기념일에 선물을 챙기는 것도 항상 그녀였다. 그녀에겐 맞춤 선물을 고르는 놀라운 능력이 있었다. 의례적이면서도 당사자에게 꼭 필요한 것을 정확하게 선택할 줄 알았다. 그래서 우린 2분 남짓 그녀가 어디 있는지 궁금해했다. 그러다 평소처럼 우리가 상관할 문제가 아니라는 듯 각자의 자리로 돌아갔다.

그랬는데 오늘도 역시 모습을 보이지 않았던 것이다. 그래서 우린 3분 남짓 그녀에 관해 이야기했다. 그런 다음 울로프에게 아는 게 있는지 물었다. 하지만 그 역시 아무 얘기도 듣지 못했고, 그녀의 일과에 대해서도 전혀 아는 바가 없다고 했다. 언젠가 그녀의 업무 내용에 관해 이야기를 해보려 했는데, 오후 내내 기나긴 설명을 늘어놓더라고 했다.

"내 말에 얼굴이 벌게지더니 곧장 장부를 가져오더군. 그러고는 본인이 구축하고 있다는 분류법에 관해 장황하게 늘어놓았어. 난 치과 예약이 있다며 핑계를 대야 했지. 손으로 일일이 기

록하는 낡은 분류법 대신 컴퓨터를 사용하라고 어떻게 설득해야
할지 정말 난감하더라고."

룬드마르크 부인이 없다고 해서 도서관 업무에 차질이 생기는
건 아니었다. 언젠가부터 내가 어린이책 업무를 도맡고 있었다.
나는 그녀가 내게 모든 권한을 위임한 것을 감사하게 생각했다.
아니, 좀더 솔직하게 말하면 내가 더 유능하다고 믿었다. 그녀
가 부서를 이끌어가는 나의 방식에 관여하려 들면 몹시 불쾌하
게 여겨질 정도였다. 따라서 내게 그녀는 다음번에 사무실을 재
정비하게 되면 어디론가 치워버려도 별문제 없을 쓸모없는 사무
집기와도 같은 존재였다.

난 그녀의 집으로 전화를 걸었다. 자동응답기에 녹음된 목소
리가 내가 전화를 한 곳은 이네스 룬드마르크의 집이고, 지금은
전화를 받을 수 없다고 알려주었다. 혹시 일부러 받지 않는 건지
도 모른다는 생각에 두세 번 이름을 불러보았다. "이네스? 이네
스? 저예요, 데시레!" 하지만 나는 내 목소리가 울려 퍼지는 방
이 어떤 방인지, 내가 과연 그녀와 이렇게까지 할 정도의 사이인
지도 알 수 없었다. 그때까지는 한 번도 그녀의 이름을 불러본
적이 없었으니까.

나는 선한 사마리아인 부류가 아니었다. 평소 같으면 손을 꼬
아가며 '우리가 무언가를 해야 한다'고 말하는 건 릴리안의 몫이

었다. 물론 그때의 '우리'란 그녀 자신을 제외한 나머지를 뜻하는 것이었겠지만. 그리고 그 무언가를 실행에 옮기는 사람은 우리 중에서 가장 바쁜 다섯 아이의 엄마, 브리트 마리였을 것이다.

하지만 자신의 분류법을 열정적으로 설명하는 룬드마르크 부인을 떼어내기 위해 치과 핑계를 댔다는 울로프의 말에 마음이 몹시 무거워졌다. 명치가 답답했다. 무언가 짓누르는 듯한, 말로 설명하기 힘든 불편한 느낌이었다.

울로프에게 룬드마르크 부인의 집에 가보려는데 한두 시간 정도 나갔다 와도 되겠냐고 물었다. 병가원도 받지 못한 터라 울로프는 누구에게 그 문제를 맡길지 결정을 내리지 못하던 차였다. 그는 내 생각을 반기는 듯 고개를 끄덕였다.

룬드마르크 부인은 한때는 위용이 넘쳤을 법하나 지금은 우중충하고 더러워진, 커다란 벽돌 건물에 살고 있었다. 층계참은 인조대리석 장식이 되어 있었고, 조각상이 놓여 있었을 법한 벽감에는 '퍽큐!'라는 스프레이 낙서가 되어 있었다.

초인종을 누르자마자 룬드마르크 부인이 니스 칠이 된 진갈색 문을 열었다. 문 안쪽으로 안전 체인이 걸려 있었다. 그녀는 아주 잠깐 망설이다가 체인을 끄르고 나를 안으로 들였다.

"안녕하세요, 이네스!" 나는 어색한 미소를 지으며 말했다. "별일 없으신 거예요? 다들 걱정하고 있어요."

룬드마르크 부인은 무슨 말인가를 중얼거리더니 힘없이 거실 쪽을 가리켰다. 그녀를 따라가자 두 벽면 전체에 캐비닛이 들어차 있는 커다란 방이 나왔다. 캐비닛이라니!

"여기…… 혼자 사세요?" 질문이 시작부터 꼬였다. "남편분은 안 계신가요?"

"60년대부터 독신 여성에게도 부인이라는 호칭을 붙이기 시작했지요." 그녀가 턱을 약간 앞으로 내밀면서 말했다. "〈다겐스 뉘헤테르〉가 시초였을 거예요. 병원에서 미혼모들을 배려하려고 시작한 게 아니라면."

이럴 땐 무슨 말을 해야 하지? 당신이 아가씨건 아줌마건 그런 걸 궁금해하는 사람은 아무도 없다는 말이라도 해야 하나?

"몸이 별로 안 좋았어요. 다들 이해해주면 좋겠군요. 곧 괜찮아질 거예요."

이해를 바란다고? 그럼 병가원과 병가 보조금, 진단서 제출 같은 문제는 다 어쩌고? 내가 알기로 그녀는 지금까지 아파본 적이 없었다. 그래서 단순히 양해를 구한다고 집에서 쉴 수 있는 게 아니라는 사실을 모르는 것일 수도 있다. 뭐, 어쨌든 내가 그런 걸 따지기 위해 공식적으로 방문한 건 아니니까.

잠시 침묵이 이어졌다. 난 그녀 쪽을 보지도 않고 물었다.

"이 많은 캐비닛에는 뭐가 들어 있나요?"

그녀는 잠시 창밖을 응시했다. 빛바랜 흰색과 청록색의 가로대가 번갈아 엮인 1950년대식 블라인드가 창문을 가리고 있었다.

"당신은 좋은 여자예요." 마침내 그녀가 입을 열었다. "본인이 생각하는 것보다 훨씬 더 좋은 여자지요. 그러니까 원한다면 보여줄게요."

그리고 그렇게 했다.

그로부터 두 시간 후, 난 울음을 삼킨 채 소리가 울리는 닳아빠진 돌계단을 허둥지둥 내려왔다. 누군가에게 얘기를 해야만 했다. 그리고 이번만큼은 내 머릿속에 제일 먼저 떠오른 사람이 메르타가 아니었다. 그녀에게는 룬드마르크 부인의 소화 작용이 얼마나 규칙적인지 따위의 얘기를 너무 자주 했었다. 난 공중전화를 찾아 벤니에게 전화를 했다.

26

아메르스포르트 506번 젖소는 최근 몇 주 동안 왼쪽 앞다리를 거의 사용하지 않았다. 덕분에 발굽이 지나치게 길게 자라나 디즈니 만화영화에 나오는 젖소 발굽이 됐다. 벌써 발굽병에 걸린 건 아닌지 불안한 생각이 들면서 속이 울렁거렸다. 그렇다면 소들이 자기 똥을 밟고 다니는 동안 발굽이 썩어들어갔다는 말인 것이다. 아버지는 늘 소의 발굽을 제때에 관리했다. 발굽 관리사가 올 때면 내가 아버지를 대신해 바깥일을 돌보았다. 그런데 이제는 누가 날 대신할 것인가? 매일 분주하게 가을 경작을 하는 동안에도 발굽 관리사를 불러야 한다는 생각이 떠나지 않았다. 하지만 그러려면 나도 그를 도와줄 시간을 내야만 했다. 한 가지 사실은 확실했다. 현실과 백만 광년쯤 떨어진 꿈속에 빠져

헤매는 것은 내게는 아무런 도움이 되지 않는다는 것. 데시레가 이 사실을 알면 뭐라고 할까. 그녀가 바캉스 미소를 짓고 있는 동안 내가 가장 아끼는 젖소가 절름발이가 되어가고 있었다는 사실을.

그러다 결국 소 발굽 관리사에게 연락을 했다. 어느 날 아침 함께 작업에 착수해 두어 시간 후 잠시 커피를 마시러 집에 들렀는데 전화벨이 울렸다. 데시레였다. 난 부엌문을 닫고, 발굽 관리사가 들으면 낯간지러울 말들을 마음속으로 준비했다. 하지만 그녀는 나와 한담이나 나누려고 전화한 게 아니었다. 수화기 너머로 그녀의 흐느낌이 들려왔다.

"당신을 만나야 해, 지금 당장. 당신한테 할 얘기가 있어. 버스가 몇 시에 있지?"

그 순간 머리카락이 곤두서는 것 같았다. 디데이가 닥친 것이다. 이제 내가 지겨워졌고, 흥미가 싹 사라졌다고 말하려는 게 분명했다. 그러고 나면 나는 아메르스포르트 506번 젖소의 발굽이나 돌보며 하루하루를 보내게 될 것이다. 모든 게 원점으로 돌아가고, 난 다람쥐 쳇바퀴 도는 듯한 힘겨운 나날을 영원히 반복해야겠지, 아멘.

현관 거울에 비친 내 모습을 보았다. 밤색과 오렌지색이 섞인 낡고 꾀죄죄한 양털 모자. 그 아래로 내가 기억하는 것보다 훨씬 가느다랗고 부스스한 머리카락이 비집고 나와 있었다. 내가 정녕 이런 모습이었단 말인가? 마지막으로 거울을 들여다본 게 대체 언제였지? 혹시 그 사실을 내게 직접 알려주려고 일부러 버스를 타고 여기까지 오려는 게 아닐까. 정말 쿨한 여자야, 진정!

난 절망감에 사로잡힌 채 그녀에게 버스 시간을 알려주고 맥없이 축사로 돌아가 발굽 관리사와 하던 일을 마저 끝냈다. 그런 다음 소젖을 짜고 사일로*에 저장해둔 사료 배분을 끝내려는데 그녀가 나타났다. 언제나처럼 그 버섯 무늬 모자를 귀밑까지 눌러쓴 그녀는 두 손을 주머니에 찔러 넣은 채 조심스럽게 사료 공급대 위로 올라왔다. 그리고 흥분하여 머리를 이리저리 흔들어대는 소들을 피해 곧장 내게로 걸어왔다. 난 팽팽하게 당겨진 활처럼 바짝 긴장해 손수레도 내려놓지 못한 채 꼼짝 않고 서서 기다렸다.

그녀는 다짜고짜 날 부둥켜안더니 내 더러운 작업복에 뺨을 대며 말했다.

"당신이 얼마나 평범한지 당신은 모르지. 그리고 당신 모자가 얼마나 끔찍한지도!"

하지만 마치 "잘 들어봐요, 내 사랑. 우리를 위한 노래가 흘러

---

* 겨울철에 가축의 사료를 저장하는 둥근 탑 모양의 창고.

나오고 있잖아요!"라고 말하는 어조였다.

갑자기 축사가 환해지는 느낌이었다. 분명 그랬다. 늦여름 저녁 무렵에도 가끔 그런 현상이 일어나는 때가 있다. 건초 건조기의 작동을 중단시키면 전등에 다시 충분한 전기가 공급되면서 불이 더 밝아지는 것이다. 그러면 그 순간 깨닫게 된다. 그렇지, 이게 바로 정상적인 조명인 거야!

그녀는 나와 끝났다는 말을 하기 위해 온 게 아니었다.

우리는 안으로 들어가 차를 마셨다. 나는 발굽 관리사에게 대접하려고 사놓은 시나몬 롤을 내놓았다. 그리고 그녀는 갈피를 잃은 듯한 자신의 동료 이야기를 들려주었다.

27

난 어느새 내 삶보다 훌쩍 자라 있었다.
내겐 새로운 옷이 필요했다.
누더기라 해도 아무 상관 없었다.

룬드마르크 부인은 1970년대에 철수하는 병영에서 캐비닛을 사들였다. 그리고 20년 동안 그곳에 파일들을 보관해왔다.

처음에는 일곱 세대에 걸친 자기 가족의 계보를 만들었다. 나중에야 알았지만, 시작은 그랬다.

그런데 반드시 오래전 죽은 사람들에 관한 자료만 모으란 법은 없다는 생각이 들었고, 그때부터 그녀는 이웃과 동료, 예전 반 학우들에 관한 파일을 만들기 시작했다. 친구는, 없었다.

"난 친구 사귀는 일에는 관심 없어요." 지극히 담담한 어조였다. "모든 게 지나치게 상호적이고 복잡해지니까요. 서로에게 얽매이게 되고."

그녀는 콘숨의 계산원과 자기가 사는 건물의 관리인, 그리고 우편배달부에 관한 파일을 만들었다. 하지만 내용은 극히 빈약했다.

"그런 사람들은 정보 수집이 쉽지 않으니까요." 그녀는 변명하듯 말했다. "직접 사람들을 관찰할 때도 있고 가끔은 신문의 '가족란'에서 정보를 얻어요. 하지만 절대 집으로 찾아가진 않죠."

"직접 관찰한다고요?"

내 질문에 그녀는 만족스러운 미소를 지어 보였다.

"전혀 눈치채지 못했죠, 안 그래요?"

눈치채다니, 뭘?

"염탐과는 달라요. 난 다른 사람의 삶에 개입하고 싶은 생각은 전혀 없거든요. 아무에게도 해를 끼치고 싶지 않고, 누가 됐든 도와주고 싶은 마음 같은 거 없어요. 이 자료들을 다른 용도로 쓸 의도도 전혀 없고요. 내가 수집하는 자료라고 해봐야 대부분 별 쓸모가 없는 것들이에요. 그리고 어쨌든 내가 죽으면 이 파일들은 모두 파기하기로 변호사와 얘기도 마쳤고. 그렇지만 원한다면 당신 파일을 보여줄게요."

그녀는 '동료들'이라고 표시되어 있는 초록색 철제 서랍에서 꽤 두툼해 보이는 파일 하나를 꺼냈다.

"여기 앉아요."

그녀는 마치 내가 유난히 말귀를 못 알아듣는 개라도 되는 것
처럼 명령조로 말했다. 그리고 탁자 위에 파일을 올려놓았다.

파일에는 도서관과 거리, 그리고 발코니에서 찍힌 내 흑백사
진이 들어 있었다. 마지막 사진은 건너편 거리 아래쪽에서 찍은
것 같았다. 도서관 사진은 멀리서 찍어 확대한 듯 다소 흐릿했다.

"사진 현상에 필요한 것들도 욕실에 다 갖춰놓았지요!" 그녀
는 자랑스럽게 얘기했다.

오늘까지의 내 업무 시간표도 들어 있었다. 내가 서명하여 사
람들에게 보낸 공문서와 노조 회의 보고서와 의견서도 있었다.
'옷'이라고 적힌 조그만 노트에는 내가 즐겨 입는 옷의 색깔과
소재에 대한 상세 기록과 함께 특정한 날에 입었던 옷에 대한 코
멘트가 적혀 있었다. '크리스마스 파티: 붉은색 주름 스커트, 롱
카디건, 파이 주걱 모양 칼라가 달린 블라우스.' '5월 15일: 남색
재킷, 너무 크다. 죽은 남편 옷?' 내 도서 대여 목록과 단골 식품
점의 영수증까지 있었다.

"모두 당신 거예요! 내가 당신 몰래 사진을 찍고, 식품점에서
버리고 간 영수증을 주워서 기분 나쁜가요?"

솔직히 그렇다고 말할 순 없었다. 특히 속을 알 수 없는 참새
처럼 고개를 옆으로 기울인 채 날 응시하는 그녀 앞에서는.

난 파일에서 익숙한 냄새가 나는 큼지막한 흰색 손수건을 꺼

냈다. 그러자 그녀의 얼굴이 붉어졌다.

"그래요, 당신 거 맞아요. 난 사실 물건을 수집하지는 않아요. 하지만 이 냄새, 이게 뭔지 알고 싶었거든요. 캘빈 클라인의 '이터니티' 아닌가요? 도무스 백화점의 향수 코너에서 찾아낸 바로는 그랬는데."

"그런데 이런 것들로 대체 뭘 하시려는 거죠? 단지 수집하고 보관하기 위한 목적은 아니지 않나요? 혹시 소설이라도 쓰실 생각이세요?"

문득 든 생각이었다. 소설가들 중에 그러는 사람이 있다는 얘기를 들은 적이 있었다.

"전혀 아니에요." 그녀가 갑자기 열을 올리며 대답했다. "그런 소설은 이미 너무 많으니까요. 하지만…… 그러니까 때로는…… 다른 사람의 삶을 한번 살아보고 싶다는 생각이 들었어요. 마치 옷 가게에서 옷을 입어보는 것처럼 말이죠. 살 생각은 전혀 없지만 그냥 한번 새 옷 입은 모습을 보고 싶다는 생각이 들잖아요. 예를 들면, 어느 봄날 우리 집 발코니에서 내가 당신이고 내가 있는 그곳이 당신 집 발코니라고 생각하는 거예요. 나는 당신이 좋아하는 오래된 누빔 재킷에 버섯 무늬 모자를 쓰고 당신이 즐겨 사는 핀 크리스프 크래커를 조금씩 잘라 먹어요. 눈을 감고 생각하죠, 나는 30대 중반이고 내 머리카락은 섬세한 금발이다. 미리 화장도 마쳤고 핀 크리스프 크래커도 사둔 상태예요. 심지어 이터니티 향수를 살 생각까지도 했었어요! 그러고는 다음 날엔 뭘 입을지 생각해요. 초록색 롱스커트를 입을까, 아니면 청바지와 스웨터? 친구와 점심을 먹을까, 아니면 묘지에 갈까? 고인이 된 당신 남편 생각을 한 적도 있어요. 그가 도서관으로 당신을 데리러 왔을 때 자주 봤거든요. 하지만 그 생각은 잘 하지 않는 편이에요. 당신의 실제 감정에는 그다지 관심이 없으니까."

"내 것은 꽤 두꺼운 편이군요." 난 혼잣말처럼 말했다. "그런데 릴리안에 관한 자료는 얼마 되지 않아 보이네요."

"릴리안의 삶에는 그다지 끌리지 않았어요. 이것들은 특히나 피상적인 관찰 자료예요. 내가 다른 사람이라고 상상할 때는 그녀에게 관심을 갖게 되기도 했으니까요. 그리고 릴리안도 다른 사람들처럼 생일 선물을 받을 권리가 있잖아요."

생일 선물! 그래서 룬드마르크 부인이 사람들에게 꼭 필요한 선물을 고를 수 있었던 거야!

"반면에 당신은 정말 내 호기심을 자극했어요. 나처럼 당신도 나서기보다는 지켜보는 걸 좋아하는 부류거든요. 하지만 당신은 언제나 너무 서두르기 때문에 자신이 보는 것을 자료화하지 못하죠. 언젠가는 그럴 수 있을지도 모르지만."

그녀는 마치 인내심 많은 초등학교 선생님처럼 얘기했다. '너도 언젠가는 나처럼 완전히 미쳐버릴 수 있을 거야, 아가야.' 그런데 룬드마르크 부인은 정말 그렇게 미쳐버린 것일까?

"혹시 제 삶과 관련해 저 자신이 모르고 있는 무언가를 얘기해주실 수 있나요?"

"말해줄 수야 물론 있지만 하지 않을 거예요. 부정 행위 같은 거니까. 위험할지도 모르고. 공상과학영화에서 그렇잖아요. 과거의 일부분을 바꾸는데 현재의 모든 게 달라지죠. 그리고 사실 나도 잘 몰라요. 가끔씩 잠깐 동안 당신의 삶을 살아볼 뿐인걸요. 단지 빌려 살아볼 뿐, 그런다고 내 삶이 되는 건 아니니까."

문득 어디선가 들은 어느 핀란드 학자의 이야기가 생각났다. 그는 누군가를 정상이라고 규정하는 것은 그 사람에 대해 충분한 분석이 이루어지지 않았기 때문이라고 했다. 어떤 근거로 사람들의 삶을 파일에 저장하는 것이 새를 관찰하는 것보다 비정상적이라고 말할 수 있겠는가. 룬드마르크 부인이 나보다 더 미쳤거나, 더 염세적이거나 더 감상적이라고 말할 수는 없었다. 단지 현실적이고 유능하며 대단히 시적일 뿐.

"그런데 매우 흥미롭더군요, 당신의 새 남자 말이에요. 당신과는 절대 어울리지 않는 남자이거나, 당신하고 유일하게 잘될 가능성이 있는 남자이거나 둘 중 하나예요."

"벤니 말인가요? 그래요, 이네스. 벤니와 어떻게 하면 좋을까요?"

그녀는 단호한 어조로 말했다.

"난 그런 충고는 절대로 하지 않을 거예요!"

28

무언가 달라졌다. 그녀가 동료 이야기를 하려고 날 찾아왔던 그날부터인 것 같다. 그 일이 있은 후부터 그녀는 입을 열기보다 눈을 더 자주 크게 뜨기 시작했다. 말하자면 그런 식의 변화였다.

사실 그녀는 말을 많이 하는 편이었다. 그게 싫었다는 뜻은 아니다. 그녀를 만나기 전까진 얘기할 사람조차 없었으니까. 대부분 흥미롭거나 웃기거나 근사한 말이기도 했고. 하지만 때로, 그녀가 경험하는 것 중에 입 밖으로 내지 않는 일이 있긴 한 걸까 싶기도 했다. 어쩌면 그녀는 그런 식으로 자신이 겪는 일들을 자기 것으로 만드는지도 몰랐다. 이가 거의 없는 노인들이 음식물을 삼키려면 미리 부드럽게 으깨야 하는 것처럼.

하긴 카메라를 그런 식으로 이용하는 사람들도 있다. 어렸을 때 어머니의 사촌인 비르기타 이모와 예테보리에서 사흘간 휴가를 보낸 적이 있었다. 비르기타 이모는 내내 사진을 열심히 찍어 댔다. 식물원, 항구, 리세베리 놀이공원, 유람선, 전차 등등. 사진을 찍지 않으면 자신이 보는 것들을 즐기지 못하는 듯했다. 그리고 겨울에 이모가 우리를 보러 왔을 때 우린 함께 앨범을 넘기며 추억을 회상했다. 그때 알게 되었다. 사진을 찍어두지 않으면 이모는 아무것도, 귀를 움직일 줄 알던 별난 식당 종업원조차 기억하지 못한다는 사실을. 그러니 사진이 제대로 나오지 않을 때 이모가 얼마나 상심할지 짐작이 갔다. 삶의 몇 달을 잃어버리는 것이나 마찬가지일 터였다. 사진을 유달리 잘 찍는 편도 아니었는데 말이다.

나의 데시레의 경우도 그와 비슷했다. 그녀는 모든 것을 말로 표현해야만 직성이 풀리는 타입이었다. 사실 그런 게 문제가 되는 경우는 딱 한 가지, 바로 침대에서였다. 그녀는 나를 애무하며 혼을 쏙 빼놓는 순간까지도 쉴새없이 말을 했다. 우리가 열중하고 있는 바로 그것에 대해 이야기할 때도 있어서 거북해지기까지 했다. "음, 팔꿈치가 원래부터 성감대인 거야, 아니면 당신이 그렇게 발달시킨 거야? 니베르 공작부인이 자신의 은밀한 부분을 지도처럼 그려서 물감으로 색칠까지 했다는 얘기 들어본

적 있어? 애인들이 좀더 쉽게 자기를 만족시킬 수 있게 그랬대."

그녀는 끊임없이 재잘댔다. 난 무슨 말을 해야 할지 몰랐다.

적어도 캐비닛이 있다는 동료의 집을 다녀오던 날 밤까지는 그랬다. 그날 그녀는 처음엔 아무런 의욕도 없어 보였다. 그러더니 자고 가겠다며 옷을 벗고는 내 침대에 똑바로 누워서 아무 말 없이 천장을 응시했다. 나는 그녀가 곁에 있다는 사실만으로도 언제나 크리스마스 선물을 받는 기분이었다. 그리고 결국 나는 내 손을 가만히 두지 못했다.

가끔씩 내가 그녀의 온몸을 기억하려고 애쓰고 있구나 하는 생각이 들 때가 있다. 마치 그녀가 어디론가 사라져버릴까봐 두렵기라도 한 것처럼. 나는 그녀의 쇄골 아래 움푹 들어간 곳, 곧게 뻗은 조그만 발가락, 왼쪽 젖가슴 아래의 점, 그리고 보송보송하고 하얀 팔뚝 솜털에 이르기까지 모든 것을 기억하고 있다. 옷을 벗고 있다면, 눈 가리고 술래잡기를 한다 해도 어김없이 그녀를 찾아낼 수 있을 정도였다. 난 살짝 위로 들린 코만 만져봐도 단번에 그녀인지 아닌지 알아맞힐 수 있을 것 같았다. 그런데 재밌게도 그녀는 자신의 외모를 별 볼 일 없다고 생각했다. 사실 난 그녀가 예쁜지 못생겼는지에 대해서는 생각해본 적이 없다. 그녀가 지금 모습 그대로 남아 있어주기만 한다면 그런 건 조금도 중요하지 않다.

그날 밤, 그녀는 한 마디도 하지 않았다. 내가 먼저 만져도 되는 건지 판단이 서지 않았다. 그녀는 하고 싶을 때면 의사표시를 분명히 하는 편이었기 때문이다. 그러더니 그녀가 긴 한숨을 내쉬고는 나를 밀어서 반듯이 눕힌 다음, 갈 곳 몰라 하던 내 두 손을 잡아 내 가슴 위에 포개놓았다. 그러고는 여전히 아무 말도 하지 않은 채 내 몸을 만지기 시작했다.

문득 혼자 사는 사람들이 미용실이나 치과 또는 발 관리사에게 가는 것이 반드시 그럴 필요가 있기 때문만은 아닐 거라는 생각이 들었다. 그저 자신의 몸에 닿는 누군가의 손길이 그립기 때문일 수도 있는 것이다. 그녀가 그런 식으로 날 만지기는 처음이었다. 성감대 얘기가 아니다. 어쨌든 한참 동안 그랬다. 금방이라도 울음이 터져나올 것 같았다. 그녀 역시 울고 있었다. 그녀의 눈물이 내 손등 위로 떨어져 내렸다. 뭔가 말을 하려는데 그녀가 내 입술에 손가락을 갖다 댔다.

"쉿, 난 지금 내 삶을 시험해보고 있는 거야!"

나는 지금도 그 말의 의미를 알지 못한다. 하지만 그때 그 순간에는, 가끔 꿈속에서 그러하듯, 모든 게 명백해 보였다.

29

당신은 부드러운 손길로
내 어깨와 가슴을 어루만졌고,
당신 발바닥과 귓불 그리고
허벅지 사이의 아기 다람쥐를 내게 허락했지요.

그의 얼굴에는 수두 때문에 생긴 조그만 흉터가 두 개 있었다. 하나는 관자놀이에, 다른 하나는 입가에. 오늘 아침에는 참고 서적들을 찾느라 도서관 컴퓨터로 복잡한 검색을 하다 말고, 나도 모르게 검지로 키보드를 어루만지고 있었다. 마치 그의 얼굴과 흉터를 쓰다듬듯. 난 눈을 감은 채 P부터 D까지 살짝 오목한 글자판들을 손가락 끝으로 어루만졌다. 그런 다음 눈을 뜨고 마치 한 번도 본 적 없는 것처럼 내 손을 바라보았다. 이 하얗고 앙상한 손가락들은 알고 있지. 그의 척추를 따라 나 있는 솜털과 쇄골 아래 움푹 들어간 곳과 울룩불룩한 팔뚝의 핏줄을. 배꼽 주위의 털을 어루만진 다음 향하는 곳도.

나는 점점 나 자신을 통제하기가 힘들어졌다. 담배를 끊으면 갑자기 차 향과 생크림 맛에 민감해지고 봄이 온갖 향기의 교향곡으로 변모한다는 얘기를 들은 적이 있다. 내 촉각기관도 그런 과정에 있는 것 같았다. 엉덩이에 닿는 의자의 부드러움과 유연함, 손에 닿는 아마천의 거친 촉감과 깃털이 입술을 스칠 때의 말로 표현하기 힘든 전율까지 느껴졌다. 이런 식으로 계속 주위 세상을 탐색한다면 사람들은 나를 정신 나간 사람쯤으로 여길지도 모를 일이었다.

메르타에게 전화를 해야 했다. 내가 키보드 글자판들을 어루만졌다고 얘기하자 그녀는 이상한 소리를 냈다. 따뜻하고 애정 어린 나지막한 비둘기의 울음소리 같았는데, 마치 아주 잘된 일이라고 말하는 듯했다. 하지만 컴퓨터 성추행으로 걸려 들어가지 않도록 주의하라는 말뿐 다른 얘기는 하지 않았다.

나는 결코 관능적인 여자가 아니었다. 외리안과의 결혼생활을 통해 그걸 깨달았고 초연하게 받아들였다. 일종의 자부심마저 느꼈다. 마치 그 사실이 나를 동물적인 본능을 넘어서는 이성적인 존재로 만들어주는 것 같았기 때문이다. 일요일 저녁에 발간되는 타블로이드판 신문의 섹스 관련 부록을 읽으면 화가 치밀었다. 대개 "여기를 살짝 눌러주고 이 부분을 혀로 애무하면서……"라는 식의 설명과 함께 "다양한 테크닉을 구사함으로써 당신은 그의 사랑을 지켜나갈 수 있을 것이다……"라는 식으로 결론을 맺었다. 마치 사랑이 욕실 타일 시공법과 다를 바 없다고 말하는 것 같았다. 효율적인 방법대로만 하면 하나하나 어긋나지 않고 완벽하게 짜 맞출 수 있다는 듯이. 분명히 말하지만, 난 효율적인 가르침 자체에 반대하는 건 아니다. 단지 그런 것들이 '사랑'이라고 주장하는 것에 동의할 수 없을 뿐이다. 난 하렘의 여자가 될 생각은 전혀 없으니까. 효율성의 문제로 말하자면, 직장에서 매일같이 부딪히는 일만으로도 충분했다.

외리안은 언제나 아내보다 '좀더 욕구가 강한 남편'으로서의 역할을 잘 이해하고 충실히 수행했다. 난 조금 차가운 여자가 됨으로써 그를 좀더 남성적으로 만든 셈이었다. 내가 만약 갑작스러운 욕구에 사로잡혀 그를 현관 카펫 위로 쓰러뜨렸다면 그는 어떻게 반응했을까? 아마 발기했던 그것이 그 즉시 수그러들고 말았을 것이다. 이제 와 생각해보니 그 역시 그다지 관능적인 남자는 아니었던 것 같다.

그는 한 번도 벤니처럼 내 앞에서 어린애 같은 초조함을 드러낸 적이 없었다. 특히 오랜만에 만난 벤니 같은 모습을 보인 적은 단 한 번도 없었다. 그럴 때의 벤니는 마치 용돈을 꼭 쥔 채 사탕 가게 진열창에 얼굴을 바짝 붙이고 한참 동안 서서 침을 흘리고 있는 어린아이 같았다. 그는 내 몸을 머리끝부터 발끝까지, 오감을 모두 동원하고 때로는 육감까지 동원해 1제곱센티미터

넓이로 샅샅이 훑고 탐색했다. 그는 나 자신도 미처 몰랐던 내 몸의 점들을 찾아냈고, 무릎 뒤쪽에 코를 박고 냄새를 맡거나, 마치 처음 보는 사람처럼 내 젖꼭지를 한참 동안 응시하기도 했다. 내가 웃으면 그는 당혹스러운 표정으로 직업적인 핑계를 대며 항변했다. 소의 젖을 살피는 데 너무 익숙해져 있기 때문이라나…… 하지만 그의 열정과 희열에는 의심의 여지가 없었다. 나와 함께 그 기쁨을 나누고 싶어 하는 갈망 또한 마찬가지였다.

처음에는 그런 탐색이 다소 불편했기 때문에 혹시 정기 건강 검진이라도 하는 거냐고 묻기도 했다. 하지만 솔직히 말하면 바보같이 겁을 먹고 있는 나 자신에게 당황했기 때문이었다. 나도 그에게 그렇게 해줘야 하는 건지, 만약 그렇다면 언제 시작해야 하는지 혼란스러웠던 것이다. 하지만 그렇게 함으로써 우리는 서로를 훨씬 더 잘 알 수 있었고, 그를 탐색하지 않을 때면 손이 허전하기까지 했다.

때로 그의 입술을 응시하다보면 그 입술이 닿았던 내 몸 구석구석이 떠오르면서 얼굴이 화끈거리기도 했다. 생체리듬을 정상적으로 유지시켜줄 비타민 같은 일회성 애인 하나만 있으면 충분하다던 내가……

30

우린 주로 내 집에서 만나는 편이었다. 내가 자리를 비우기 힘들기 때문이다. 하지만 가끔은 그녀의 아파트에서 시간을 보내기도 했다. 난 그곳이 편치 않았다. 벽도 하얗고 카펫도 하얀 데다가 강관鋼管 가구들까지, 마치 끔찍한 병동에라도 와 있는 착각을 일으키는 곳이었다. 데시레는 부엌에서 먹으면 속이 더부룩해지는 야채수프 비슷한 것을 만들고 있었다. 갑자기 누군가 나타나서 "이제 환자분 차례예요. 진료실로 들어가세요!"라고 말해도 전혀 놀라지 않을 것 같았다.

게다가 모퉁이마다 어린 자작나무만 한 커다란 화분들이 놓여 있었다. 장담하건대 플라스틱 식물일 것이다. 마치 아파트 전체가 알레르기 방지를 염두에 두고 설계된 것처럼 보였다. 그나마 약간의 생기를 부여해주는 것은 내가 그녀에게 생일 선물로 준 포스터뿐이었다. 포스터라기엔 좀 유치했는데도 그걸 벽에 붙여 놓은 그녀가 더없이 사랑스러웠다.

혹시 그녀에게 어머니가 만든 십자수를 선물해야 하는 건 아닐까? 내겐 필요 이상으로 많은 십자수가 있었다. 어머니는 아마 50년간 적어도 일주일에 한 점씩은 만들었을 것이다. 그런 다음 이웃이나 친구들의 생일엔 반드시 십자수를 선물했다. 지금도 마을 어디를 가든 부지런한 어머니의 손이 만들어낸 작품들과 마주치게 된다. 그런데도 여전히 집 전체를 도배하고도 남을 만큼 많았다. 다락방에 있는 커다란 가방에 하나 가득이었다.

게다가 데시레의 집에는 텔레비전이 없었다. 당연히 비디오도 없었다. 그래서 중요한 스포츠 중계가 있는 날에는 그녀의 집에 가는 것을 피했다. 물론 그런 얘기까지 털어놓진 않았다. 단지 그런 날 밤에는 '회계 장부를 반드시 정리해야' 할 뿐이었다. 한 번은 그런 날 밤에 그녀가 불쑥 찾아온 적이 있었다. 난 중계를 보는 건 꿈도 못 꾸고, 눈물을 머금고 이를 악문 채 아버지 책상에 산더미처럼 쌓인 서류들과 씨름해야 했다. 그리고 그건 참으로 다행스러운 일이었다. 여기저기에 내 손을 기다리는 '당좌대월 계약서'와 '채무 상환 독촉장', '결제만기 통지서'와 '재독촉 고지서' 등이 포진해 있던 참이었으니까. 밤잠도 못 자면서 끙끙거린 끝에 밀린 일을 대부분 해치울 수 있었다. 본의 아니게 그녀가 내 수호천사 역할을 한 셈이었다.

거기다 그녀가 내 무릎 위에서 몸을 뒤틀며 부끄럼 없이 나를 공략하는 사이에 회계 장부의 잔고를 살피는 일이란 정말 환상적인 경험이었다. 이런 특전을 누릴 수만 있다면 정말 열성적이고 치밀한 회계사가 될 수 있을 것 같았다…… 그렇다. 그렇게 바로 치고 들어가는 때도 있었다. 매일 밤 마냥 여유를 부려가며 눈 가리고 술래잡기를 할 수는 없었다. 내겐 새벽같이 나를 기다리는 축사의 소들이 있기 때문이다.

그녀에게 왜 텔레비전이 없는지 물어보았다. 내 집에 있을 때는 모든 프로그램을 빠짐없이 챙겨 보면서 말이다. 데시레가 특히 좋아하는 것은 광고였다. 그중에서도 혀짤배기소리로 오줌이 새지 않는 기저귀를 자랑하는 통통한 아기와, 새끼 양의 귀한 피로 세례라도 받은 듯 생리대를 찬양하는 젊은 여자들이 나오는 광고에 열광했다. 그녀는 눈을 부릅뜨고 정원 장식용 석상을 수집하는 퇴직자들이 나오는 토크쇼부터 악당이 차와 함께 절벽에서 떨어져 죽는 걸로 끝나는 한밤의 스릴러물까지 가리지 않고 탐닉했다. 한번은 그녀가 〈여객선 회사〉*에 푹 빠져 있는 동안 두

---

* 1992년부터 2002년까지 장기간 방영된 스웨덴의 텔레비전 드라마.

톰한 카펫이 깔린 텔레비전 앞에서 사랑을 나눈 적도 있었다. 그
때 그녀는 이렇게 말했다.

"이제 알겠지? 내가 왜 텔레비전을 집에 둘 수 없는지."

그런 그녀가 도저히 좋아할 수 없는 게 딱 한 가지 있었다. 스
포츠였다. 그녀는 스포츠 경기를 알리는 음악만 나오면 짜증 섞
인 신음을 내며 꽃무늬 가방에서 그 망할 시집을 꺼내 들었다.
그녀가 항상 들고 다니는 그 가방 속에는 언제나 두세 권의 책이
들어 있었다.

내 주의를 끌어본다고 다양한 수를 쓰기도 했다. 하지만 그녀
가 나를 카펫 위로 쓰러뜨릴 때에도 난 비에르클뢰벤 대 무두의
하키 경기에서 눈을 떼지 않았다.

함께 영화를 빌려 보기도 했다. 하지만 의견 일치가 안 돼 언
제나 두 편을 빌려야 했다. 내가 보는 동안 데시레는 꽃무늬 가
방을 찾으러 갔고, 그녀가 보는 동안 난 잠을 잤다.

우리는 물과 기름 같은 존재들이었다. 그리고 난 계속 이렇게
지낼 수 있기를 바랐다. 매일 한 가지씩 견디면서 지내는 법을
배우면 되니까.

31

그래요.
당신은 양동이와 삽을.
난 앙증맞은 빵틀을 준비하기로 해요.

나는 가끔 그에게 도서관에서 빌려 보고 싶은 책이 없는지 물었다. 그가 직접 갈 시간은 없었기 때문이다. 그러면 그는 마치 바보처럼 나를 뻐딱하게 쳐다보면서 말했다. "책은 1년에 한 권으로 충분해. 그리고 난 작년에 이미 한 권을 읽었다고!"

어쩌다 한 번씩 그를 설득해서 함께 영화관에 갈 때도 있었다. 나는 〈폴리스 아카데미〉 쪽으로 향하는 그를 붙잡아 〈피아노〉 상영관으로 밀어넣었다. 그는 한동안 시큰둥한 표정이더니 정글에서 두 남녀가 사랑을 나누는 장면에 이르자 내 허벅지 사이로 슬그머니 손을 집어넣었다. 난 낚싯바늘에 걸린 벌레처럼 몸을 뒤틀었다. 그는 그런 내 귀에 대고 이렇게 속삭였다. "지금 스포츠 뉴스 할 시간인데."

그는 영화를 보고 나오면서 다른 사람들은 아랑곳하지 않고 큰 소리로 떠들어댔다.

"말도 안 돼, 당시 사람들이 저렇게 멍청했다는 소릴 믿으란 거야 뭐야! 제대로 된 부두도 만들지 않고 저렇게 피아노를 해변에 아무렇게나 던져놓는 게 말이 되느냔 말이야!"

꼭 한 번 그를 극장에 데리고 간 적이 있었다. 도시에서 살아가는 현대인의 공허함을 짤막한 장면들로 표현한, 난해하고 전위적인 연극이 상연되고 있었다. 그는 무거운 정적에 잠긴 극장에서 아무 거리낌 없이 말 울음소리를 쏟아냈다. 로비에 나와서도 내게 도발적인 눈길을 보내며 큰 소리로 떠들었다.

"〈101마리의 달마시안〉 이후로 이렇게 웃기는 걸 보긴 정말 처음이야."

"당신, 나 엿 먹이려고 일부러 그러는 거지!" 난 패스트푸드점에서 그에게 씩씩거리며 따졌다. "누가 당신보고 꽉 막혔다거나 이해력이 부족하다고 말한 적 있어? 당신은 왜 내게도 내 삶이 있다는 걸 인정하려 들지 않아? 왜 내 생활방식을 이해하려 하지 않느냐고! 내가 당신 농기구를 두고 그렇게 멍청한 얘기 하는 거 봤어?"

"하지만 난 당신한테 두 시간씩이나 그걸 쳐다보고 있으라고 하진 않았잖아!"

그 역시 역정을 내면서 쏘아붙였다. 그리고 침묵이 이어졌다.

그는 복수 차원에서 그다음 일요일에 트랙터 경주장으로 나를 끌고 갔다. 무거운 짐을 끌고 트랙을 달리는 거대한 트랙터들이 청명한 늦가을 하늘로 푸른색 배기가스를 뿜어내고 있었다. 엄청난 소음에 귀가 먹먹했다. 외리안이 있었더라면 몹시 분개하며 논쟁을 일으킬 만한 일련의 기사를 썼을 게 분명했다. 나는, 그냥 조금 메스꺼웠다. 벤니는 예의 그 산림조합원 모자를 푹 눌러쓰고 나를 완전히 무시한 채 같은 행색의 남자들과 카뷰레터 얘기에 열중했다.

그리고 집에 돌아오자마자 우리는 미친 듯이 사랑을 나누었다.

메르타에게 결국 그게 다인 거냐고 불평을 늘어놔봤지만 메르타는 그게 다냐니 무슨 그런 소리가 있느냐고 했다.

가장 좋은 순간은 그 후, 서로 몸이 뒤엉킨 채 편안하게 휴식을 취할 때였다. 우린 서로를 더 잘 알 수 있는 여러 가지 질문을 생각해냈다.

그가 먼저 물었다.

"만약 도망쳐 나온 황소하고 마주친다면 어떻게 할 거야?"

"괴력을 발휘해 울타리까지 5미터 멀리뛰기를 하겠지. 하지만 울타리를 뛰어넘으려는 순간 기절하고 말 거야. 그리고 황소 뿔에 받혀 짓이겨지는 거지."

"천만의 말씀. 당신은 황소를 향해 뚜벅뚜벅 걸어가서 공연히 여자들을 불안하게 만들지 말라고 당당하게 말할걸. 그래서 기절은 황소가 하고 말 거야!"

"만약 우아한 파티에서 갑자기 바지 지퍼가 열리는 바람에 당신 그게 노출된다면 어떻게 할 거야?"

"제대로 다 꺼내놓고 전국 바바리맨 협회 대표라고 자기소개를 해야지. 지지 차원에서 기부 의사가 있는지 물어볼 거야. 물론 현금으로 말이지.

아니, 실제로는 그러지 못할 거야. 조심스럽게 지퍼를 올리려 할 거야. 그러다 식탁보가 끼는 바람에 접시가 몽땅 바닥으로 떨어지겠지. 그래도 그 모양새 그대로 문을 향해 뒷걸음질칠 거야. 얼굴엔 한껏 여유로운 미소를 띠면서 말이야. 그리고 서둘러 그곳을 빠져나가다가 계단에서 식탁보에 걸려 넘어지는 바람에 다리가 부러지겠지!

자, 이번엔 당신 차례야. 어떤 서점에서 책을 한 권 사고 그 직후에 또다른 서점에 갔어. 그런데 거기 판매원이 당신한테 자기네 서점에서 그 책을 훔쳤다고 하는 거야. 그럼 어떻게 할 거야?"

"히스테릭한 미소를 지으면서도 책값을 지불하겠지. 그리고 똑같은 책을 세 권 더 산 다음, 책이 너무 좋아서 친구들한테도 선물할 거라고 큰 소리로 외칠 거야. 그러고는 귀까지 벌게져서 허둥지둥 그곳을 빠져나오겠지. 책 네 권을 몽땅 카운터에 놓아 둔 채로 말이야!"

우리는 서로 생각이 일치했다. 벤니는 천연기념물이 분명했고, 나 역시 천연기념물의 부인이 되어 스칸센 박물관의 진열창에 나란히 전시될 자격이 충분한 사람이었다.

32

 겨울 몇 달간은 농장 일이 비교적 한가한 편이다. 물론 숲에서 해야 할 작업이 날 기다린다는 것은 잘 알고 있었다. 하지만 11월에 계속 내린 푹푹 빠지는 눈 때문에 숲에서 이동하는 것이 매우 힘들었다. 어쨌거나 그렇게 믿기로 했다. 게다가 몹시 추웠다. 얼음장처럼 차갑고 습한 바람이 살을 에는 것 같은 날씨였다.

 그러던 중 갑자기 오래된 집에 새로운 활기를 불어넣고 싶다는 생각이 들었다. 베란다를 요란하게 장식하고 싶은 생각은 추호도 없었다. 하지만……

 요전 날 텔레비전에서 1950년대의 주유소를 문화유산으로 지정하여 리모델링을 한다는 프로그램을 본 적이 있다. 문득 내 거실 역시 문화유산으로 지정될 수 있지 않을까 하는 생각이 들었다. 부엌도 마찬가지고. 사실 어머니는 실내장식 같은 데에는 전혀 관심이 없었다. 살림에 일가견이 있었던 건 사실이지만, 나머지는 어머니 부모 세대와 비교해 달라진 게 전혀 없었다. 어머니는 아버지와 함께 구입한 물건들은 어느 것 하나 버리지 못했다. 그럼 나는?

내가 집에서 유일하게 조금이라도 변화를 주고 싶어 했던 곳은 바로 내 방이었다. 농장 일을 물려받기 직전 열일곱 살 무렵, 할머니 때부터 있었던 칙칙한 밤색 벽지를 걷어내고 벽을 온통 검은색으로 칠했다. 침대 위에는 호피 무늬 러그를 깔고, 벽에는 푸들 같은 머리가 치렁치렁한 하드록 그룹의 포스터를 붙여놓았다. 소고기 부위 구별표처럼 파란색 잉크로 몸이 구분되어 있는 여자 누드 사진도 있었다. 당시 난 그 사진이 정말 굉장하다고 생각했다. 정말 죽여줬다! 카리나 역시 감탄을 금치 못했다. 한번은 하지 축제* 참석차 부모님이 주말에 집을 비운 적이 있었다. 난 아침에 소젖을 짜야 해서 집에 남았다. 그 기회에 카리나를 내 방으로 불러 그녀의 몸에 누드 사진과 똑같은 구분선을 그

---

* 겨울이 긴 북유럽 지역에서 하지를 기념하기 위해 여는 축제. 사흘이 공휴일로 지정되어 있다.

려 넣었다. 지워지지 않는 유성 펜으로. 우린 둘 다 진탕 먹고 독한 술까지 마셨다. 그리고 그 상태로 침대에서 뒹굴었기 때문에 호피 무늬 러그는 엉망이 됐다. 하지만 어머니는 아무것도 묻지 않고 그것을 갖다 버렸다. 어머니는 늘 그런 식이었다.

나중에는 록그룹 포스터를 떼어내고 거대한 트랙터 사진을 붙여놓았다. 하지만 방을 다시 칠할 생각도, 그럴 기회도 없었다. 그런데 어느 날 데시레가 시커먼 벽을 바라보며 마치 지하 납골당에 누워 있는 것 같다고 했다. 그래서 인테리어를 새로 해야겠다고 생각했다. 그녀가 내 삶 속으로 들어왔을 때 내 안에 둥지 치기 본능이 꿈틀거리기 시작했던 것 같다. 그런 나를 진작에 경계했어야 했다. 나는 지뢰밭 위를 걷고 있었고, 그 사실을 감지하는 데는 그리 오랜 시간이 걸리지 않았다.

먼저 그런대로 발랄한 꽃무늬 벽지로 도배를 새로 했다. 그런 다음 할렌스 통신판매에서 주문한 커튼을 달았다. 양옆으로 고정시킬 수 있는 반짝이는 리본과 프릴 장식이 달린 흰색 커튼이었다. 마지막으로 트랙터 포스터 대신 어머니의 꽃무늬 십자수를 양쪽으로 걸었다.

이 모든 게 데시레가 집에 오기 전 일주일 동안에 이루어진 일이었다. 마침내 그날, 난 그녀를 방으로 데리고 가 팡파르 소리를 내며 문을 열어젖혔다.

그러자 그녀의 눈이 휘둥그레졌다.

"아, 정말…… 멋지네!" 그뿐이었다.

난 실망감이 컸다. 그래서 그녀가 무슨 말이든 좀더 하도록 부추겼다. 이를테면 내가 일을 아주 잘했다거나…… 이 방에 있으면 진정으로 행복할 것 같다거나. 하지만 고작 예전보다 방이 환해지고 커 보인다는 말뿐이었다. 나는 서둘러 물었다.

"그런데 왜 당신 마음에 든다는 얘기는 하지 않는 거야?"

그리고 이내 그런 말은 하지 말았어야 했다는 걸 깨달았다. 데시레는 예의상이라도 거짓말을 좋아하지 않았다. 그건 이미 나도 잘 알고 있었다. 그녀는 내 방이니까 자기 취향 말고 내 취향에 맞게 꾸미는 게 당연하다고 대답했다.

"그러니까 당신은 나하고 함께 벽지를 골랐으면 좋았을 거라는 말을 하고 싶은 거야?" 나는 참지 못하고 결국 그 말을 내뱉고 말았다.

그렇게 결정적인 질문을 하고 말았던 것이다. 난 좀더 시간이 흐른 후에야 깨달았다. 내가 지나치게 앞서 간 질문을 했다는 것을. 그녀는 단지 "아니, 왜?"라고만 대답했기 때문이다. 그렇게 대답해놓고 그녀는 아래층으로 내려가 텔레비전을 켰다. 뉴스를 꼭 봐야 했으니까.

그리고 저녁 내내 험악한 분위기가 이어졌다. 우린 뉴스를 보면서 언쟁을 벌이기 시작했다. 그녀는 일종의 좌파였다. 빵에 캐비어 얹어 먹는 좌파는 못 돼도 파테 발라 먹는 좌파는 됐다. 반면에 나는 기업가들의 이해를 지지하는 입장이었다. 나 자신도 하나의 작은 기업으로 여기고 있었기 때문이다. 그녀는 날 글로벌 거대 자본주의를 옹호하는 축으로 몰아붙였고, 나보다 논쟁에 익숙한 점을 이용해 내가 동의하지도 않는 것들을 얘기하도록 유도했다. 흥분한 나머지 정신이 뒤죽박죽이 된 나는 기업 차원의 벌목을 옹호하면서, 현장 생물학자들은 아무것도 모르는 애송이들이라고 비웃었다. 그러자 그녀는 환경 파괴와 천연자원 고갈을 들먹이며 반박했다. 난 스웨덴 축산업자들의 트럭을 불태운 동물 권리 운동가들과 그녀를 싸잡아 비난했다.

그러는 동안에도 나는 이 모든 논쟁이 실은 벽지로부터 비롯된 것임을 잘 알고 있었다. 그녀는 일부러 내게 싸움을 걸어왔다. 그녀 자신이 어떤 입장을 취하거나, 이 집에서 어떤 결정을 내리거나 의견을 말하는 것을 원치 않았기 때문이다.

우린 처음으로 사랑을 나누지 않고 잠들었다.

하지만 손은 꼭 잡은 채였다.

33

난 단순하고 간결한 것,
극도로 절제된 형태, 은은한 색들을 좋아한다.
꽃이 만발한 여름날의 목장은
내겐 언제나 과도해 보인다.

처음엔 터져나오려는 웃음을 참느라 무진 애를 써야 했다. 〈바람과 함께 사라지다〉의 여주인공이 파티 드레스로 만들어 입었을 것 같은 소재의 커튼과, 그 집의 최후의 보루인 오래된 지하 납골당 같은 방을 온통 뒤덮은 십자수라니. 하지만 너무나 뿌듯하다는 듯 자신감 넘치는 그를 보면서 난 이내 냉정을 되찾았고, 무슨 말을 해야 할지 몰랐다. 그의 집의 실내장식에 관해선 어떤 의견도 말하고 싶은 생각이 없었다. 그것은 이 집에서 내 몫을 주장한다는 의미가 될 터였다. 행여 언급조차 하고 싶지 않은 문제였다. 적어도 아직까지는.

게다가 텔레비전 앞에서 벌어진 그 바보 같은 말싸움이라니! 처음에는 내가 파놓은 함정에 빠지는 그를 보는 게 즐거웠다. 하지만 그 순간이 지나자 울고 싶어졌다. 솔직히 말하면 지극히 예측 가능한 반응들을 쏟아내는 그를 보는 것이 전혀 기쁘지 않았고, 그를 존중해주고 싶은 마음이 사라져버릴 것 같았다. 게다가 난 그가 어리석거나 구태의연한 반동주의자가 아니라는 것을 잘 알고 있었다. 그는 내가 조금도 관심 없었던 분야에 대해 해박했다. 하지만 우린 서로 다른 별에 살고 있었고, 그 사실을 인정해야만 했다.

다른 때 같았으면 좀더 여유롭게 받아들일 수도 있었을 것이다.

예를 들어 우린 옷에 대한 취향도 전혀 달랐다.

한번은 그가 디아나 쇼핑백을 들고 내 집에 불쑥 나타났다. 디아나는 고참 비서쯤 되는 50대 중년 여성들에게나 어울릴 만한 남색 스리피스 정장과 맵시를 살려주는 조그만 스카프 같은 것을 파는 매장이었다. 가슴팍에 습진이라도 생긴 것처럼 스팽글이 잔뜩 붙은 파티 드레스도 팔고. 메르타와 난 종종 그 가게의 쇼윈도 앞에 서서 한참을 웃곤 했다.

"세일을 하더라고!" 그는 의기양양한 표정을 지으며 말했다. "얼른 열어봐!"

그것은 스리피스 정장도, 파티 드레스도 아니었다. 끔찍하게도 큼지막한 보라색 장미꽃과 형광 초록색 나뭇잎이 프린트된 '젊어 보이는' 스타일의 넉넉한 플레어스커트였다. 부득이한 경우라면 설치미술 작품처럼 벽에 걸어놓을 수는 있을 것 같았다. 그런데 나보고 이걸 입으라고? 맙소사, 차라리 죽으라고 하지!

"하지만…… 이건 '내 스타일'이 아니잖아."

난 그의 심기를 건드리지 않기 위해 다소 힘을 뺀 목소리로 말했다.

하지만 헛수고였다. 그는 눈치가 몹시 빠른 남자였다. 난 그가 나를 위선적이라고 생각하지 않도록 재빨리 덧붙였다.

"이건…… 그러니까, 정말 끔찍해, 솔직히 말하면."

어쩌면 그는 내가 차라리 위선적이길 바랐을지도 모르겠다.

"당신은 왜 항상 그런 옷만 입는 거야? 마치 물에 빠져 해변으로 떠밀려온 시체 같다고!" 그는 스커트를 구겨 쇼핑백 속에 마구 쑤셔 넣으며 내게 쏘아붙였다. "그래도 가져가. 걸레로 만들어서 창문을 닦든지 맘대로 하란 말이야!"

물에 빠진 시체라니! 정말 기가 막혔다.

"당신이나 가져! 당신 집 유리창이야말로 청소가 필요한 것 같으니까! 아님 작업복으로 입든지. 쇠똥 냄새가 밴다고 달라질 것도 없을 테니까!"

우린 서로를 쳐다보았다.

그는 소파 내 옆자리에 털썩 주저앉더니 두 손을 자기 허벅지 아래로 밀어 넣었다.

"난 나보다 약한 사람은 때리지 않아!" 그가 이를 악물며 말했다. "때리지 않는다고, 아니, 절대로 때리지 않아!"

그리고 덧붙였다. "하지만 '떠밀' 수는 있지!" 그러면서 나를 소파에 쓰러뜨리고는 내 유기농 면 소재 티셔츠를 벗겼다.

"생각해보니까 당신은 옷을 안 입고 있는 게 나은 것 같아. 적어도 당신이 고르는 옷들은. 난 당신이 쓰고 다니는 그 망할 버섯 무늬 모자처럼 끔찍한 건 본 적이 없다고!"

그사이에 흘끗 가격표를 보고 그가 그 스커트를 사기 위해 3백 크로나 가까이 지불했다는 것을 알게 되었다. 그는 그렇게 쓸 정도로 돈이 많은 사람이 아니었다. 난 그를 달래주기 위해 함께 백화점에 가서 3백 크로나짜리 옷을 사주겠다고 제안했다. 옷은 내가 고를 테니, 만약 마음에 들지 않으면 내 면전에 대고 그 사실을 얘기하라고 했다. 그럼 서로 비기는 셈이니까.

우린 몇 시간 동안 백화점을 누비고 다녔다. 늘 그랬듯 그가 서둘러 축사로 돌아가야 할 시간이 될 때까지. 난 계란 껍데기 색 같기도 하고 담배 색 같기도 한 옅은 갈색 잔체크 무늬가 있는 멀버리 플란넬 셔츠를 만지작거렸다. 품격 있는 농장주에게 완벽하게 어울릴 것 같은 캐주얼 셔츠였다.

"이런 건 통신판매로 세 개 한 묶음에 99크로나면 살 수 있어. 축사에서 입는 용도로 말이지."

그는 못마땅한 표정으로 투덜거렸다. 그러면서 가슴까지 풀어 헤쳐 입는 섹시한 프렌치 스타일의 셔츠를 보고는 요란한 소리로 웃어젖혔다. "이런 옷을 입으면 프러포즈가 쇄도하겠는걸! 남자들한테서!"

그는 마치 개 줄에 묶인 개를 끌고 가듯 요란하고 야한 색상의 셔츠와 그에 어울리는 넥타이들이 있는 매장으로 나를 데리고 다녔다. 그리고 할리우드에서 10년 전쯤 유행했음 직한 디자인의 재킷들에 관심을 보였다. 그가 마음에 들어 하는 '도시 정장'은 전형적인 기둥서방 스타일이었다. 그는 작업복은 백화점에서 사는 게 아니라고 했다. 통신판매용 카탈로그에서 고르고, 대금 청구 처리만 하면 된다고 했다.

결국 그는 내게 내 티셔츠와 똑같은 것을 사도 좋다고 허락했다. 그리고 환한 표정으로 다음에 퇴비 살포기를 청소할 때 꼭 입겠노라 약속했다.

34

"당신 책상 서랍 좀 뒤져봐도 돼?" 그녀가 불쑥 물었다.

난 아무것도 감출 게 없다고 생각했다. 어쩌면 오래된 포르노 잡지 한 권쯤은 있을 수도 있겠지만, 그 정도는 별문제 없이 넘어갈 수 있었다.

하지만 그녀는 훨씬 더 치명적인 것을 찾아냈다.

중학교 마지막 성적표였다.

그녀는 자두 같은 가슴 쪽으로 점점 더 깊이 고개를 숙이며 5점 만점에 4점과 5점이 대부분인 내 성적을 훑어 내렸다. 그러더니 흥분을 감추지 못하고 더듬거리며 자신의 생각을 말해도 되는지 물었다. 그녀는 내 부모님을 들먹이며, 그분들이 나를 계속 공부시키지 않은 것은 부끄러운 일이라고 열을 올렸다. 이렇게 성적이 좋은데! 그러면서 교육부 산하 중앙학습지원청에서 담당하는 성인 학습 지원금이 어쩌니 콤북스*와 시민학교가 저쩌니 늘어놓기 시작했다.

내가 그녀에게 그렇게 불같이 화를 낸 것은 처음이었다. 난 희멀건 계란 껍데기 같은 그녀의 얼굴을 코피가 터질 정도로 후려치고 싶었다. 하지만 여자를 때린다는 것은 우리 집안에서는 있을 수 없는 일이었다. 특별히 기사도 정신이 투철해서라기보다 소중한 노동력을 보호하기 위함이었다.

그럼에도 불구하고 난 그녀를 때리고 싶었다. 게다가 그녀의 경우 노동력에 대한 걱정은 할 필요가 없지 않은가.

난 파도처럼 밀려오는 데시레의 말들 속에 그녀를 남겨둔 채 아무 말 없이 점퍼를 걸치고 밖으로 나가버렸다. 그리고 이제 막 산욕열에서 회복해 겨우 일어서기 시작한 암소의 상태를 확인하러 축사로 향했다. 소는 네 발로 일어서려고 안간힘을 쓰고 있었고, 그 목덜미를 어루만지는 내 손은 도무지 가라앉지 않는 흥분으로 부들부들 떨렸다. 마침내 일어서는 데 성공한 소가 영양 보충 사료를 먹기 시작했다. 난 소의 귀에 대고 속삭였다. "잘 버텨

---

* 1968년에 설립된 성인 교육 기관. 초등, 고등 및 특수 교육과정을 이수하고자 하는 성인들을 위해 각 기초지방단체가 운영하고 있다.

야 해! 부디 잘 버텨줘!"

그런 다음 다시 집 안으로 들어갔다.

데시레, 간절히 바라던 아이라는 이름의 데시레 양은 짜증스럽다는 듯 콧방귀를 뀌며 말했다.

"그 냄새나는 옷 좀 지하실에 벗어놓고 올 수 없어? 아무튼, 그러니까 아까 하던 얘기를 계속하자면, 시민학교는……"

난 두 주먹을 꼭 쥐어 양쪽 귀를 틀어막았다.

"당신 지금 무슨 소리를 하는 건지 알고나 그러는 거야? 나보고 농장을 팔라는 말을 하고 있는 거라고!" 나는 언성을 높였다. "그놈의 성인 학습 지원금을 받아서 흥청망청하고 있을 동안 당신이 내 소들을 돌봐줄 거야? 설마 학교 교실로 소들을 끌고 들어가란 소리야?"

그러자 그녀의 얼굴이 더 희멀게졌다. 베이지색이 아니라 하얀색에 가까웠다.

"난 당신이 왜 화를 내는지 모르겠어." 그녀는 차분한 목소리로 혼잣말처럼 대꾸했다. "원하기만 하면 공부를 할 수 있는 방법은 분명히 있으니까, 당신이 공부에 소질이 있는 것 같다는 얘길 하려던 것뿐이야. 하지만 그러고 싶은 생각이 전혀 없는 것 같네. 내가 말한 건 잊어줘!"

"원하기만 하면?" 나는 또다시 소리를 질렀다. "그래 좋아, 원

184

한다고 쳐, 원한다고 치자고! 그래서 그다음엔 어떻게 할 건데? 내가 5년이고 6년이고 공부를 하는 동안 이미 있는 빚에다 50만 크로나가 더 불어나면, 그다음엔 뭘 할 수 있지? 당신처럼 도서관 사서라도 될까? 그래? 그래서 우수한 내 성적에 자부심을 느끼며 서가 사이를 어슬렁거리고 다니기를 바라는 거야? 내 부모님이 나한테 하게 해준 것에 대해 당신이 뭘 안다고 그런 말을 하는 거냐고, 젠장!"

그녀는 한 마디 대꾸도 하지 않은 채 내 성적표를 뚫어져라 바라보고 있었다. 난 성적표를 낚아채 갈기갈기 찢은 다음 그녀의 머리 위로 흩뿌렸다. 완전히 이성을 잃은 사람처럼 행동했다.

"당신은 내가 어떤 사람인지, 내가 원하는 게 뭔지는 알려고도 하지 않잖아! 당신한테는 오직 당신 자신과 당신이 원하는 것만 중요할 뿐이지. 당신은 라콩 얘기를 나눌 수 있는 사람을 원하는 거라고. 도서관 동료들 앞에서 창피하지 않으려고. 농장이 어떤 건지, 그게 나한테 어떤 의미인지는 전혀 이해하려고 하지 않으면서. 나는 말이지, 새끼를 낳은 소들이 산욕열로 고통받지 않도록 나를 도와 제때에 칼슘을 줄 수 있는 사람을 원한다고!"

난 점점 더 크게 소리치고 있었다.

그녀는 자리에서 일어났다.

그리고 "누구 입을 막으려고 그렇게 소리 지르는 거야?"라는 말을 남기고 떠났다. 마당에서 차가 출발하는 소리가 들렸다. 그리고 먹먹한 정적. 오직 그녀가 던진 물음만이 허공을 맴돌고 있었다.

35

난 물 위에 흔적을 남기지 않는다.
오래된 학급 사진 속에서는 이름조차 희미해졌다.
내 금귀고리들은 국가에 귀속되겠지.

지금까지 그 누구도 내게 이렇게 함부로 한 적은 없었다.

처음에는 기분이 좋았다. 책상 서랍 깊숙한 곳, 수영 자격증과 모터 자전거 조립도 사이에서 발견한 그의 성적표는 그간의 느낌을 확인시켜주었다. 그는 국어, 수학, 영어 등 거의 모든 과목에서 5점 만점을 받았고, 종교와 수공예 과목에서만 4점을 받았다. 그는 좋은 머리를 타고난 게 분명했다. 단지 열심히 공부할 시간이 없었을 뿐이다. 걸음마를 시작했을 때부터 농장 일을 거들면서 자랐으니까. 어쩌면 그래서 내가 그에게 고급문화를 주입시키려고 할 때마다 시골뜨기 같은 자신의 투박한 면을 애써 강조했는지도 모른다. 그런 것들이 그를 자극했기 때문일 것이다. 그 속에 무언가 얻을 만한 게 있음을 느꼈던 것이다. 그리고 그 사실을 받아들인다면 그건 곧 자신이 무언가를 놓치고 있었음을, 자신이 길을 '잘못' 선택했음을 인정하는 셈이었을 터였다.

하지만 그렇게 불같이 화를 낼 줄은 상상도 못 했다. 이성을 잃은 것 같은 그 앞에서 난 대꾸할 말을 찾지 못했다. 난 다만 서로를 좀더 알 수 있는 방법을 알려주고 싶었던 것뿐인데. 살라미와 술라미트의 이야기에서처럼 우리 사이에 다리를 놓아줄 별들을 찾아낼 수 있을지도 모른다고 생각했던 것뿐인데. 우리를 이어줄 황금빛 별들을.

허둥지둥 농장을 나서는 순간 눈물이 솟구쳤다. 내 진심을 이토록 오해하다니!

하지만 물론 오해 같은 건 없었다. 난 큰 실수를 저질렀고, 새벽 여섯시까지 차를 열네 잔이나 마신 후에야 그 사실을 깨달을 수 있었다. 언제나 노트에 '참 잘했어요' 스티커를 달고 살며 엄마의 칭찬을 받으며 자란 똑똑한 데시레. 자기 남자의 촌스러운 무지함에 교양의 불을 밝혀주려던 잘난 여자 데시레. 그의 말은 전적으로 옳았다. 난 그의 부모님이 그에게 어떤 것을 기대했는지 전혀 알지 못했다. 내가 아는 것이라고는 그분들이 세상을 떠났고, 그는 부모의 무덤을 온통 화초로 뒤덮어놓았다는 사실뿐이었다.

그런 생각을 하다보니 갑자기 어머니가 너무나 보고 싶어졌다. 너무나 간절해서 아버지까지 보고 싶다는 생각이 조금은 들 정도였다. 집안의 가보였던 커다란 오크 테이블도 그리웠다. 나는 그 위에 올라가 몹시 과장된 발음으로 소리 높여 어머니에게 영어 책을 읽어주었다. 어머니는 영어를 전혀 못했지만, 해마다 여름이면 꼬박꼬박 내게 어학연수를 받게 했다. 내가 처음으로 모차르트의 소나티네를 끝냈을 때는 눈물을 보이기도 했다. 어머니는 나를 피아니스트로 만들 것인지, 노벨상 수상자로 키울 것인지 오랫동안 결정하지 못했다.

난 박봉의 도서관 사서가 되었다. 두고두고 갚아야 하는 수십만 크로나의 학자금 대출을 떠안은 채. 하지만 난 전반적으로 매우 높은 수준의 교양을 갖추었다. 이제 더이상 피아노는 치지 않았지만, 그 대신 하모니카로 〈귀리를 베자〉를 연주할 줄 알게 되었다. 난 진정 룅고르덴의 벤니 대장을 바른길로 인도할 적임자였던 것이다.

다음 날은 전화를 받을 용기가 나지 않았다. 벤니의 전화일까 두려웠기 때문이다. 그리고 혹시라도 그가 아닐까봐 더 두려웠다. 그래서 사흘간의 휴가를 얻어 아버지를 보러 가기로 했다.

어떤 이들은 자신이 어느 순간에 어른이 되었는지를 분명하게 안다고 한다. 메르타는 머리가 적갈색인 이웃 남자의 침대 위에서 자기 어머니를 발견했을 때였다고 했다. 가족 중에서 머리가 적갈색인 사람은 메르타뿐이었다.

난, 아버지를 찾아갔던 그 사흘 동안 어른이 되었다.

가족에 관한 새로운 비밀을 알아냈다거나 한 건 아니었다. 그런 게 있었다 해도 이미 오래전에 거대한 얼음덩어리 아래 묻혀버렸을 것이다. 예상하지 못했던 놀라운 일이 일어난 것도 아니었다. 아버지는 나 때문에 로터리클럽 모임에 가지 못한 것을 못마땅해하면서 집안일 도와주는 여자들에 대한 험담을 늘어놓았다. 불평불만이 한 차례씩 끝날 때마다 아버지는 잠시 침묵을 지켰다. 내가 어떻게 살고 있는지는 한 번도 묻지 않았다. 내 삶과 관련해서는 그 어떤 것도 궁금해하지 않았다. 어머니에 대해서는 "그럭저럭 잘 지낼 거다! 내가 맨날 가볼 수도 없고, 그렇다고 너한테 기댈 수 있는 것도 아니니까"라고 말한 게 전부였다. 하지만 난 마음속으로 생각했다. 아뇨, 적어도 사흘간은 제게 기대셔도 될 거예요. 난 어머니에게 가서 어머니의 손이 내 기억 속의 모습과 똑같은지 확인하고 싶어졌다.

난 사흘 동안 매일같이 어머니를 보러 갔다. 한번은 어머니가 내게 미소를 지으면서 물었다. "이 시간에 학교에 가지 않고 뭐 하는 거니, 아가야?" 그 외에도 어머니는 끊임없이 무슨 말인가를 했다. 하지만 대부분 무슨 말인지 알아들을 수 없었다. 어머니의 머릿속은 마치 끊임없이 잘못 걸려오는 전화에 응대하는 고장 난 전화 교환대 같았다.

집으로 돌아오는 기차 안에서 문득, 부모님 중 누구와 더 가까운지 묻는 설문지에 대답해야 한다면 그냥 빈칸으로 남겨둘 것 같다는 생각이 들었다. 한밤중에 화장실에 가기 위해 침대칸에서 나왔다가 문을 잘못 열어 기차 밖으로 떨어진다고 해도, 세상은 나와 상관없이 계속 잘 굴러갈 것이라는 생각과 함께.

36

혹시라도 전화벨이 울릴 때 집에 있지 않기 위해 난 며칠 동안 미친 듯이 일에 몰두했다. 심지어 숲으로 벌목 작업을 하러 가기도 했다. 평소에는 혼자 숲에 가는 것을 피하는 편이었다. 혼자 나갔다가 예상과 다른 방향으로 나무가 쓰러지는 바람에 그 밑에 깔려 꼼짝 못하거나, 전기톱에 다리를 다쳐 숲 속을 기어 헤매는 사람들이 많았기 때문이다. 내게 만약 그런 일이 생긴다면 누가 내 죽음을 알릴 것인가? 젖소 스물네 마리가 각각의 이름과 등록번호를 직접 적어 넣고 서명한, 세상에서 가장 긴 부고장이 머릿속에 그려졌다.

하지만 나는 잔인한 세상에 홀로 내던져진 가엾은 어린양은 아니었다. 나도 그 사실을 잘 알고 있었다. 이제 곧 크리스마스가 다가오면, 내게 함께 시간을 보내자고 제안하는 이웃들이 적어도 열 가족은 될 터였다. 우선 내 친척들이 있었다. 물론 그들은 멀리 살았고, 내가 소들을 끌고 자기들에게 갈 수 없다는 것을 잘 알고 있었다. 마을에도 몇 집이 있었다. 어머니와 가장 친분이 두터웠던 노부부에게는 자식이 없었다. 내가 크리스마스이브를 함께 보내기 위해 간다면 그들은 마치 흥분한 참새처럼 끊임없이 떠들어댈 게 분명했다. 벵트 예란과 비올레트는 당연히 내가 자기들과 함께 크리스마스를 보낼 것으로 알고 있었고, 나역시 그럴 생각이었다. 비올레트의 크리스마스 만찬은 언제나 기대를 저버리지 않았으니까.

나는 나의 데시레와 크리스마스트리 앞에서 반짝이는 눈빛으로 감탄사를 쏟아내며, 돼지머리 편육을 사다 먹거나 그 망할 유기농 렌즈콩 수프를 먹는 상상을 하지 않으려고 애썼다.

어머니와 난 친척들을 항상 우리 집으로 초대했다. 어머니는 작년에도 병원에서 허락을 받고 나와 함께 시간을 보냈다. 아스트리드 숙모와 사촌 아니타는 음식을 바리바리 해 가지고 왔다. 모두 열한 명이었고, 모두들 이번이 어머니의 마지막 크리스마스가 될 것임을 잘 알고 있었다. 그럼에도 우린 무척 즐겁고 유쾌한 시간을 보냈다. 주립 종합병원에서 간호사로 일하는 아니타는 몇 년간 스위스에서 일한 적이 있었다. 그녀는 그곳에서 있었던 일들을 이야기해주었고, 이야기는 이내 여러 가지 일화들과 어린 시절의 추억, 케케묵은 농담에 이르기까지 다양한 화제들로 옮겨갔다. 그레게르 숙부는 언제나 그랬듯 우리의 대표 음유시인인 이베르트 토브의 흉내를 내면서 우리를 즐겁게 해주었다. 밤이 깊어지자 어머니는 짓궂은 어조로 말했다. "자, 이제 젊은 사람들끼리 시간을 보낼 수 있도록 해주자고요. 저들한테는 우리가 더이상 필요 없으니까요!" 아니타와 날 두고 한 얘기였다. 우린 얌전하게 앉아 코냑과 크리스마스 맥주를 섞어 마시면서 새벽 네시 반까지 이런저런 이야기를 나누었다. 아니타는 스위스에서 일할 때 유부남 의사의 아이를 가져 유산을 시킨 적이 있다는 얘기를 들려주었다.

올해는 크리스마스 장식조차 하지 않았다. 부엌을 둘러보는 것만으로도 의욕이 사라졌다.

어머니가 알았더라면 몹시 실망하셨을 것이다. 집은 점차 황폐해져갔고, 방치된 농가나 궁상스러운 독신자 숙소 같은 분위기를 풍겼다. 베란다 난간을 다시 칠하고 빗물받이 홈통을 교체했지만, 실내 분위기를 바꾸려면 뭘 어떻게 해야 할지 도무지 감이 오지 않았다. 내 방 분위기를 바꾸는 일 따윈 생각조차 하지 않았다. 간신히 기본적인 청결 유지만 해나갈 뿐이었다. 어머니가 매년 그랬던 것처럼 냅킨에 풀을 먹인다거나 부엌 선반을

산타클로스 인형과 리본들로 장식하는 일은 엄두조차 내지 못했다.

노부부는 플라스틱 바구니에 분홍색 히아신스 두 송이와 커다란 알라딘 초콜릿 상자를 담아 내게 선물했다. 집에서 멀리 떨어져 있는 휴경지의 풀을 베어준 데 대한 감사의 표시였다. 난 특별 세일중인 붉은색 초 한 박스를 샀다. 그리고 겨우 찾아낸 촛대에 몇 개를 꽂아 부엌에 켜놓았다. 부엌의 황량함이 조금은 가셨다. 그런 다음 텔레비전도 부엌으로 옮겼다. 집에 돌아오자마자 켜두면 텔레비전은 구석에서 홀로 흥겨운 크리스마스 방송을 쏟아냈다.

이브를 이틀 앞둔 날 밤 열시쯤 데시레에게서 전화가 걸려왔다.

"나야. 당신 집에서 크리스마스를 보내도 돼?"

"물론이지! 당연히 우리 집에서 함께 크리스마스를 보내야지!"

그리고 다음 날, 나는 그녀를 데리러 갔다.

37

친구여, 당신과 나는 두 마리의 털북숭이 곰들처럼
끝없이 이어지는 여름밤을 꿈꾸며 우리만의 은신처로 숨어들었지요.
바깥세상의 소란스러움과 음울함을 뒤로한 채
숲의 적막함과 길고 긴 백야의 태양을 그리며.

매일 한층 더 짙어지는 어둠과 살을 에는 것 같은 차가운 바람을 피해
여기, 내 곁으로 와서 잠시 몸을 덥히도록 해요!
멀리서 늑대 울음소리가 들려오고, 폭풍우 속에서 사냥꾼이 기다리고 있는 동안
부디 당신의 포근한 털 속에서 내 코를 덥힐 수 있게 해주세요!

메르타와 그녀의 '열정'은 크리스마스이브 파티에 나를 초대
했다. 열정의 이름은 로베르트였다. 메르타는 그때그때의 기분
이나 그가 가장 최근 그녀에게 준 모욕의 정도에 따라 로베르티
노, 보비 혹은 그 망할 놈 보반 등으로 매번 다르게 불렀다. 마흔
다섯 살의 로베르트는 휑하게 드러난 머리가 가려지도록 밤색
머리카락을 교묘하게 빗어 넘기고 있었다. 그가 자신의 매력을
펼쳐 보이고자 마음만 먹으면 쇼윈도 마네킹의 팬티를 벗기는
것쯤은 일도 아니었다. 난 지금 매우 진지하다. 그리고 그는 내

게도 그 매력을 발산할 준비가 되어 있었다. 항상.

나처럼 혼자이거나 아이들하고만 사는 도서관 동료 몇 명이 모여 시골에서 크리스마스를 함께 보내기로 했다. 마땅한 데를 빌리고 각자 먹을거리를 가져와 만찬을 준비하기로 했다. 가장 적극적으로 추진한 것은 바로 나였다. 글뢰그를 잔뜩 퍼마신 로베르티노는 상상만으로도 부담스러웠기 때문이다.

난 동료들과 아이들에게 줄 작은 선물을 사기 위해 백화점에 갔다.

하지만 저녁에 집으로 돌아올 무렵 쇼핑백 속에는 벤니에게 줄 선물이 가득 들어 있었다. 저녁 내내 곰곰이 생각한 끝에야 그 모든 것이 벤니를 위한 선물임을 깨달았다. 파티를 함께 보낼 아이들이나 동료들을 위해 산 선물이라고 애써 생각해보았지만, 실제로는 벤니가 마음에 들어 할까 아닐까 궁금해하고 있었을 뿐이다. 그래서 당장에 그에게 전화를 걸어 크리스마스를 함께 보낼 수 있는지 물었다. 그는 1초도 생각하지 않고 당연히 함께 보내야지, 라고 대답했다. 우린 둘 다 놀랐던 것 같다. 전화를 끊자 나도 모르게 눈물이 핑 돌았다. 그리고 꼭 닫히지 않아 어둠 속에서 덜컹거리던 기차의 문이 떠올랐다.

다음 날 그가 날 데리러 왔고, 우린 도무스 백화점으로 가서 바글거리는 인파 속에서 장을 봤다. 메르타에게 기름때가 묻은

『공주들의 요리책』을 빌려둔 참이었다. 난 캐러멜, 트위스트 도넛, 속을 채운 돼지갈비(짝퉁 거위 요리), 그리고 러시아식 청어 절임 샐러드 등을 만드는 데 필요한 재료를 샀다. 다른 계획도 있었지만 소다와 맥아즙, 전지 우유를 찾지 못해 포기하고 말았다. 벤니는 돼지머리 편육이라면 사족을 못 썼지만, 그걸 만들려면 돼지머리가 통째로 필요하다는 것을 알고 포기했다. 대신 잘게 다진 허파 요리에 관심을 보이며 허파와 염통 같은 송아지 내장은 쉽게 구할 수 있다고 주장했다. 내가 처트니* 같은 전 세계 다양한 소스들이 진열되어 있는 양념 코너에서 절망적으로 소다를 찾고 있는 동안 어디론가 사라졌던 벤니는 봉지를 들고 다시 나타났다. 그 안에 무엇이 들었는지는 알려주지 않았다. 우리는 장을 본 후 함께 뢴그르덴으로 돌아왔다.

우선 부엌 형광등을 켜고 머릿수건과 앞치마 삼아 행주를 질끈 동여맸다. 그런 다음 '공주 요리책'을 펼쳐 텔레비전에 기대어 세워놓고 밀가루 반죽을 시작했다.

캐러멜 만들기는 그런대로 괜찮은 편이었다. 꼭 필요한 작은 틀 사는 걸 잊어버리긴 했지만 벤니는 즉시 책에 있는 설명대로 기름이 배지 않는 종이를 접어 신나게 틀을 만들었다. 우린 스스

---

* 과일, 채소, 식초, 향신료 등을 넣고 버무린 달콤 새콤한 인도식 양념.

로 매우 자랑스러워하며 쭈글쭈글하고 조그만 그의 걸작들 속에 캐러멜 반죽을 부었다. 트위스트 도넛 만들기는 그보다 좀더 어려웠다. "반죽을 너무 오래 놔두면 도넛이 너무 많이 부풀어서 안 돼!" 벤니는 요리책의 지침을 엄격하게 인용하면서 쿠킹타이머를 2분으로 맞춰놓았다.

거기까지는 별문제가 없었다. 하지만 반죽 가운데에 길게 칼집을 넣어 비틀고 매듭을 만들어야 하는 단계가 되자 모든 게 엉망이 돼버렸다.

"나한테 진짜 공주를 한 명 보내줘보라지. 그럼 내가 길게 칼집을 넣은 다음 확 비틀어서 매듭을 지어줄 테니까!" 벤니는 조그만 소리로 구시렁거렸다.

그사이에 난 속을 채운 돼지갈비(짝퉁 거위 요리)와 씨름하면서 요리용 실과 바늘을 다루느라 쩔쩔매고 있었다. 솔직히 말하면, 조금씩 정신이 흐릿해지면서 둘 다 차츰 더 간단한 방법을 택하기 시작했다. 글뢰그를 계속 홀짝거린 탓이었다. 그러면서 누가 더 짝퉁인지 토론을 벌였다. 거위인 척하는 불쌍한 돼지갈비인지, 아니면 아무 죄 없이 말려든 가엾은 거위인지. 난 돼지갈비의 편을 들었고, 벤니는 거위를 두둔했다.

러시아식 청어절임 샐러드는 아주 멋지게 만들어졌다. 마치 석고 부조에 물감을 채워 넣은 다음 그 위에 총을 쏴 예술작품을

탄생시킨 니키 드 생팔의 젊은 시절 작품을 보는 것 같았다.

밤 열한시 반쯤 되자 부엌은 축사처럼 변해 있었다. 벤니는 그
래도 냄새는 더 좋다며 부엌 긴 의자 위에 그대로 잠들어버렸다.
나는 열심히 부엌을 정리했다. 그러자 몇 세대에 걸친 지친 주부
들이 내 뒤에 있는 것 같아 여간 흐뭇하지 않았다.

그런 다음 그를 침대로 끌고 갔다. 그는 고주망태가 되어 있었
다. 나 역시 그랬다. 그 탓에 가사에 지친 주부들의 모습이 눈앞
에서 살짝 흐릿해졌다. 계단을 올라가다 잠깐 손을 놓치는 바람
에 벤니가 잠시 정신을 차린 듯 신음했지만 이내 다시 아주 편안
하게 잠들어버렸다. 나도 그의 옆에 주저앉았다. 그리고 술꾼의
진지함으로 그의 꽃무늬 벽지를 응시했다. 파티 드레스를 지으
면 딱일 것 같은 커튼을 향해서는 애틋한 연민마저 느꼈다.

물론 이렇게 살 수도 있을 것이다. 각자 자신의 별에서, 서로
에게 가장 좋은 친구로. 그러다 목덜미에서 고독의 숨결이 느껴
질 때면 함께 즐거운 시간을 보내면서. 그런데 그게 정말 가능한
것일까?

38

이브 날 아침 난 그녀를 깨우지 않고 살짝 빠져나와 축사로 향했다. 젖소들에게 〈호산나〉의 테너 부분을 불러주기 위해서였다. 내가 아는 크리스마스캐럴이라고는 그것밖에 없었지만, 그래도 듣기에 과히 나쁘진 않았다.

그런 다음 침대로 라이스푸딩을 가져다줄 생각이었다. 그런데 이런! 벌써 일어난 그녀가 내 비밀 식량이 담긴 봉지를 여지없이 훔쳐봐버린 것이다. 그녀가 소다와 정제 버터를 찾느라 정신이 팔려 있을 때 사놓은 크리스마스 전통 음식들이었다. 소시지 모양의 플라스틱 용기에 든 라이스푸딩과 생강 비스킷 한 박스, 그리고 바로 데워 먹을 수 있는 크리스마스용 냉동 대구(그녀는 마른 대구와 그것을 담가놓을 소다액을 찾고 있었다). 데시레는 이미 전자레인지에 라이스푸딩을 데우고, 말라가는 히아신스와 붉은색 초를 곁들인 아침 식탁을 준비하고 있었다.

"당신이 내 요리 실력을 믿지 못했다는 걸 이제야 깨달았어! 하지만 당신이 만든 트위스트 도넛의 모습은 사진으로 남겨둘 거야. 앞으로 당신이 내게 불평을 늘어놓을 때마다 증거물로 제시할 거거든. 크리스마스 만찬으로 이집트콩 스튜를 먹지 않아도 되는 걸 행복하게 생각해!"

우린 따뜻한 옷으로 무장을 하고 트리로 쓸 나무를 구하러 나갔다. 물론 또다시 의견 차이가 생겨 티격태격했다. 난 제대로 자라지 못해 영영 목재가 되기는 그른 뒤틀린 나무를 원했고, 그녀는 디즈니 영화에 나올 법한 나무를 원했다. 그러다 다행스럽게도 우연히 눈에 띈 못생긴 나무에 데시레의 동정심이 발동해 둘 다 만족해하며 그것을 집으로 가져올 수 있었다.

그런데 트리 장식을 찾을 수가 없었다. 어머니는 중요한 것들은 대부분 알려주었지만, 트리 장식을 어디에 보관하는지는 말해준 적이 없었다. 그래서 직접 만들기로 했다. 은박지로 화환을 만들고, 슈퍼마켓 광고 전단과 〈란트만넨〉에서 오려낸 사진들을 오래된 탁구공에 붙여 방울을 대신했다. 나뭇가지에는 타고 남은 초들을 고무줄로 매달고, 꼭대기에는 '토론토 메이플 리프'*라고 쓰인 붉은색 단기를 꽂아놓았다.

"거봐! 배워두면 언젠가는 써먹게 마련이라고." 그녀는 내 반응을 살피면서 조심스럽게 말했다. 우린 아직 '분노의 폭발 단계'에는 도달하지 않았다. "주일학교에서 가르쳐준 거야!" 그녀는 자신이 만든 화환을 가리키며 미소 지었다.

"하지만 내 숲이 없었다면 그런 것들을 어디다 매달 수 있었겠어?" 내가 코웃음을 치며 대꾸하자 그녀는 입을 다물었다.

그런 다음 점심을 먹었다. 러시아식 청어는 보기에는 싱그러운 정원에 뿌리는 퇴비 같았지만 맛은 기막혔다. 짝퉁 거위 요리도 괜찮았다. 우리는 집에 사는 난쟁이 요정을 위해 트위스트 도넛 한 접시를 밖에 내놓았다. 그러다 다시 생각한 끝에 그것을 결국 들여와서는 가차 없이 쓰레기통에 던져버렸다. 요정이 맛을 보았다간 축사에 불을 지를지도 모른다는 생각이 들었던 것이다. 대구 요리 역시 버리기로 뜻을 모았다. 전통식이건 냉동이건 전혀 구미가 당기지 않았기 때문이다.

얘기를 하다보니 그녀는 〈호산나〉의 알토 부분을 부를 줄 알았다. 우린 소프라노 부분을 누구에게 맡길 것인지 논의했다. "한 가지 방법은, 둘이서 팀이 되어 소프라노를 만들어내는 거야." 그리고 난 그녀의 얼굴에 나타난 반응을 확인하기도 전에 재빨

---

* 캐나다 토론토를 연고로 하는 아이스하키 클럽.

리 축사로 달아났다. 넘지 말아야 할 경계를 넘었던 것이다. 하루하루를 잘 지내는 것, 그것이 우리가 맺은 암묵적인 협약이었다. 그것을 깨뜨리지 않도록 항상 조심해야 했다.

저녁 착유를 마친 후, 우린 각자가 마련한 선물을 트리 아래 가져다놓고 서로 먼저 열어보라며 가벼운 실랑이를 벌였다. 재미있는 선물부터 시작하기로 했다. 난 그녀의 삭막한 아파트에 유쾌함을 선사하기 위해 플라스틱 개똥을 선물했다. 그녀는 재계인사들을 만날 때 착용하라는 의미로 달러 모양의 넥타이핀과 갱스터 모자를 선물했다. 다음으로 내가 준 것은 펠트 소재의 큼직한 벙어리장갑이었고, 나는 '유령의 성'이라는 게임을 받았다. 물론 우리 둘 다 공동의 삶을 암시하는 선물은 피했다. 그것 역시 우리 사이의 암묵적인 협약이었다. 하지만 난 용기를 내 그녀를 위한 특별 선물을 준비했다. 아스트리드 숙모의 사진을 빼고 중학교 3학년 시절의 내 사진을 끼워 넣은 은제 액자였다.

"이게 진정한 나는 아니지만, 당신이 좋아하는 내 모습일 것 같아서."

그러자 데시레는 얼굴을 살짝 붉혔다.

"나·역시, 당신 취향은 아니겠지만, 어쩌면 당신이 좋아할지도 모를 선물을 골랐어."

그것은 군나르 에켈뢰프의 두꺼운 시집이었다.

"사랑과 죽음으로 충만한 자연이 그대를 온통 감싸 안으며……"

그녀는 시를 읽는 동안 나를 흘끗거렸다. 난 시집이 두툼한 것이 흔들리는 테이블을 고이기에 맞춤해 보인다는 바보 같은 농담이 새어나오지 않도록 입술을 깨물어야 했다. 나를 교양인의 길로 이끌려고 할 때마다 내가 발끈한다는 걸 그녀는 잘 알고 있었다. 하지만 이번에는 자신을 보여주려고 애쓰는 것을 느낄 수 있었다. 난 혼자 있는 날 밤에 침대에 누워 읽어봐야겠다고 생각했다. 그런다고 그 시집이 내게 무슨 해를 입히는 것은 아닐 테니까. 아냐, 혹시 잠든 사이에 내 얼굴로 떨어져서…… 이런, 또 시작이군, 벤니!

난 그녀에게 키스를 했다. 그리고 우린 '유령의 성' 게임을 시작했다. 어쨌거나 즐거운 시간을 보내야 했다. 우린 길을 잃고 방황하는 가엾은 어린아이들이었다. 그것도 크리스마스이브에!

게임의 목적은, 곳곳에 함정이 숨어 있는 방들을 통과해 보물을 찾아낸 다음 자정에 종이 열두 번 울리기 전까지 그곳을 빠져나오는 것이었다. 난 천장에서 내려오는 칼과 괴물, 바닥이 안 보이는 깊은 구덩이와 독거미를 피해 가야 했다. 하지만 비밀 통로와 마법의 음료 덕분에 무사히 빠져나올 수 있었다. 그녀는 계속 '빈방' 카드를 뽑은 덕분에 아무런 어려움 없이 한 칸씩 전진할 수 있었다. 하지만 마지막에는 나 혼자만 살아남았다. 보물은 하나도 차지하지 못했지만.

그러자 데시레가 훌쩍이기 시작했다.

"당신도 그런대로 잘했잖아. 좋아, 다시 돌아가서 당신하고 같이 구덩이 속에 빠져줄게!"

"그런 게 아니야." 그녀는 몹시 슬픈 표정을 지으며 말했다. "이 게임이 마치 내 삶을 대변하는 것 같아서 그래. 빈방뿐인 삶, 지금도 그리고 앞으로도."

39

겨울이 물러간 어느 날, 잠에서 깨어난 우리는
아직 쇠약하고 채 녹지 않은 몸으로
봄의 햇살이 스며드는 곳을 향해 고개를 돌리겠지요.
그리고 숲 속 빈터에서 포도주 같은 봄의 향기를 들이마시며
야생의 벌들이 마련해놓은 꿀을 찾아 나설 거예요.

차츰 기운을 되찾은 우리는 예전처럼 숲 속을 마음껏 누비고
얼음이 녹은 것에 기뻐하며 개울에서 고기를 잡겠지요.
서로에게 온기를 불어넣어주며 겨울을 잘 이겨낸 우리는
이제 곧 봄이 우리의 고통을 떨쳐내게 해줄 것을 잘 알고 있으니까요.

우린 어떻게든 크리스마스 축제 기간만큼은 바깥세상이 우리
를 방해하지 못하도록 하자는 데 뜻을 모았다. 농장 밖으로 나가
지도 않았고, 전화도 받지 않았다. 한번은 도로에서 농장 쪽으로
다가오는 자동차 불빛이 보이자, 부엌 불을 끄고 어둠 속에서 서
로 꼭 껴안은 채 숨죽이고 있기도 했다. 누군가 수차례 문을 두
드렸지만 우리는 대답하지 않았다.

바깥세상에 미세한 틈만 보여도 불운을 가져오는 사악한 기운

이 바람에 실려 들어올 거라고 생각했는지도 모르겠다. 그로 인해 불행한 일이 생길 거라고 믿었는지도. 그리고 결국엔 그런 일이 일어나고야 말았다.

사악한 기운을 동반하고 우리 앞에 나타난 첫번째 불운의 주인공은 베니의 친구인 벵트 예란과 그의 부인 비올레트였다. 그들은 엉큼하게도 베니가 축사에서 일을 하고 있을 때 불쑥 찾아왔다. 베니는 그들을 집 안으로 들인 다음 내게 맡겨놓고 샤워를 한다고 가버렸다. 그리고 난 처음부터 그들과 삐걱거렸다.

비올레트는 크리스마스 만찬에서 남은 음식을 한바구니 가득 담아 왔다. 일급 호텔의 뷔페쯤은 너끈히 차리고도 남을 만한 양이었다. "베니 말이 맞는 것 같네요. 당신이 요리에는 영 소질이 없다고 하더라고요!" 그녀는 조금 전 우리가 남김없이 비워낸 라이스푸딩 용기를 의미심장한 눈빛으로 바라보며 킥킥거렸다.

물론 나는 베니가 나를 배신하고 모략중상했다는 생각에 분노를 금치 못했다. 더 화가 났던 건, 접시 위에 덩그러니 남아 있는 캐러멜 두 조각 외에는 그들에게 줄 게 아무것도 없다는 사실이었다. 이미 다 먹어치운 짝퉁 거위 요리 자랑을 할 수는 없는 일 아닌가. 비올레트는 가지고 온 음식을 꺼내더니 마치 자기 집인 양 찬장을 뒤지기 시작했다. 그러면서 올해 온갖 종류의 청어절임을 기막히게 해냈다며 쉬지 않고 떠들어댔다. "내년 크리스마스에는 〈란드〉에 대문짝만 하게 기사가 실리겠군요!" 난 들으란 듯이 쏘아붙였다.

벵트 예란은 이미 취기가 오른 것 같았다. 그는 한 마디도 하지 않고 느끼하게 나를 응시하며 혀로 아랫입술을 핥았다. 그가 입술을 더 자주 핥을수록 나를 보는 비올레트의 눈빛이 점점 더 적대적으로 변했다. 그리하여 샤워를 마친 벤니가 지하실에서 올라와 벌건 얼굴로 순박한 웃음을 지을 무렵, 부엌에는 팽팽한 적개심이 감돌았다. 당황한 그는 문간에 멈춰 선 채 경직된 분위기를 바꿔보려 애를 썼다.

"비올레트, 이런 걸 다 가져오다니 정말 뭐라고 감사를 해야 할지! 안 그래도 데시레한테 당신이 만든 미트볼이 최고라고 얘기했거든요. 그렇지, 데시레?"

그가 미트볼에 대한 언급만 하지 않았더라도…… 난 너무 화가 났다. 저번에 내가 그를 위해 특별히 준비했던 냉동 미트볼 얘기를 하는 거겠지.

"각자 자신한테 어울리는 미트볼이 있는 거 아니겠어요?"

내가 슬픈 표정으로 모호한 말을 던지자 세 사람은 당혹스럽다는 듯 일제히 나를 응시했다.

벵트 예란은 나 역시 취했다고 생각했는지 나를 보고 킥킥거리며 납작한 술병을 흔들어 보였다. 비올레트는 쌩하고 돌아서서 널찍한 등을 내게 보이고 전자레인지에서 그라탱 접시를 꺼냈다. 도통 사태 파악을 못하는 벤니는 몸만 흔들어대고 있었다. 배신자!

우리는 다 함께 식탁에 둘러앉았다. 벤니는 작년 크리스마스부터 아무것도 먹지 못한 사람처럼 정신없이 먹어댔다. 그러면서 농담처럼 내가 자기에게 이집트콩 스튜를 먹이겠다고 으름장을 놓았다고 했다. 비올레트는 안쓰럽기 그지없다는 표정을 지으며 고개를 저었다. 벵트 예란은 계속 내게 스납스를 따라주려고 했다. 내가 잔 위에 손을 올려놓자, 그는 그 위에 술을 따르고는 핥아 마시라고 했다. 난 아무 대꾸도 하지 않고 손을 거두었다. 벤니는 트위스트 도넛 실패담을 뒤죽박죽 늘어놓았다. 그러자 비올레트가 눈을 크게 뜨고 물었다. "그러니까 지금, 당신이 부엌에서 그 손으로……"

그 순간 전화벨이 울렸다. 난 거실로 가 전화를 받았다.

병원이었다.

"데시레 발린 씨 되시나요? 환자분께서 이 번호를 알려주셨습니다. 가능하다면 환자분 면회를 와주시겠어요? 면회 시간을 기다릴 필요 없이 아무 때나 오시면 되고요. 34병동 F병실, 1인실입니다. 환자분을 만나시기 전에 주치의 선생님과 먼저 면담하셔야 해요. 죄송하게도 전화로는 환자 상태에 대해 알려드릴 수가 없거든요. 환자분 성함요? 아, 말씀드리지 않았나요? 메르타 오스카르손입니다. 이틀 전에 입원하셨습니다. 면회를 오실 거라고 전해드려도 될까요?"

"네, 바로 갈 거라고 전해주세요!"

난 작은 소리로 말하고 전화를 끊은 다음 부엌으로 되돌아왔다.

"벤니, 당신 차 좀 빌려도 돼? 메르타가 아프대!"

그들이 내 말을 믿었는지는 모르겠지만, 그런 건 아무래도 상관없었다. 난 벤니의 트럭을 타고 서둘러 그곳을 빠져나왔다.

40

"좋아, 그래, 난 아무 말도 안 할 거야, 아무 말도 안 할 거라고!" 데시레가 가버리자 비올레트가 목청을 높이기 시작했다. 난 그녀가 '말하지 않겠다던' 모든 이야기를 들어야 했다.

"이게 대체 무슨 경우냐고, 손님이 있는데 훌쩍 가버려? 게다가 힘들게 먹을 걸 가져온 사람을 두고? 미트볼을 못 만든다길래 기껏 생각해서 가져왔더니! 아니면 우리하고 얘기할 생각이……"

술에 잔뜩 취한 벵트 예란이 옆에서 웅얼거렸다. "그 여자한테는 좀더 강하게 나갈 필요가 있어. 절대 여자한테 휘둘리면 안 된다고. 나사를 좀더 바짝 조여야 해, 여자들은 그런 걸 좋아하거든. 지금쯤 집에서 자네가 다시 데리러 오기를 기다리고 있을지도 모르지."

얘기를 끝낸 그가 입술을 핥더니 팔꿈치로 비올레트의 옆구리를 쿡 찌르는 바람에 비올레트는 하마터면 의자에서 떨어질 뻔했다. 둘은 서로 팔짱을 끼고 집으로 돌아갔다. 아마 이 소동에서 조금이라도 득을 본 사람이 있다면 비올레트뿐일 것이다. 벵트 예란은 엉덩이가 무거운 편이어서 그가 술을 석 잔째 마셨다 하면 그때부터 비올레트의 잔소리가 시작되곤 했다.

난 그들이 떠난 후, 의자에 앉아 두 손을 무릎 사이에 끼워 넣은 채 한참을 가만히 있었다. 뭘 해야 할지 아무 생각이 나지 않았다. 그녀는 왜 그렇게 가버린 것일까? 정말 누가 아픈 걸까? 물론 벵트 예란과 비올레트가 단번에 친해질 수 있는 사람들이 아니라는 것은 나도 잘 알고 있었다. 데시레가 시내에서 자신의 친구들을 소개했을 때 나 역시 머리카락이 쭈뼛 서는 느낌이었으니까. 어느 날 저녁 함께 영화를 보고 나서 펍에 갔을 때의 일이었다.

특별히 까다로운 사람들이었던 건 아니었다, 절대로! 오히려 가엾은 시골 남자에게 지나친 호의를 베풀어주었다. 가능하면 알아듣기 쉬운 말로 얘기하려고 애쓰면서, 네 음절 단어를 말해놓고는 즉시 두 음절 단어로 바꿔 말해주기까지 했다. 대학에서 일하면서 BMW를 몰고 다니는 한 남자는 내 등을 두드리며 자신은 늘 육체노동을 해보고 싶었노라고 얘기했다. 농업 보조금과 세금 우대 제도를 잘 이용하라고 충고하며, 혹시 괜찮은 고기를 팔 의향은 없는지 물었다. 데시레와 같은 도서관에서 일한다는 조그만 여자 사서는 계속 내 신경을 거슬리게 하더니 급기야 겨울에 농부들은 뭘 하느냐며 궁금해했다. "소들이 동면하는 동안 말입니까?" 냉소적인 내 대답에 좌중이 단번에 싸늘해졌다.

이런 부류의 사람들을 상대하기란 정말 피곤하다. 어디 타블로이드 신문에서 보조금 이용에 능한 여유로운 농장주들 기사를 읽어 지금 같은 농업 침체기에는 그렇게 머리를 잘 굴리는 농부들이 많은 수익을 올린다는 것을 잘 아는 사람들이다. "그럼 매일 수많은 농부들이 파산한다는 사실은 어떻게 설명하실 건가요? 20년 후에는 스웨덴에 단 한 명의 농부도 남아 있지 않을 겁니다!" 그렇게 목청을 높여봤자 내 목만 아플 뿐이다. 그들은 이미 다른 얘기에 열중하고 있을 테니까.

그들은 우리를 보호 대상으로, 매나 청색 아네모네 같은 멸종 위기종쯤으로 여겼다. 난 그 이유를 알고 있었다. 그리고 그들에게 이런 얘기를 들려주고 싶었다. 내 아버지는 우유 1리터를 판 돈만 있으면 나를 트랙터 위에 태우고 마을 가판대로 가 초콜릿바 하나를 사줄 수 있었다. 하지만 지금 난 초콜릿 하나를 사려면 절연 테이프와 금속 전용 충전재로 수리한 아버지의 낡은 트랙터를 타고 가 우유 5리터를 판 돈을 모두 쏟아부어야 한다. 우

214

윷값은 20년 전이나 지금이나 그대로인데, 초콜릿 가격은 엄청나게 올랐기 때문이다. 기름값 역시 마찬가지였고.

게다가 벌써 오래전부터 가끔씩이라도 나를 대신해줄 일꾼을 부릴 여유조차 허락되지 않았다. 난 육체노동을 해보고 싶었다는 BMW의 남자에게 초과 수당이라고는 한 푼도 나오지 않는 주 90시간의 노동 의향이 있는지 묻고 싶었다. 크리스마스이브까지 말이다.

그런데 무엇보다 화가 나는 건, 그들에게 입도 벙긋할 수 없다는 사실이었다. 어디서부터 얘기해야 할지 몰라서가 아니었다. 그들은 이미 다 알고 있다는 듯이 서로 눈길을 주고받으며 이구동성으로 떠들어댔다. 농부들이야 늘 불평불만을 늘어놓으니까. 비가 오면 감자가 썩는다고 불평하고, 비가 안 오면 안 오는 대로 투덜거리고, 하하!

데시레와 난 내 옛날 성적표 때문에 '폭발 단계'에 이르렀던 후에는 결코 그런 얘기를 꺼내지 않았다. 마음속으로야 묻고 싶었겠지만 그녀는 내게 왜 농장 일을 그만두지 않느냐고 감히 묻지 않았다. 그리고 난 그녀에게 그 이유를 설명할 엄두를 내지 못했다. 내가 만약 농장 일을 그만둔다면, 빚만 잔뜩 껴안고 농장을 떠나야 할 것이다. 어리석게도 난 농장을 현대화한답시고 수백만 크로나의 빚을 졌던 것이다. 지금 당장 내가 가진 이 모든 것들을 팔아치운다 해도 갚지 못할 돈이었다. 게다가 또 어디 가서 빚 갚을 일을 구한단 말인가? 아, 물론, 물론, 독신자를 위한 공공 주택에서 살 수도 있고, 시에서 운영하는 부채 조정 법률 자문을 받을 수도 있겠지…… 젠장, 내가 지금 무슨 헛소리를 지껄이고 있는 거지?

만약 농장을 처분한다면, 내가 더이상 뢴고르덴의 벤니일 수 없다면, 대체 내가 누구란 말인가?

내가 나답기 위해서는 손톱 밑에 늘 기름때가 끼어 있어야 한다. 용접기와 고압세척기를 갖춘 최신 농기구 적치장이 있어야만 한다. 〈축산업〉과 〈농업신문〉 구독은 기본이다. 존 디어 사와 발멧 사의 트랙터와 원형 베일러, 퇴비 살포기, 그리고 숲에서 작업할 때 사용하는 크레인도 필요하다. 어느 날 법률집행관이 찾아와 이 모든 것에 대한 경매 처분 통고를 내리기 전까지는!

만약 내게서 존 디어 트랙터를 앗아가버리고 내게 양복을 입힌다면, 난 아마 복장도착자가 된 느낌일 것이다.

데시레와 난 조심스레 눈치만 살필 뿐 이런 문제에 관련해서는 직접적인 언급을 피했다. 한번은 그녀가 내게 젖소 사육 외에 농장에서 수익을 올릴 수 있는 방법은 없느냐고 물었다. 송어 양식이나 에델바이스 재배 같은 것을 생각한 듯했다. 난 다소 퉁명스럽게 대답했다. 요즘 세상에 수익성을 기대할 수 있는 사업은 무기와 마약, 그리고 섹스 관련 사업뿐이라고.

그 말이 나오기가 무섭게 우리는 즉시 농장을 독창적인 섹스 클럽으로 변화시키는 허무맹랑한 계획을 세우기 시작했다. 데시레는 그것을 '이색 컨트리클럽'이라고 명명했다. 와서 동물들이 어떻게 하는지 보세요! 고무 작업복을 입고 나누는 사랑, 구미가 당기지 않나요? 장화를 신고 앞치마를 두른 인공수정사가 젖소를 수태시키는 모습도 볼 수 있답니다! 당신의 특별한 은혼식 밤을 위해 건초 보관 창고 자리를 예약하세요. 진한 노스탤지어를 보장합니다! 약간의 SM으로 당신의 성생활에 신선한 자극을 선물하세요. 소의 굴레를 빌려 서로의 몸을 묶어보세요! 뢴고르덴 농장의 스페셜 코너도 준비되어 있습니다! 결코 잊지 못할 강렬한 섹스를 경험해보고 싶지 않으신가요! 전기 울타리에 기댄 채 사랑을 나눠보세요……

우린 서로에게 중요할 수 있는 문제가 자꾸만 마음에 걸리기 시작할 때면 늘 이런 식으로 피해 가곤 했다. 실없는 농담을 늘어놓아 복잡한 문제들을 애써 피하고자 했던 것이다. 하지만 이젠 그것조차 효력이 떨어져가고 있었다.

그런데 젠장, 데시레는 대체 어딜 간 거야?

41

네 덕분에 피해 갈 수 있었던 수많은 어려움들,
나를 따뜻하게 덥혀주었던 너의 웃음들.
하지만 난 너를 위해 해줄 수 있는 게 없구나.
너의 창문에는 불이 꺼져 있고, 열쇠도 보이지 않는구나.

내가 메르타를 마지막으로 본 것은 크리스마스이브 전날 저녁이었다. 그녀는 발그스름한 볼과 반짝거리는 눈빛으로 색색의 선물 꾸러미를 품에 안은 채 옛날 그림책에서 튀어나온 소녀처럼 행복해하고 있었다.

하지만 그날 정신과 병동에서 내가 본 것은 낡은 붉은색 인조 가죽 의자에 앉아 있는 낯선 중년의 여자였다. 메르타는 손바닥을 위로 한 채 두 손을 무릎 위에 올려놓고 있었다. 부어오른 얼굴이 창백했다. 난 그 앞에 꿇어앉아 메르타를 가만히 안았다. 메르타는 내 어깨에 턱을 올려놓은 채 맞은편 벽을 가만히 응시했다.

우린 한참 동안 아무 말도 하지 않았다.

"그 인간이 대체 너한테 무슨 짓을 한 거야?"

나는 마침내 묻고 말았다. 나로서는 무슨 일이 있었는지 상상조차 할 수 없었다. 로베르트는 이미 메르타에게 수없이 많은 가혹한 짓들을 저질러왔다. 하지만 그럴 때마다 메르타는 언제나 오뚝이처럼 다시 털고 일어서곤 했다.

메르타는 여전히 아무 말도 하지 않았다. 그러다가 마침내 시선을 다시 모으더니 못마땅하다는 듯 이마를 찌푸리며 물었다.

"뭐 때문에 살아야 하지? 살아야 할 아무런 이유가 없어, 너무 피곤해!"

그러면서 비난하는 듯한 눈빛으로 나를 바라보았다.

그녀의 질문에 난 어떤 대답도 해줄 수가 없었다.

"하지만 그래도 내가 와주기를 바랐잖아."

난 확신 없는 목소리로 조그맣게 말했다.

"내가? 난 아무것도 필요 없어."

난 매일 병원으로 찾아갔다. 여러 시간 동안 아무 말 없이 메르타 곁에 있다가 돌아오곤 했다. 나를 불편해하는 것 같진 않았다. 그러다가 이따금씩 좀 어떠냐고 물으면 모호한 말들을 중얼거렸다. "모든 경고 등에 빨간 불이 켜져 있었어. 난 마지막 남은 동전까지 모두 잃어버렸어. 주머니에 구멍이 뚫려 있었거든."

그렇게 나흘이 지나자, 메르타는 입가에 비딱한 미소를 지어 보이며 병원에서 시키는 설문지 얘기를 하기 시작했다. 자살 성향 여부를 가늠해볼 수 있는 수백 개의 질문들이 여러 페이지에 걸쳐 열거되어 있었다. "삶이 부조리하다고 생각하십니까? 항상/자주/가끔." "자신이 아무 쓸모가 없다고 생각하십니까? 항상/대체로/종종."

"본래 안 그런 사람도 자살 충동이 생겨버릴 것 같더라니까!"

메르타는 쾌활했던 평소 성격을 어느 정도 되찾은 듯 보였다. 그리고 그제야 내게 그간의 이야기를 들려주었다.

6개월 전 로베르트는 그녀를 설득해 자궁관묶기 수술을 받게 했다. 그녀는 루프를 사용할 수 없었고, 로베르트가 다른 피임법을 불편해했기 때문이다. 메르타는 오랫동안 고민했지만 결국 쓴 약을 삼키듯 그의 제안을 따르기로 했다. 양육비 지급할 일을 더이상 만들고 싶지 않다는 로베르트의 입장을 받아들이기로 한 것이었다. 어떤 대가를 치르더라도 로베르트를 원했기 때문이었다.

그리고 크리스마스이브 전날, 그를 찾는 한 여자의 전화가 걸려왔다. 그는 통화를 마친 후 알아들을 수 없는 말을 중얼거리더니 가죽점퍼를 입고 어디론가 사라져버렸다.

그리고 로베르트는 돌아오지 않았고, 메르타는 크리스마스이브를 혼자 보냈다. 하지만 별다른 염려는 하지 않았다. 그를 잘 알고 있었기에 혹시나 자동차 사고가 난 것은 아닐까 걱정하며 경찰에 알리는 성급함을 보이지는 않았다. 그녀는 곧 알게 되겠지 하며 불길한 소식에 대한 마음의 준비를 하고 있었다.

이틀 후, 로베르트는 어떤 젊은 여자의 손을 꼭 잡은 채 메르타 앞에 나타났다. 어딘지 모르게 슬퍼 보이는 통통한 체격의 여자였다.

메르타는 즉시 그 여자가 임신했다는 것을 알 수 있었다. 적어도 5개월은 돼 보였다.

로베르트는 메르타에게 통보하듯 말했다. "이제야 비로소 '진정한 사랑'을 알게 되었어. 난 샤네트와 아이를 위해 무엇이든 할 거야." 그러면서 예비 부모 교육을 받으러 가야 하니 정초까지 메르타의 차를 빌리고 싶다고 했다. 샤네트의 가족은 멀리 산다며. 당신과 나는 오래전부터 허물없는 친구 사이 아니었냐며.

그는 12년간 우여곡절 많은 애정으로 삶을 함께해온 메르타를 마치 사촌이나 오래된 반 친구처럼 대했다.

"그는 지금까지 날 그렇게 생각했던 거야, 분명해!" 메르타는 격앙된 목소리로 말했다.

"아직도 아이가 더 필요한 거야?" 메르타는 단지 그렇게만 대꾸했다.

"당신은 이해하기 힘들 거야, 메르타!" 로베르트는 매우 차분한 어조로 대답했다. "왜냐하면 당신은 자신의 삶에서 아이를 배제하기로 결정한 사람이니까. 남자가 진정으로 사랑하는 여자를 만나면 얼마나 간절하게 아이를 바라게 되는지 당신은 절대 이해할 수 없을 거야."

메르타는 그들에게 차를 빌려주었다. 한시라도 빨리 그들을 내보내고 싶어서였다.

병원에서 나와 도서관으로 향하는 내내 온몸이 부들부들 떨렸다.

그로부터 일주일 후 메르타는 퇴원했다. 그리고 점심 준비를 위해 우리 집 부엌에서 양파를 썰고 있었다.

"난 내 삶이라는 영화 속의 단역에 불과했던 것 같아. 뒤쪽 어중이떠중이 틈에 섞여 들락날락하는 단역 말이야. 앞에 분명 누군가 있는데, 그게 누군지 잘 보이지가 않아."

메르타는 마치 꿈을 꾸듯 생각을 표현하곤 했다. 하지만 어색해하지도 해명을 하지도 않았다. 그리고 그날 그녀는 매우 감동적인 몸짓을 보여주었다.

칼질을 잘못하는 바람에 메르타는 엄지손가락을 깊이 베이고 말았다. 흐르는 피를 잠시 응시하던 메르타의 시선이 벤니가 내게 선물해준 우스꽝스러운 조개껍데기 연인 포스터로 향했다.

메르타는 잰걸음으로 거실을 가로질러 소파 위로 올라가 엄지

손가락으로 여인의 눈을 부드럽게 쓰다듬었다.

그러자 조개껍데기 여인의 눈에서 피눈물이 흘러내렸다.

42

데시레는 병원에 있는 친구의 곁을 지켜야 해서 내게 바로 차를 돌려주긴 힘들겠다고 연락해왔다. 그녀는 하루 종일 병원에 있다가 저녁에는 도서관에서 일을 했다. 나는 버스를 타고 그녀가 아파트 건물 앞에 세워둔 내 차를 찾으러 가야 했다. 열쇠는 바퀴 위에 숨겨두겠다고 했다. 안쪽 뜰로 들어가 그녀의 아파트 창문을 올려다보았다. 나무 막대를 엮어 만든 버티컬 블라인드가 길게 드리워져 있었다. 그녀의 집에는 커튼조차 없었다.

그녀는 전화를 받지 않았고, 자동응답기조차 켜놓지 않았다.

그렇게 아무런 소식을 듣지 못한 채 닷새가 흘러갔다. 난 우편함에 쌓여가는 농장 관련 서류들을 처리해나갔다. 그녀가 언젠가 이곳에 다시 돌아온다면 서류 더미에 깔린 채 차갑게 식어가고 있는 내 시체를 발견하게 될지도 모를 일이었다. 측량 기사의 경계석 같은 무덤 아래 날 묻은 후, 묘지 벤치 옆자리에 처량하게 앉아 있는 또다른 누군가를 흘끗거리겠지. 난 애써 그녀를 원망했다. 그러면 오히려 마음 아픈 게 덜해져 잠이라도 들 수 있었기 때문이다.

나를 더 미치게 한 것은, 그녀가 날 우습게 여기는 건지 아니면 나와 거리를 둬야 하는 분명한 이유가 있는 건지 도무지 알 수가 없다는 사실이었다. 나는 친구인 벵트 예란을 위해 그녀가 지금 하는 것처럼 할 수 있을까? 하루 종일 병원에서 곁을 지키고 저녁에는 일을 하면서? 정말 전화 한 통 할 시간도 낼 수 없을까?

맙소사. 애초부터 무의미한 질문에 어떻게 대답을 한단 말인가? 벵트 예란에게 신경정신과적인 문제가 있다는 상상을 하기란 불가능했다. 사실 그에게 정신이라는 게 있는지도 의문스러웠고. 전기톱으로 그의 뇌의 백질을 제거한다고 해도 사람들은 그가 달라졌다고 생각지 않을 것이었다. 더군다나 우린 서로에게 그런 유의 친구가 아니었다. 그는 어린 시절부터 함께해온 오래된 습관 같은 존재였고, 난 다른 친구를 만들 기회가 없었다.

난 어쩌면 '신경정신과적인 문제'에 관해서는 이 마을에 사는 대부분의 노인들과 생각이 같은지도 모르겠다. "최초의 신경정신과 의사를 총으로 쏘아버렸어야 했어. 그랬다면 정신병 같은 건 생기지도 않았을 텐데." 신경이라는 건 실제로 존재하는 게 아니다. 게으름뱅이들이 몸을 움직이기 귀찮을 때 궁여지책으로 내세우는 핑계일 뿐.

만약 이런 얘기를 데시레 앞에서 했다면, 그녀는 내 사타구니에 가차 없는 발길질을 날려 날 소파에 드러눕힌 다음 해부하듯 뜯어봤을 것이다.

그러던 중 그녀에게서 연락이 왔다. 스트레스가 심한 듯했다. 난 귀를 쫑긋 세우고 물었다. "대체 무슨 일이야?"

"지금은 자세하게 설명하기 곤란해." 그녀는 그렇게만 말했다. 지금 당장 나와 끝내겠다는 말을 하려는 건 아닌지 두려웠다. 빨리 머리 좀 굴려봐, 벤니.

"금요일이 내 생일이거든. 서른일곱번째." 난 확신 없는 목소리로 그녀가 내 말을 가로막기 전에 선수를 쳤다. "함께 바람이라도 쐬러 가는 건 어떨까? 샴페인 마실 기분이 아니라는 건 알지만, 간단하게 맥주나 와인 한 잔 정도는 괜찮지 않아? 뭐 대단한 날은 아니지만."

"별로 중요하지 않은 날이면 포막* 한 잔 정도로 때우는 건 어때?"

---

*25종에 달하는 과일로 와인과 유사하게 제조하는 탄산음료.

데시레는 한층 경쾌해진 목소리로 그날 파티는 자신이 준비하겠노라고 얘기했다. 침대에서 아침 생일상을 받게 해주겠다며 전날 저녁에 오겠노라는 말도 덧붙였다. 갑자기 날아갈 듯 기분이 좋아진 나는 망할 놈의 종달새처럼 재잘거렸다. 그녀가 돌아온다!

나는 훗날 홀로 묘지 벤치에 앉아 생각하곤 했다. 우리 관계의 끝이 보이기 시작한 건 비올레트와 벤트 예란이 음식을 가지고 들이닥쳤을 때였을까, 아니면 내 생일날이었을까. 데시레와의 만남은 그 후에도 계속 이어졌지만 마치 산소가 희박해져가는 느낌이었다.

시작은 아주 좋았다. 생일 전날 밤 우린 좋았던 예전처럼 소란스럽게 웃고 떠들며 시간을 보냈다. 데시레가 가져온 엑스트라 드라이 샴페인 한 병도 모두 비웠다. 솔직히 말하면 휘발유 통에서 발효시킨 맛이 났다. 그녀는 부엌문을 닫은 채 부산스럽게 움직이더니 벽장 속에 무언가를 감추었다. 난 밤새 그녀에게 매달렸다. 물에 빠진 사람처럼, 그녀가 마치 눈에 보이는 유일한 구명보트라도 되는 것처럼. 그런 다음 늦게야 잠이 들었다.

다음 날 아침, 평소처럼 자명종이 울렸다. 난 잠들어 있는 데시레를 바라보았다. 내 아침 생일상은?

그녀는 전혀 일어날 기미가 없었다. 난 손톱을 물어뜯으며 그녀를 은근슬쩍 깨워야 하는 것인지 고민했다. 그리고 늙은 폐병 환자보다 더 거칠게 목청을 가다듬으며 또다시 자명종을 울리게 했다. 하지만 데시레는 여전히 미동도 하지 않았다. 열시까지 출근하니까 여섯시에 일을 시작하는 나와는 다르지, 그렇게 생각하기로 했다.

나는 평소 착유 시간보다 30분 늦게 축사에 도착했다. 혼란스러운 감정과 시큼한 샴페인의 숙취가 나를 괴롭혔다. 물론 예상대로 모든 게 엉망이었다. 젖소들은 평소보다 훨씬 더 나를 힘들게 했고, 암송아지가 내 허벅지를 힘껏 걷어차기도 했다. 일을 모두 끝냈을 때는 기분이 바닥을 쳤다.

나는 집에 돌아와 서둘러 샤워를 마치고 부엌문을 살짝 열어보았다.

샴페인 병이 시큼한 냄새를 풍기며 여전히 그 자리에 놓여 있었다. 부엌은 텅 비고 고요했다. 데시레는 여전히 일어나지 않았다.

이런 제기랄, 난 정말 그녀가 내 집에 함께 있다는 사실이 기뻤다. 그런데 대체 왜 내 방으로 올라가 일부러 시끄럽게 옷을 갈아입어야 하는 거지? 단지 그녀의 반응을 보기 위해서?

"뭐야, 이 냄새는? 어디 장작더미 위에서 순교자를 불태우나?"

구겨진 시트 속에서 데시레의 목소리가 들려왔다. 그녀는 눈을 찡그린 채 자신의 손목시계와 나를 번갈아 쳐다보았다.

"어차피 뭐 아무것도 기대하지 않았으니까." 난 혼잣말처럼 중얼거렸다.

"무슨 뜻이야?"

잿빛 속눈썹 사이로 짜증이 엿보이는 파란색 눈동자가 깜빡거렸다. 벌떡 일어난 그녀는 그놈의 천연 면 소재 속옷을 입으면서 말했다.

"좋아, 기대하지 않았다니 잘됐네. 어차피 줄 게 없거든, 아무것도!"

뭐야, 대체 왜 '내가' 죄인이 되어야 하는 거지? 내가 아무 대꾸 없이 부엌으로 내려가자 그녀도 나를 따라왔다. 데시레는 양말만 신고도 요란한 말발굽 소리를 내는 신기한 재주가 있었다.

커피포트에 물을 채우려고 수도꼭지를 틀자 요란한 소리와 함께 공기가 뿜어져나왔다. 이런 제엔장! 이 망할 놈의 펌프가 또다시 말썽을 부리는군! 얼른 가서 확인한 다음 배관공을 불러야 했다.

데시레는 냉장고에서 무언가를 꺼내며 나를 흘끗거렸다.

"커피 마실 생각 같은 건 하지 않는 게 좋아! 펌프가 또 말썽이야!"

"하지만 맥주랑 케이크가 있으니까 괜찮아!"

그녀는 미소를 지으며 말했지만, 난 너무 흥분한 나머지 그녀의 태도 변화를 감지하지 못했다. 무슨 여자가 이렇게 상황 파악을 못하지? 농장에 물이 없다는 건 커피를 끓일 수 있느냐 없느냐의 문제가 아니었다. 스물네 마리의 젖소와 종자소가 물을 마시지 못한다는 심각한 뜻이었다.

"맥주라고? 스웨덴 젖소들은 맥주를 마시지 않아. 수백 리터가 있다 해도 아무짝에도 쓸모가 없다고. 그래도 당신이 있어서 다행이야. 도와줄 사람이 필요하거든. 배관공을 부르기 전에 혹시 고칠 수 있는지 확인하러 가야 해! 지금 당장!"

난 가능한 한 부드러운 어조로 말했다.

데시레는 꼼짝 않고 서서 나를 뚫어져라 쳐다봤다. 난 이미 점퍼를 입고 있었다. 그리고 그녀에게 가죽점퍼를 던졌다.

"이걸 받아! 그리고 어머니가 신던 장화를 신어. 벽장에 찾아보면 있을 거야. 뭘 기다리고 서 있는 거야?"

"아무것도!" 그녀는 야유하듯 내뱉었다. "나도 날 기다리고 있는 일이 있거든! 오늘은 다른 조수를 찾아보는 게 좋겠어!"

모든 것이 끝났다. 난 서둘러 펌프장으로 향했고, 잠시 후 마당에 세워둔 그녀의 차가 출발하는 소리가 들렸다.

난 화가 머리끝까지 치민 상태로 몇 시간 동안 펌프와 씨름을 했다. 하지만 결국 두 사람이 필요한 일이었다. 나는 포기하고 들어와 배관공을 불렀다. 부엌 식탁 위에는 커다란 소시지처럼 생긴 것과 쇠똥 비슷한 모양의 무언가가 접시에 놓여 있었다. 염장 소고기 덩어리와 기이한 모양의 초콜릿 케이크였다. 옆에 메모지가 보였다.

"벤니! 당신은 바보야, 나처럼. 이 케이크 먹고 하루 종일 힘내서 일해. 하지만 저녁 일곱시까지는 집에 와줬으면 좋겠어. 작업복은 가능하면 입지 말고. 생일 축하 이벤트로 당신을 근사한 곳에 데려갈 생각이거든."

난 녹초가 되어 손가락 하나 까딱할 수 없었다. 배관공이 오기 전까지 부엌 소파에 누워 두세 시간 정도는 잘 수 있을 것 같았다. 케이크와 소고기는 먹는 둥 마는 둥 하고 의자에 누웠다. 그리고 막 잠이 들었는데 클랙슨 소리가 들렸다. 아무리 피곤해도 펌프는 고쳐놓아야 했다. 몇 시간 낑낑거린 끝에 간신히 고치고 나니 곧바로 착유 시간이었다.

나는 머리를 단정하게 매만진 다음 여섯시 반에 차에 올랐다. 초콜릿 케이크와 소고기가 배 속에서 전쟁을 벌이고 있었다. 다른 건 먹을 짬조차 없었다. 육즙이 자르르 흐르는 스테이크를 먹을 수 있는 근사한 레스토랑으로 데리고 가주면 좋으련만. 거기다 베아르네즈 소스를 곁들인다면!

수면 부족과 허기, 그것이 그날 저녁에 벌어진 모든 일의 발단이었다.

43

내가 당신 눈에 뿌려준 마법의 금가루는
햇빛이 비추자 시든 이파리로 변하고 말았어요.
그러자 당신은 놀란 얼굴이 되어 초조해하는 나를 바라보았지요.

병원에서 메르타와 함께 있는 동안 벤니를 잊어버린 건 아니었다. 잠시 연락을 미루었을 뿐이다. 나는 한꺼번에 여러 가지를 신경 쓸 수 있는 타입이 아니기 때문이다.

메르타에게 벤니에 관해 털어놓고 싶을 때가 여러 번 있었다. 예전부터 감당이 안 되는 일이 생기면 늘 그런 식으로 돌파구를 찾곤 했다. 하지만 이번엔 정말 시기가 좋지 않았다. 로베르티노 그 나쁜 놈을 생각하면 이 세상 모든 남자들을 엄지손가락에 못을 박아 매달아버리고 싶은 심정이었다. 요 며칠은 마치 현실세계가 모두 멈춰버린 듯했다. 난 메르타의 곁을 지키고, 일을 하고, 잠을 잤다. 그리고 생각하고 또 생각했다. 우울증은 전염성이 강한 것이다. 아무도 그렇지 않다고는 못 할 것이다.

그러다 마침내 벤니에게 연락을 했다. 그가 자신의 생일 얘기를 했을 때 비로소 나는 우울한 무기력증에서 헤어난 기분이었다. 그리고 그가 내 생일에 날 위해 해주었던 일들이 기억났다. 나는 시내에서 샴페인과 장미꽃 한 다발, 그리고 그가 무척 좋아하는 염장 소고기 한 덩어리를 샀다. 한참 생각한 끝에 내가 입을 작업복도 한 벌 샀다. 그를 위한 선물이나 진배없다는 것을 벤니도 이해하겠지. 난 내가 가능한 한 그와 보조를 맞추려 노력하고 있으며 그와 연대감을 느끼고 있다는 걸 보여주고 싶었다. 그리고 우리 시에서 순회공연중인 〈리골레토〉입장권 두 장을 샀다. 내가 가장 좋아하는 오페라였다. 그리고 그 매력에 빠지지 않을 사람은 아무도 없을 거라고 생각했다. 어쩌면 작업복에 대한 보상심리였는지도 모르겠다.

난 작업복을 벽장 속에 감춰놓고, 오븐에 케이크 반죽을 넣었다. 물론 완성된 케이크는 사진 속 완성품 모양과는 전혀 달랐다. 다음 날 아침 작업복 차림으로 노래를 부르며 그를 깨운 다음, 준비한 케이크와 커피를 내밀면서 오페라 티켓을 흔들어 보일 계획이었다. 장미 꽃다발은 시들지 않도록 현관 앞 층계 위에 내놓았다. 그를 찾아간 그날 저녁, 우린 샴페인 병을 사이에 놓고 부엌 긴 의자 위에 태아처럼 웅크리고 앉았다. 그리고 이어진 우리의 밤을 표현하기에는 환상적이라는 말로도 부족했다. 나 자신이 마치 그의 샴쌍둥이처럼 느껴졌다. 나와 피도 나누지 않은 누군가를 이처럼 가깝게 느낄 수 있다는 사실을 처음으로 알게 되었다.

그리고, 난 일어나지 못했다.

그 사실만으로도 충분히 마음이 불편했다. 내가 누운 그곳이 어디인지 깨달은 순간 부끄러운 마음에 얼굴이 화끈거려왔다. 벤니는 내게 등을 돌린 채 보란 듯이 요란을 떨고 있었다. 그의 등에 커다란 글씨로 이렇게 쓰여 있었다. "오늘은 내 생일이다. 하지만 여전히 난 힘들게 일을 해야 한다. 누구는 편하게 자고 있는 동안!" 그리고 그 아래 보이는 좀 작은 글씨. "여태 커피 한 잔도 못 얻어 마신 채!"

"어차피 뭐 아무것도 기대하지 않았으니까!"

그의 말을 듣자 그 즉시 화가 치밀어 올랐다. 샴쌍둥이에서 곧바로 수치스러움과 죄책감으로 옮겨가는 건 너무 급작스럽지 않은가 말이다. 난 기대하지 않았다니 잘됐다며 어차피 줄 게 없었다고 쏘아붙였다. 하지만 그러면서도 머릿속으로는 그의 일을 인정하고 능력껏 그를 돕고 싶다는 내 마음의 증표인 작업복을 떠올렸다. 그래서 그를 따라 부엌으로 내려가 애써 마음을 진정시키고 냉장고에서 케이크를 꺼냈다. 그런데 갑자기 그가 내 앞에 버티고 서서 날 향해 가죽점퍼를 던지며 밖으로 나가 일을 하라고 명령하는 게 아닌가. 젖소는 맥주를 마시지 않는다는 등의 얘기를 하며 단번에 나를 아무짝에도 쓸모없는 사람으로 만들어 버린 걸로도 모자라서.

그가 나가자마자 난 내 작업복을 차 속에 던져넣고 장미 꽃다발을 쓰레기통 속에 쑤셔넣어버렸다. 어차피 꽃들은 밤새 꽁꽁 얼어붙어 있었다. 난 부엌 식탁에 앉아 크게 한숨을 내쉬고는 그에게 마지막 메모를 남겼다. 이 모든 상황이 한심했다. 무언가 해결책이 있어야 했다.

그는 7시 15분에야 나타났다. 젖은 머리에 조심스러운 미소를 띤 채. 원래는 공연 전에 요기를 하면서 우리 얘기를 진지하게 해볼 생각이었다. 그러면서 〈리골레토〉를 기분좋게 감상할 분위기를 조성하고 싶었던 것이다. 하지만 그럴 시간이 없었다. 서둘러 극장으로 가야 했고, 공연 시작 직전에야 생일을 축하한다는 말을 속삭일 수 있었다. 그는 고개를 끄덕이고는 어둠 속에서 프로그램을 유심히 들여다보았다.

나는 절대 오페라나 오페레타 애호가가 아니었다. 〈박쥐〉 같은 것은 굳이 극장에 앉아서 볼 가치가 없다고 생각했기 때문에 CD를 듣는 것만으로도 충분히 만족할 수 있었다. 하지만 〈리골레토〉는 죄의식과 순수함, 절대적인 사랑과 정신적인 카타르시스가 느껴지는 음악이 공존하는 처절하고 감동적인 오페라가 아닌가. 치명적인 사랑에 희생되는 여주인공 질다의 모습에 정신과 병동에서 보았던 메르타가 떠올랐다. 새로이 정복한 여인과 노닥거리고 있는 공작을 위해 자신의 목숨을 버리는 마지막 장면에서는 울음을 참을 수가 없었다. 눈물을 닦느라 내내 손수건만 만지작거리다보니 불이 다시 켜졌을 때는 벤니가 언짢아한 건 아닐까 걱정이 될 정도였다.

하지만 기우였다. 그는 아주 곤히 잠들어 있었다. 의자 옆쪽으로 완전히 몸을 붙여 우아함과는 거리가 먼 자세로 의자 등받이 가장자리에 뺨을 대고 입을 쩍 벌린 채 코까지 골아가며. 나는 10여 분 동안 그를 흔들어 깨워야 했고, 덕분에 모든 사람들의 시선을 한 몸에 받았다.

그러고 나니 더이상 기대할 게 없었다. 주차장으로 향하는 동안 우린 서로 한 마디도 하지 않았다. 난 그에게 자고 가라는 말도 하지 않았다. 그는 새벽 여섯시에 일어나야 했다.

차를 세워둔 곳에 이르자, 그는 손가락 없는 손을 내 뺨에 갖다 대며 옅은 미소를 띤 채 물었다.

"이제 서로 비긴 건가?"

난 그의 손가락 마디에 입 맞추지 않을 수 없었다.

44

이렇게 계속할 수는 없었다. 이건 애초부터 안 되는 일이었다.

난 지금 농장 일에 관한 얘기를 하는 게 아니다. 저녁에 녹초가 되어(건초를 만드는 날엔 특히나) 집에 돌아와서는, 한 손에 오페라 티켓을 들고 테이블을 두드리면서 나를 기다리고 있는 그녀를 보게 된다면! 맙소사, 오페라라니! 1막 내내 배가 요란하게 꾸르륵거렸다. 소 떼를 몰 때보다 훨씬 더 시끄럽고, 뚱뚱한 칼잡이의 고함보다 훨씬 더 큰 소리였다. 데시레는 내가 잠들어버린 것을 오히려 다행으로 여겼어야 했다. 그렇지 않았다면 듣기 좋은 말을 해주지 못했을 것이다. 내 생각을 솔직하게 얘기하고 말았을 테니까, 그것도 큰 소리로.

하지만 그녀의 기분이 좋지 않았던 것만은 분명했다. 그건 척

보면 알 수 있었다.

우리는 생각이 일치하는 분야가 거의 없다고 해도 과언이 아니었다. 이제 정치 얘기는 서로 의도적으로 피했다. 정치적 견해가 달라 벌어진 첫 언쟁을 나는 아직도 잊지 않고 있다. 발단은 재미있는 것 같아 보여준 신문의 독자 편지였다. 그로 인해 서로 언쟁이 오간 그날, 그녀는 날 파시스트로 몰아세우더니 등을 돌린 채 잤다. 그 후에도 여러 번 그런 일이 있었다. 이젠 텔레비전을 보다가도 의견이 갈릴 걸 미리 알고 고개를 돌리는 게 일상이 되어버렸다.

어쩌면 우린 양립할 수 없는 별자리를 타고난 것인지도 몰랐다. 아스트리드 숙모가 계셨다면 분명 그렇게 얘기했을 것이다. 숙모는 점성술에 심취해 있어서 목성의 영향권에 들게 될 때 우리가 해야 하는 일들을 강요하곤 했다. 그때마다 어머니와 난 좋게 웃어넘겼다. 그러다가 우연히 현대의 점성술과 과거의 점성술의 기준 날짜가 한 달 정도 다르다는 기사를 보게 되었다. 점성술이 처음 자리 잡을 당시 사용되던 로마력이 오랜 세월이 흐름에 따라 조금씩 밀렸기 때문이라고 했다. 그런데 내 얘기를 전해 들은 아스트리드 숙모가 너무 당황스러워하는 바람에 그 말을 한 것을 후회했다. 지금까지 숙모는 멋지고 관대한 황소자리에 걸맞게 행동해왔는데, 사실은 물고기자리인 것으로 밝혀졌던 것이다.

데시레도 별자리 운세를 읽었지만 대부분 날 놀리기 위해서였다. 내 앞 별자리를 읽으면서 뼈가 있는 말을 덧붙이곤 했다. "이틀만 먼저 태어났어도 몽상가와 예술가적 기질을 갖추고 현재를 즐기며 살아가는 쾌락주의자가 되었을 텐데." 그 말인즉슨 내가 그랬다면 훨씬 좋았을 거라는 의미였다. "꿈이나 꾸면서 흥청망청 살아가는 축산업자는 파산을 하든지 트랙터에 깔려 죽기 십상이지." 난 혼잣말로 중얼거렸다.

하지만 서로에게서 벗어나지 못해 안간힘을 쓰는데도 불구하고 우리가 끊임없이 서로에게 이끌린다는 사실, 어쩌면 그것은 점성술로밖에 설명이 안 된다는 생각이 들었다. 그게 바로 현재 우리의 상태인 것 같았다. 그 수수께끼를 풀기 위해선 점쟁이라도 찾아가야 하는 게 아닌가 싶었다. 혹시 점성학에서 말하는 열두번째 집*에 금성과 화성이 공존하는 것은 아닐까? 별자리와 행성 궤도를 살짝 비틀어 정해진 운명에서 벗어나게 할 수는 없는 것일까? 그래서 허약하고 희멀건 새우 같은 여자에 대한 꿈을 접고, 농민 전용 임시대행센터에서 구해주는 튼튼하고 살림 잘하는 젊은 여자와 행복한 가정을 꾸려갈 수는 없는 것일까? 그러면

---

* 점성학에서 '열두번째 집'은 인생의 제반 문제를 관할하는 공간을 가리킨다.

데시레 역시 수염이 텁수룩한 남자와 천장 꼭대기까지 책을 쌓아놓고 휴가를 즐기며 그녀가 원하는 삶을 살 수 있을 텐데.

엉망이 돼버린 내 생일날 이후에도 우리는 계속 관계를 유지했다. 하지만 그건 마치 서로의 눈치를 살피며 장애물을 쌓아가는 것과도 같았다. "올여름엔 안 되겠지만, 9월에 이삼일 정도 로포텐*으로 낚시하러 가고 싶어!" 나는 들뜬 목소리로 말했다. "하지만 당신은 그런 건 별로 안 좋아할 것 같군, 그렇지?" "응, 맞아. 난 아비뇽 페스티벌에 가는 게 훨씬 좋아. 아방가르드 연극이 딱 내 취향이거든. 거긴 7월에 가야 해." 그러면서 그녀는 덧붙였다. "게다가 프랑스어로 하는 거야!"

'축제는 가장 즐거운 순간에 떠나야 한다. 서로 더 많은 눈물을 흘리기 전에.' 우리는 스스로에게 그리고 상대에게 그 사실을 설득시키기 위해 애를 쓰고 있었다. 나로서는 데시레를 아프게 한다는 것은 생각조차 하기 싫은 일이었다. 차라리 나머지 손가락들을 잘라버리는 편이 나았다.

하지만 그녀는 이런 상황을 아직 깨닫지 못하는 듯했다. 로베르트라는 남자가 메르타라는 친구에게 했다는 몹쓸 짓을 열거할 때마다 내가 얼마나 스트레스를 받는지도 이해하지 못했다. 데

---

* 노르웨이 북부 연안에 위치한 제도.

시레가 그 얘기를 끄집어낼 때마다 나를 두고 하는 얘기처럼 느껴졌다. 그녀는 자신의 말투가 "남잔 다 똑같아"라는 식이라는 것조차 의식하지 못하는 듯했다. 내가 당신 친구가 그렇게 만든 건지도 모른다고 반박하면 불같이 화를 냈다. 나는 매번, 나는 그런 남자와는 다르다며 나 자신을 변호해야 했다. "당신은 남자들은 모두 이기적이고 여자들한테 나쁜 짓을 한다고 몰아붙이는데, 내가 남자라는 이유만으로 다른 남자들이 한 잘못을 떠안는다는 게 말이 되냐고! 당신은 백인들이 다른 인종에 저지른 만행의 죄과를 감당할 수 있어? 당신이 순수 백인이라는 이유만으로 말이야!"

그러면 그녀는 자기가 로베르트와 나를 비교한 것도 아니고 왜 내가 그를 옹호하려 드는지 모르겠다고 쏘아붙였다. 그러면서, 그래도 그는 적어도 메르타를 때리지는 않았다고 덧붙였다. 수많은 남자들이 여자에게 폭력을 행사한다는 사실에 대한 수치심을 덤으로 안겨주면서. 그렇게 우린 결론이 나지 않는 무의미한 언쟁을 반복했다.

그러고 나면 이미 내뱉은 말들과 아직 하지 못한 말들로 인해 마치 지뢰밭처럼 변해버린 땅 위에서 게임을 계속하기가 점점 더 힘들어졌다. 서로가 그런대로 능숙하게 대처할 줄 알았던 처음과는 모든 것이 달랐다.

하지만 좀더 솔직하게 말하면, 지금 나한테 가장 큰 문제는 그런 게 아니었다. 어머니가 돌아가시고 점점 더 현실로 드러나고 있는 다른 문제였다.

난 아내를 원했다. 가정의 존재를 느끼게 해줄 사람이 필요했다. 냉동 미트볼이나 믹스 케이크는 아무런 문제가 되지 않았다. 나무 막대 블라인드를 달고, 내게 주의회에 참석할 때나 어울릴 법한 옷을 사준다고 해도 상관없었다. 다만 내 집 같은 느낌이 들도록 살림을 꾸려나가주기만 한다면. 데시레는 냉동 미트볼쯤은 직접 살 수 있지 않느냐고 그렇게 따져 물을지도 모른다. 내게도 몸을 가릴 옷쯤은 충분히 있다. 하지만 이런 식으로 가다가는 난 언제나 일종의 부속품에 지나지 않는다는 느낌으로 살아야 할 것 같았다. 단지 연명하기 위해 먹고, 경찰에 잡혀가지 않기 위해 옷을 걸치며.

이러다보면 머지않아 농장을 잃고 독신자 공공주택으로 들어가게 될까봐 걱정할 필요조차 없게 될 것이다. 언제부터인가 내 집에 있어도 독신자 숙소에 있는 느낌이 들기 시작했으니까. 그런데도 난 어떻게 해야 할지 아무런 대책이 없었다. 섹스는 하지 않아도 그런대로 견딜 만했다. 이미 오랫동안 그렇게 지내왔기 때문이다. 하지만 내 농장에서 내 집 같은 느낌을 받지 못한다는 것은 결코 가볍게 웃어넘길 일이 아니었다.

난 데시레가 가정을 원한다고 생각하지 않는다. 감당할 수 있을 거라고도 생각하지 않고.

45

내겐 불을 지필 수 있는 나무 막대기 하나 없었다.
내가 가진 것이라고는
휘어버린 한 움큼의 나사와 펜치 하나뿐.

삶이 점점 둘로 쪼개지고 있었다. 이네스 룬드마르크는 조기
퇴직을 했고, 난 그녀의 뒤를 이어 어린이책 부서 전체를 맡게
되면서 일에 파묻혀 지내다시피 했다. 어린이 연극 주간을 신설
하고, 지역 예술가들에게 동화책 일러스트를 의뢰했으며, 시의
원들을 독려해 새로운 문화 사업에 투자하게 했다. 그 결과 적
극적인 입당 권유를 받기도 했다. 나는 넘치는 아이디어와 강한
추진력으로 점차 명성을 얻기 시작했다. 도서전시회와 연수에
도 참여했으며, 가장 영향력 있는 시의원에게 어린이 영화 축제
와 관련한 재정 지원 약속을 받아내기도 했다. 그런데 알고 보니
그의 관심은 영화 축제가 아니었다. 그는 나한테 주말에 폴란드
에서 열리는 유사 행사에 함께 가보지 않겠냐고 제안했다. 그 후

그의 비서가 내게 전화를 걸어 정말 더블베드 룸을 예약하는 게 맞는지, 혹시 무슨 착오가 있는 건 아닌지 물었다. 문득 그가 친근함의 표현으로 내 뺨에 했던 입맞춤과 '달링'이라는 호칭의 의미가 새롭게 다가왔다. 그에게 해명을 요구하자 구차한 변명을 늘어놓았다. 시의 재정을 아끼려고 그랬던 것뿐이라고…… 게다가 그런 게 현대적인 사고방식 아니겠느냐고 되묻기까지 했다. 그러면서 비서가 뭔가 오해한 것 같은데 안 그래도 능력 부족으로 머지않아 해고될 사람이라고 덧붙였다. 어린이 영화 축제는 그렇게 해서 없던 일이 되고 말았다.

더이상 추궁해봐야 아무 의미가 없었다. 결국은 언제나 비서들의 문제로 귀결될 뿐인 것이다. 그런 남자들은 대개 보호 조치를 마련해놓는다. 하지만 그의 행동이 공직자라는 안전한 보호막 아래서 잠시 꿈꿔본 짜릿한 일탈에 불과했는지 여부는 잘 모르겠다. 밤늦게 전화를 해서는 횡설수설 흐느끼기도 했으니까. 그 얘기를 해주자, 벤니는 가짜 콧수염을 붙이고 가명으로 시청에서 일을 해야겠다고 했다. 내 일에 관심을 보인 적이 극히 드문 사람이었는데 아마도 질투심 때문인 듯했다.

하지만 최악은 대단한 시의원이 나를 유혹했다는 것도, 영화 축제가 무산된 것도 아니었다. 나는 남자들과 불편해지지 않기 위해서는 나를 다 보여줘서는 안 된다는 사실을 조금씩 깨닫게 되었다. 나 같은 부류의 여자들에게 약한 남자들이 있다는 것도 알게 되었다. 그들은 처음에는 나약한 여자일 거라 생각했던 내가 보기보다 그렇지 않다는 것을 깨닫고는, 날 마치 풀어야 할 수수께끼처럼 생각하는 것 같았다. 이런 일이 처음도 아니었다.

아니, 그보다 더 최악은 이 대단한 남자의 부인이 도서관에서 함께 일하는 동료라는 사실이었다. 물론 그녀는 아무것도 알지 못했다. 그리고 특별히 알아야 할 것도 없었다. 하지만 수년 전부터 직원 휴게실에 앉았다 하면 늘어놓던 지겨운 레퍼토리를 떠올리지 않을 수 없었다.

"이제 아이들도 다 커서 독립했으니까, 스텐하고 난 서로에게 더 신경을 쓸 수 있을 거야! 스텐이 조금만 시간을 낼 수 있다면 마데이라 섬으로 두번째 신혼여행을 떠날 수도 있을 텐데! 스텐하고 난, 스텐하고 난……"

그리고 그날 밤, 스텐은 내게 전화를 걸어 훌쩍였다.

한동안 직원 휴게실에선 온통 남편들 얘기였다. 불평이 제일 많은 사람은 릴리안이었다.

"……내가 열 시간씩 서서 일하고 집으로 돌아가면, 그 사람은 식탁에 떡하니 앉아서 신문을 보고 있는 거야, 글쎄. 아침에 먹은 계란 껍데기하고 콘플레이크 접시를 그대로 놔둔 채로 말이지. 그러면서 나보고 저녁 메뉴가 뭐냐고 묻는 거 있지. 남편은 항상 자기만 위로받고 싶어 해. 로또에 당첨되지 못해서, 직장에서 누구 때문에 스트레스를 받아서, 머리가 자꾸 빠져서. 오죽하면 제발 좀 아파서 나 좀 쉴 수 있게 해주면 좋겠다는 생각마저 든다니까. 적어도 아파서 끙끙거리고 있는 동안에는 아이들하고 하고 싶은 걸 맘대로 할 수 있으니까 말이야……"

"……스텐은 절대로 그런 짓은 하지 않아! 워낙에 배려심이 많은 사람이라 종종 아침을 사무실에서 먹기도 한다니까……"

그런 소리를 듣고 앉아 있으려니 심사가 복잡해졌다. 그들도 한때는 내가 지금 벤니에게 끌리는 것과 같은 감정을 자신의 남편들에게 느낀 적이 있었을 테니까. '아니, 우린 절대 그러지 않을 거야……'라고 믿기엔 나는 이미 나이가 너무 많이 들어버렸다. 그리고 무엇보다 우리 앞에 깔려 있는 것이 장밋빛 카펫이 아니라는 사실을 잘 알고 있었다.

그렇게 내 삶은 둘로 쪼개졌다. 낮 동안에는 정신없이 즐겁게 일에 몰두할 수 있었지만, 나머지 시간에는 점점 더 생각에 빠져 있는 경우가 많았다.

스텐. 릴리안의 남편. 로베르티노. 그리고 외리안.

그럼 벤니는?

난 어떤 대가를 치를 준비가 되어 있는 것일까? 내가 진정으로 원하는 것은 무엇일까?

그걸 물어볼 만한 사람은 한 사람뿐이었다. 난 그녀를 만나러
갔다.

46

우린 점점 더 뜸하게 만났다.

데시레는 더이상 친구의 차를 빌리지 못했다. 차를 팔아버린 모양인지, 내가 데리러 가든지 그녀가 버스를 타고 와야만 했다. 버스는 주중에는 딱 한 번, 시내에서 저녁 일곱시 반에 출발하는 것밖에 없었다. 도착하면 여덟시 반인데, 난 열시경엔 잠자리에 들어야 했다. 게다가 내가 저녁 여덟시 이전에 그녀를 데리러 가는 건 거의 불가능했다. 그편 역시 늦기는 마찬가지였다. 내가 만약 그녀의 집에서 자게 되면 새벽 다섯시에는 일어나야 했다.

데시레가 출장 가는 주는 빼고 일주일에 한두 번, 한 시간 반 정도씩. 우리가 볼 수 있는 시간은 고작 그 정도였다.

우리 대화의 표면을 떠다니는 농담을 걷어내고 좀더 진지한 얘기를 하기 위해서는 여러 날이 필요할 터였다. 현관에 들어서서 외투를 벗는 그녀에게 불쑥 "우리에게 미래가 있을까?"라는 말을 할 수는 없지 않은가.

주말에는 하루 종일 함께 시간을 보낸 적도 있긴 했다. 하지만 그럴 때는 다투는 일이 점점 더 많아졌다. 다투지 않기 위해 애를 쓰고 충돌을 피하려고 노력도 해보았지만, 그것 역시 피곤하긴 마찬가지였다.

그래도 차라리 그런 날들이 그리워지기도 했다. 데시레는 지난 3주간 학회다 연수다 뭐다 하며 얼굴 보기가 힘들었다. 이제 그녀를 만나려면 예전처럼 묘지로 가야 하는 건가 하는 생각이 들 정도였다, 맙소사.

한번은 그녀를 마을 축제에 데리고 간 적이 있었다. 어쩌면 다른 사람들의 반응을 보고 싶었는지도 모르겠다. 비올레트와는 냉기가 흘렀지만, 다른 사람들은 데시레를 마음에 들어 하는 것 같았다. 대부분 50대 이상의 어르신들이었는데, 뭔가 열심히 얘기하는 그녀의 모습을 보고 있노라니, 혹시 꼭 읽어보시라며 책 소개를 늘어놓는 건 아닌지 은근히 염려가 되기도 했다. 하지만 그들은 마을의 역사에 관한 얘기를 나누고 있었다. 서로에 대한 진심 어린 관심은 문제 될 게 없다. 이웃들은 내가 하루빨리 안정적인 가정을 꾸리길 진심으로 바라고 있었다. 그런 염려는 감동적이기까지 했다. 마지막 농장마저 없어지고 나면 마을 역시 면모를 잃게 될 것이다. 마을이 도시의 부속 교외쯤으로 전락하게 될 것은 불 보듯 뻔한 일이었다. 우리는 모두 늘 그런 불안을 느끼고 있었다. 맥주잔을 앞에 놓고, 뢴고르덴이 컴퓨터 회사 간부들의 휴양지로 바뀌어 있는 상상을 하며 우울해했던 기억이 난다.

마을 축제에서 어머니의 오랜 친구였던 알마 아주머니와 군나르 아저씨 부부를 만났다. 내외는 일요일에 함께 차를 마시자며 우리 둘을 초대했다.

"죄송해요! 내일 오후 세시에 비행기를 타고 웁살라에 가야 하거든요!" 데시레는 그렇게 말했다.

우린 늘 그런 식이었다.

혼자 외롭게 축사에서 일을 할 때면, 이제 선택 가능한 방법은 세 가지밖에 남지 않았다는 생각이 자꾸만 들었다. 더이상 결정을 미룰 수 없다는 절박감과 함께.

첫번째는 데시레 쪽에서 자기가 오랫동안 살던 곳을 떠나 나와 함께 농장에서 사는 방법이었다. 하지만 그녀가 한순간도 그런 생각을 해본 적이 없다는 것을 나는 잘 알고 있었다. 질문조차 용납되지 않을 터였다.

두번째는 내가 농장을 팔고 도시로 이사를 하는 방법이었다.

그녀가 웁살라에서 돌아올 때까지 커피가 식지 않게 지키고 있는 삶. 이건 내 쪽에서 용납이 안 됐다.

세번째 방법은 현실을 직시하고 실현 가능성이 없는 계획을 포기하는 것이었다. 그리고 나와 일주일에 세 시간 이상을 함께 보낼 수 있는 여자를 찾는 것이었다.

마지막으로, 언급조차 하기 싫은 네번째 가능성, 노총각으로 늙어 죽는 것. 마흔여섯 살이나 먹고도 마을 사람들에게 여전히 '닐손 씨네 꼬마'로 불리는 보세처럼. 그는 농장에서 노모와 함께 살며 육우 몇 마리를 키우고 협동조합에서 파트타임으로 일했다. 농장에 거대한 위성방송 수신 안테나를 설치해놓고, 가끔씩 "비밀 보장"이라고 표기된 소포를 받아보았으며, 숲에서 커다란 뇌조류를 사냥하는 낙으로 살았다. 그 외에는 별다른 취미가 없는 듯 보였다. 가끔 하찮은 핑계거리를 만들어 뢴고르덴에 들러서는 세 시간씩 머물다 갈 때도 있었는데, 데시레가 와 있을 때는 그의 차가 마당으로 들어서는 모습이 보일 때마다 커튼 뒤에서 함께 한숨을 내쉬었다.

아니, 난 보세처럼 살 수는 없었다. 쇠데르스트룀 부부의 쉰세 살짜리 꼬마가 될 수는 없었다. 그렇게 늙어가지 않기 위해서는 무엇이든 해야 했다. 그리고 이제 그럴 수 있는 시간이 얼마 남지 않았다.

어쩌면 데시레는 날 보러 올 때마다 공기 속에서 윙윙거리며 맴도는 노총각의 불안을 느꼈을지도 모르겠다. 그래서 내 기대에 맞서기라도 하듯 턱을 꼿꼿하게 치켜든 채 자신은 단지 게임을 계속하고 싶을 뿐이라고 말하는 듯 보였는지도. 아직도 소녀 티를 벗어버리지 못한 작은 새우 같은 여자. 활기찬 도시의 삶 속에서 혼자 지내는 것에 대한 두려움이 없는 나의 데시레.

점점 더 뜸하게, 어렵게 그녀와 잠자리를 하게 될 때마다 마치 배 속에 묵직한 돌덩이가 든 것 같았다. 그녀는 여전히 현기증이 날 정도로 새하얗고, 뜨겁고, 매력적이었다. 난 그녀에게 투덜거리듯 말하곤 했다. "내가 만약 제명대로 못 살고 일찍 죽으면 모두 당신 때문인 줄 알라고! 혼자 사는 남자들의 평균수명이 얼마나 짧은지 알지!" 그녀는 대답을 피하기 위해 뱀장어처럼 몸을 뒤틀면서도, 우리의 마지막 막을 알리는 종소리가 울려 퍼지고 있다는 것을 깨닫지 못했다.

47

결승점에 가장 먼저 도착하는 것,
장대높이뛰기, 포환던지기 같은 것은
내게 아무 흥미도 불러일으키지 못한다.
어째서 당당하게 막대 아래를 통과하는 것보다
그 위를 뛰어넘는 것이 더 가치 있다고 여기는 것일까?

물론 난 의례적인 방문인 것처럼 보이려고 애를 쓰며 비싼 튤립과 최상급 다르질링 홍차 한 박스를 준비해 갔다.

그녀는 안전 체인을 걸어둔 채 문을 열었다. 날 알아보고 들어오라고는 했지만 그다지 반기는 기색은 아니었다. 그렇다고 적대적인 태도를 보인 것도 아니었지만, 마치 정신이 다른 데 팔려 있는 사람 같았다. 너무 바빠서 방문객 따위에게 신경 쓸 여유가 없는 듯 보였다.

"안녕하세요, 오랜만에 뵙네요! 그동안 잘 지내셨어요?"

"그런 걸 왜 묻죠? 그게 당신하고 무슨 상관인가요?"

아무런 악의도 느껴지지 않는 어조였다. 이제 룬드마르크 부인은 무의미한 겉치레에 낭비할 시간이 없다는 사실을 깨달은 듯했다. 그래서 나 역시 빙빙 돌리지 않고 즉시 본론으로 들어가기로 했다.

"조금은 상관이 있지요. 요즘 들어 부인 생각이 많이 났거든요. 삶을 관찰하는 방식과 지혜에 대해서도요. 그런 것들을 제게도 좀 나누어주셨으면 해서 왔어요."

"으으음⋯⋯" 그녀는 모호한 반응을 보였다.

"머지않아 제가 어떤 선택을 해야 하거든요. 부인의 경우 선택의 기준이 무엇이었는지를 알고 싶어요. 사람들과 직접 부딪히기보다는 문서 작업을 하게 된 것도 그런 선택의 결과 아니었나요? 제 말을 이해하시겠어요?"

순간 그녀의 양 볼이 발갛게 달아올랐다. 그녀는 자리에서 일어나 부엌으로 가더니 의자 위로 올라가 찬장 맨 위에 있는 오래된 크리스털 꽃병을 꺼내 튤립을 꽂았다. 그런 다음 거실로 돌아와서는 안경을 벗고 짜증 섞인 표정으로 내게 쏘아붙였다.

"무슨 근거로 내가 여러 가지 중에 선택을 했을 거라고 생각하는 거죠? 내겐 내 경험과 관련해서 어떠한 선택권도 없었어요! 내 부모님은 탄자니아에 선교사로 파견되어 갔고, 난 독신인 친척 아주머니 밑에서 자랐어요. 정리 정돈과는 담을 쌓고 사는 아주 지저분한 여자였죠! 그래서 사서 공부를 시작했을 때 난 내게 주어진 자유에 심취했어요. 내 마음대로 삶을 꾸려나갈 수 있었으니까요. 체계적으로요. 물론 간접적인 체험을 선택할 수도 있었어요. 도자기 페인팅 수업을 받거나 단체여행을 떠나기도 했죠. 하지만 그런 것들은 내게 기쁨을 주지 못했어요. 그 후 37년 동안 도서관에서 일했고, 그게 전부예요! 그리고 지금 이 순간 분명히 얘기하지만, 난 속내를 털어놓을 수 있는 친구 같은 건 필요 없어요, 전혀! 당신은 내 말을 이해했나요?"

"만약 절 내쫓는다면, 집에 돌아가자마자 부인에 관한 파일을 작성할 거예요!"

그러자 그녀의 얼굴에 옅은 미소가 번졌다.

그리고 한 시간가량 대화가 이어졌다. 그녀는 내가 가져간 다르질링 차를 내왔다. 테틀리 티백이나 다를 바 없이 다루긴 했지만.

"제가 원하는 건 충고가 아니라 또다른 시선일 뿐이에요. 부인처럼 예리한 사람의 시선을 통해 보고 싶은 거죠. 벤니가 전혀 제 타입이 아니거나, 혹은 유일한 가능성이라고 말씀하셨죠. 그게 무슨 의미인지 설명해주실 수 있나요?"

그녀는 자리에서 일어나 캐비닛 속에서 내 서류를 꺼내왔다.

"음…… 내가 당신을 관찰한 건 딱 세 번이에요. 마지막은 크리스마스 직후, 은퇴 직전이었어요. 그가 당신한테 어울리지 않는다는 건 내가 굳이 말하지 않아도 당신 자신이 잘 알고 있을 거예요. 옷 입는 스타일만 봐도…… 아마 내 말에 반박할 수는 없을걸요. 누구나 의식 혹은 무의식적으로 상대의 외양을 선택하는 거니까요. 하지만 다른 게 또 있어요. 나는 당신의 마음을 봤어요. 그래요, 두 남자를 향한 당신의 마음 말이에요. 당신 남편은 누가 봐도 훨씬 더 호감 가는 남자였지만, 그가 도서관에 나타났을 때 당신은 하던 일을 멈추지는 않았어요. 뭘 떨어뜨리는 일도 없었고 그를 모르는 척하지도 않았어요. 처음부터요. 아마 그럴 필요를 느끼지 못했기 때문일 거예요. 하지만 그 남자한테는 무례하게 굴기까지 하더군요. 그리고 그는 책이 무척이나 아끼는 강아지라도 되는 것처럼 두 손으로 감싸 쥔 채 당신을 기다리고 있었고요. 자, 더이상은 해줄 말이 없어요. 난 그런 미묘한 것들은 잘 모르니까. 하지만 그동안 관찰한 바로는, 그런 것들이 결코 영원하진 않더군요."

"유일한 가능성이라는 말은요?"

"그 말을 한 건 당신이 변했기 때문이에요. 예전엔 그런 모습을 한 번도 본 적이 없거든요. 미안하지만 이젠 좀 가줬으면 좋겠네요. 할 일이 많아서요."

그러면서 그녀는 내게 자신의 마지막 계획을 말해주었다. 광고 전단들을 수집해서 문서화하는 작업이었다. 특별 경품행사에 응모하고, 공모전에 참가하면서 그 결과들을 모아 분류하기 시작한 것이다.

"그런데 그들이 날 '친애하는 이네스 마리아 룬드마르크 부인'
이라고 부르는 게 아주 마음에 안 들어요!"

그녀는 단호하게 말했다.

그녀는 자신이 어떤 이름으로 불리고 싶은지 알고 있었다. 그
들은 그대로만 하면 되는 것이다. 이 얼마나 명료한가!

48

　빌어먹을, 대체 뭐가 그렇게도 힘든 것일까? 어느 날, 데시레와 길고 긴 전화 통화를 하느라 축사 온도 조절을 깜빡했을 때 문득 그런 생각이 들었다. 또래의 성인 남녀가 도시 지척에 집을 하나 얻어 각자의 일을 하며 살아가는 것. 함께 살면서 출근하고, 집을 꾸미고…… 아이를 낳아 기르는 것. 매일 밤 함께 잠들고, 일주일에 세 시간 이상 보는 것.

　미래의 삶을 아주 생생하게 그려보던 나는 지금까지 우리가 정면으로 부딪혀온 장애물들을 훌쩍 뛰어넘어버렸다. 집에 대한 계획부터 시작해 상상 속에서 모든 문제를 내 방식대로 해결해나가기 시작했다.

　농장에 딸린 집은 꽤 널찍한 편이다. 아래층에는 커다란 부엌과 작은 방 하나, 거실과 너른 현관이 있다. 2층에는 방 두 개와 단열재를 둘러 방으로 쓸 수 있는 다락방이 있다. 아래층의 작은 방을 그녀의 서재로 쓰면 되지 않을까…… 지금 그곳에는 어머니가 쓰던 직조기만 달랑 놓여 있다. 거기에 발을 들여놓지 않은 지가 1년은 된 듯하다. 내 방은 우리 둘의 침실로, 어머니 방은 아이 방으로 꾸미면 되지 않을까…… 그녀의 그 망할 서가를 들여놓을 공간은 어떻게든 마련할 수 있을 것이다.

그런 다음 데시레에게 자동차를 사줄 수 있을지 계산해보았다. 그녀가 아파트를 판다면 더이상 분할 상환금을 갚지 않아도 될 것이다. 하지만 너무 바빠서 풀타임으로 일하기는 힘들 것이고, 첫아이가 태어나면 적어도 몇 년간은 직장을 쉬어야겠지…… 그녀가 굳이 원한다면 파트타임으로는 일을 할 수도 있겠지만. 마을에는 탁아 시설이 없으니까…… 어쩌면 비올레트가 아이를 맡아줄 수 있지 않을까……

난 그렇게 미래를 설계하면서 그 여름 결정적인 위기가 찾아오기 전까지 마지막 한 달을 버틸 수 있었다. 혼자만의 상상 속에 푹 빠져 있느라 데시레의 존재마저 까맣게 잊고 있었다. 그리고 어느 날, 어린이 연극제 준비로 한창 바쁘던 그녀가 버스를 타고 마지못해 나를 보러 왔다. 내가 중요한 문제를 상의하고 싶다고 부탁했기 때문이었다. 난 그녀를 소파에 앉혀놓고 리모델링 관련 스케치와 비용을 적은 종이를 보여주면서 내 계획에 대해 설명하기 시작했다.

그녀는 아무것도 묻지 않았고, 아무 말도 하지 않았다. 그저 파트타임과 아이, 그리고 비올레트에게 아이를 맡기는 항목에 이르자 나지막하게 신음을 뱉어냈을 뿐이다. 얘기를 끝내자 우리 사이에는 죽음 같은 정적이 흘렀다.

그리고 마침내 데시레가 입을 열어 자신의 생각을 쏟아내기 시작했다.

그녀의 얘기를 듣고 있노라니, 내게서 벗어나려고 기를 쓰면서 담벼락을 기어오르던 암캐의 모습이 떠올랐다.

그날 이후 난 정신없이 일에 몰두하면서 그녀가 한 말들을 잊으려고 애썼다. 대강 요약하면, 그녀는 소풍 바구니를 들고 도롯가의 도랑 주변을 어슬렁거리며, 혹은 패밀리 펜션 같은 곳에서 아이들과 홀로 여름을 보내는 자신을 상상할 수 없다고 했다. 아니, 좀더 정확하게 말하면 머릿속으로 '그림이 그려지지 않는다'고 했다. 그녀는 자신의 일을 너무나도 사랑하며, 지금의 위치까지 오르기 위해 무진 애를 썼고, 파트타임으로 어린이책 부서를 이끌 수도 없을뿐더러 그 급여로는 자동차 유지비조차 충당이 안 될 것이라고 했다. 또한 미용실에 가는 것조차 내 허락을 받아야 할 것이며, 비올레트에게 아이를 맡기느니 차라리 유산하는 편을 택할 것이라고 했다.

그녀가 거기까지 말했을 때, 나로서는 모든 게 끝난 것이나 마찬가지였다.

하지만 데시레는 내 생각엔 아랑곳없이 혼자 얘기를 계속했다. 지금까지도 우린 잘 지내오지 않았느냐, 그러니 서두를 필요 없이 피차 시간을 갖고 생각해보는 게 좋지 않겠느냐, 그런 식의 의미 없는 말들을. 내겐 대꾸할 기운조차 남아 있지 않았다.

그녀는 아빠도 육아휴직을 쓸 수 있어야 하며, 자신은 여름에 여행을 떠날 수 있기를 바란다는 말도 덧붙였다. 난 그녀에게 젖소를 키우는 사람이 육아휴직을 쓴다거나 젖소들을 데리고 여름 휴가를 떠난다는 얘기를 들어본 적이 있는지 묻지도 않았다. 그저 오래된 태엽 장난감처럼 고개를 끄덕였을 뿐이다.

데시레는 다음 날 전화를 걸어 자신이 너무 흥분했던 것 같다고, 아마도 생리 전 증후군 때문인 것 같다고 변명을 늘어놓았다. 그러면서 토요일 저녁에 둘이서 오붓한 시간을 보낼 수 있도록 근사한 저녁거리를 준비해오겠다고 했다.

그녀가 먼저 그런 제안을 해온 것은 처음이었다. 가엾은 데시레, 그녀는 이제 모든 게 끝났다는 것을 아직 깨닫지 못하고 있었다. 그녀에게 그 사실을 일깨워주기 위해서는 내가 강해져야만 했다.

49

릴에 감긴 줄을 조심스럽게 풀고
그물로 건져 올려서
비늘을 벗기고 뼈를 발라낸 다음
맛있게 먹을 수도 있었는데.
그 망할 사랑이란 놈은
어느새 저 멀리 달아나고 없었다.

적색경보, 군인이라면 그렇게 말했을 것이다. 발사 준비 태세
에 돌입해야 한다. 적이 주변을 배회하고 있다.

몇 주 전부터 벤니와 나 사이에는 위기 상황이 계속되고 있었
다. 유일한 문제는 적을 찾아내는 것이었다.

마지막의 시작을 닮은 어떤 일이 일어난 것만은 분명한 사실
이었다. 그런데 그게 정확히 언제쯤이었을까?

물론 우리가 처음 만났을 때부터 시작된 것이라고 말할 수도
있다.

아니면 벤니가 집을 리모델링하려는 자신의 계획과, 내가 외
리안과 함께 마련한 아파트를 팔고 직장을 그만두거나 파트타임
으로 일하는 계획에 대해 언급했던 그날 저녁일지도.

난 마치 정신적인 천식 발작이라도 일어난 것처럼 숨이 막혔다. 그는 내게 현실을 직시하게 했다. 지금까지 내가 애써 피해가고자 했던 바로 그 현실을. 물론 난 우리 둘에 대해 진지하게 생각해왔다. 서로에 대한 '감정'과 우리 둘의 차이점에 대해. 우리가 만나는 동안 우리의 '감정'이 과연 그 중압감을 견뎌낼 수 있을지 알고 싶었던 것이다. 만약 그럴 수 없다면 어디에서 사느냐 하는 문제 같은 건 아무런 의미가 없었다.

그동안 난 결국 벤니가 젖소 키우는 일이 너무 힘들다며 농장에서의 삶을 포기하길 기대했던 것 같다. 그가 별문제 없이 트랙터 회사 같은 곳에서 일할 수 있을 것이라고 생각했다. 엔진에 대해 훤히 꿰고 있는 사람이니까. 그런 다음 도시 가까운 곳에 집을 구할 수 있었을 것이다. 그가 만약 대대로 물려받은 농장은 절대로 팔 수 없다고 한다면, 생각이 바뀔 때까지 누군가에게 관리를 맡길 수도 있었을 것이다. 물론 한편으로 내 생각이 지나치게 낙관적이라는 것을 모르는 바는 아니었다. 지난가을, 그 성적표 사건으로 그가 불같이 화를 낸 이후로 모든 게 그리 쉽지만은 않을 거라고 생각했었다. 하지만 지금까지는 가능한 한 그 문제를 언급하지 않으려고 비교적 잘 처신해왔다고 생각했다. 그런데 이제 그가 꼬리를 흔들며 다가와서는 내 무릎 위에 그걸 척하니 올려놓은 것이다.

비올레트에게 아이를 맡기는 게 어떻겠냐는 얘기를 듣는 순간, 더이상 참을 수가 없었다.

그래서 그의 기분 따위는 고려하지 않고 내 생각을 쏟아내기 시작했다. 일종의 '과잉 살상 행위'라는 건 알았지만, 그에게 분명하게 이해시킬 필요가 있었기 때문이다. 하지만 그와의 관계를 끝내고 싶은 생각은 없었다. 다만 우리 관계가 더 깊어질 수 있도록 시간을 두고 생각해볼 것을 제안하면서, 서로에게 맞춰가기 위해 가장 중요한 문제가 무엇인지 규정할 필요가 있다는 이야기를 했을 뿐이었다. 어쩌면 일종의 직업병 때문에 마치 가족 상담사 같은 얘기를 늘어놓은 건지도 모르겠다. 난 그가 다른 관점으로 생각할 수 있기를 바랐다. 나와 함께 여행을 하면서 세상 구경을 해보는 건 어떨까. 지금까지 그에게는 그럴 기회조차 허락되지 않았을 테니까. 혹은 그가 육아휴직을 하면 아이와 가까워지는 계기가 되는 동시에 내가 중요한 일에 매진할 수 있는 기회도 되지 않을까.

그는 내 말에 어느 정도 공감하는 듯했다. 생각에 잠긴 듯 내내 고개를 끄덕였기 때문이다.

나는 그렇게 우리가 각자의 일에 몰두하면서 예의 그 적응과 관계의 심화 문제를 풀어나갈 수 있을 것이라 기대했다. 하지만 모든 건 생각과는 정반대로 흘러갔다. 우린 각자의 삶 속에 파묻힌 채 한 치도 양보하지 않았다.

우리의 관계는 점점 스포츠 경기의 양상을 띠어갔다. 벤니는 스누스를 땅바닥에 뱉거나 칼싸움을 벌이지만 않을 뿐 단순무식한 시골 남자의 모습을 보여주기 위해 애쓰는 듯했고, 난 '다문박식하고 당당하고 도회적인' 여성의 역할을 기꺼이 해냈다. 여기에 디귿 두 개를 덧붙여 '단연 등신' 같은 면모까지 보였다.

우리는 우리 사이에 가로놓인 낭떠러지 위로 다리를 놓으려는 노력은커녕 서로를 그 끝으로 몰아가고 있었다. 어쩌면 우린 둘 다 기적을 바라고 있었는지도 모르겠다. 난 그가 자신에게도 영혼이란 게 있음을 인정하기를 바랐고, 그는 밤새 내 배 위에서 앞치마가 자라나기를 기다리고 있었던 것인지도. 그러면서 우린 치열한 싸움을 계속해나갔다. 여전히 서로에게 강렬하게 끌리고 있었으므로 자칫 블랙홀 속으로 빠져버릴 수도 있었기 때문이다. 그런 사태를 방지하기 위해 우린 지금까지 그 누구와 그랬던 것보다 더 신랄하게 언쟁을 계속했다.

우린 더이상 사랑을 나누지 않았다. 그러기엔 머릿속이 너무 복잡했고, 그래봐야 마음만 더 아파졌기 때문이다.

그러자 우리에겐 남은 게 별로 없었다. 상황에 비추어, 더이상 함께 좋은 시간을 보낸다는 건 불가능했다. 우린 끊임없이 각자의 바리케이드를 높이 쳐올려야 했다.

모든 건 시작했던 곳에서 끝이 났다. 묘지에서.

어느 날 우린 나란히 놓인 두 무덤을 돌보기 위해 함께 그곳으로 갔다. 그리고 벤니가 갑자기 내게 물었다. "언젠가 당신과 내가 같은 곳에 묻힐 수 있을 거라고 생각해?" 그는 골똘한 표정으로 외리안의 무덤을 바라보았다.

난 전율을 느끼며 옆 무덤을 쳐다보았다.

"두 군데 중 어디냐가 중요하지 않아?"

"왜냐하면 난 아니라고 생각하거든!"

난 잠시 후에야 그의 말뜻을 이해할 수 있었다. 그는 더이상 우리를 믿지 않았다. 지금도, 그리고 앞으로도.

가슴 한쪽이 저려왔다.

하지만 그의 말을 농담처럼 받아넘겼다. 난감한 상황에 처할 때마다 우리가 곧잘 쓰던 마취제였다.

"무슨 일이 생겨도 당신은 내게 언제까지나 옆 무덤의 남자로 남을 거야. 왜 있잖아, 잡지 속 단편소설에 나오는 앞집 남자. 여주인공하고 어릴 적부터 함께 자라는 정말 좋은 남자. 여자는 도시의 바람둥이한테 버림받기 전까지는 그가 얼마나 좋은 사람인지 몰라. 비로소 그 사실을 깨달은 여자는 그때껏 자신을 충실히 기다려준 앞집 남자에게 돌아가 결실을 맺게 되지. 우리가 앞으로 어떻게 되든지 간에, 난 때가 되면 옆 무덤의 남자에게로 돌아올 거야. 벤니 당신에게로. 그리고 당신과 함께 우리 뼈다귀를 가지고 플로케핀 놀이*를 할 거야. 어떤 게 당신 거고, 어떤 게 내 건지 구별하지 못할 때까지. 그때까지 변함없이 날 기다려줄 수 있어?"

벤니는 잠시 아무 말도 하지 않았다.

"할 수만 있다면 난 기다리지 않을 거야. 게다가 앞으로 생길 아내와 남편 들은 어쩌고?"

"다른 사람은 신경 쓸 것 없어. 이건 당신과 나만의 문제니까. 비록 이번 생에서는 안 될지도 모르지만."

"언젠가 어떤 여자가 날 바른 남자로 살아갈 수 있게 해준다면, 난 절대로 그녀를 버리지 않을 거야. 내 삶의 한 부분이 될 테니까."

우린 한참 동안 서로 말이 없었다.

"이제 그만 보는 게 좋을 것 같아." 벤니가 말을 꺼냈다.

그 순간엔 그가 우리 둘을 위해 결단을 내려준 것이 고맙기까지 했다. 무엇이 되었든 그것이 끝이라는 생각은 할 수 없었지만 난 고개를 끄덕이며 그의 말에 동의를 표했다.

---

* 가는 막대기 따위를 쌓아놓고 다른 것을 무너뜨리지 않으면서 하나씩 빼내는 놀이.

그는 자리에서 일어나 내게 악수를 청했다. 우린 무덤 사이에서 한참 동안, 30여 분 가까이 아무 말 없이 서로를 꼭 껴안고 있었다.

"바로 이 자리에서 다시 만나는 거야." 마침내 내가 입을 열었다. "한 50년쯤 후에."

"잘 가!" 그는 슬픈 표정으로 인사를 했다. 그리고 떠났다.

난 잠시 멍하니 서 있다가 집으로 돌아왔다.

50

데시레는 내가 묘지에서 한 말이 진심이었다는 것을 진정으로 이해했을까. 만약 그랬다면 그 사실을 어떻게 받아들였을까. 어쩌면 그녀는 앞으로도 한동안은 지금까지처럼 계속 그렇게 지낼 수 있을지도 모른다. 주중에는 일에 몰두하다가, 주말엔 시골에서 몇 시간 동안 휴식을 즐기면서. 바보처럼 머뭇거리면서도 언제나 내가 먼저 다가갔던 것을 생각하면, 결별을 선언한 게 나라는 사실이 선뜻 납득이 가지 않기도 했다. 어쨌든 그게 바로 나인 것이다. 이렇게 계속할 수는 없었다. 그로 인해 치러야 할 대가가 너무 컸다. 하지만 그녀와의 이별은 나를 몹시 아프게 했다.

난 묘지에서 돌아오자마자 장화를 벗고 거실로 뛰어갔다. 책상 서랍을 뒤져 메모지철과 펜을 꺼내 들고 농장을 한 바퀴 돌았다. 난 건물 감리인처럼 성큼성큼 걸어 다니며 손봐야 할 것들을 모두 꼼꼼하게 적어나갔다. 그리고 워크맨 볼륨을 최대한 크게 해놓고 NRJ 라디오방송을 들었다. 그것은 지속적인 후유증을 남기지 않으면서 기억을 지워갈 수 있는 아주 좋은 방법이었다. 난 매일 규칙적으로 하는 일 외에도 하루에 세 가지씩 해야 할 일들을 정해놓았다. 퇴비 저장고에 콘크리트 새로 입히기, 새로운 펌프장 만들기……

그리고 그렇게 했다. 이를 악물고 지쳐 나가떨어질 때까지, 신문 볼 시간도 없을 만큼 일에 매달렸다. 무슨 요일인지 날짜 개념마저 없어질 정도였다. 난 매일같이 새벽 다섯시 반에 집을 나서서 밤 열시경까지 힘들게 일하며 몸을 혹사했다. 그러다 집에 돌아오면 쓰러져 자기 바빴다. 때로는 2층 방으로 올라갈 시간조차 없었다. 심지어 식사를 했는지 기억조차 나지 않는 날들도 있었다.

그런 리듬은 봄 경작기까지 유지됐다. 젖소들이 조금이라도 성가시게 하면 편자를 박은 장화로 혼내주는 일도 서슴지 않았다. 유난히 흥분해서 날뛰던 젖소에게는 더이상 나를 걷어차지 못하도록 족쇄를 채우기도 했다. 자신들과 많은 시간을 보내주는 내게 무척이나 고마움을 표현하고 싶었던 모양이었다.

그렇게 지내는 동안에는 단 한 번도 데시레를 만나기 전에 느꼈던 무기력 상태에 빠지지 않았다. 내 생각이 마치 하나의 논리를 따라 움직이고 있는 것 같았다. 난 내 삶에서 가장 근사한 것을 포기했다. 바로 이것을 위해. 그래서 최선을 다하지 않을 수 없었던 것이다. 내 모든 것을 던져야 했다.

그러다보니 어느 순간부터 토요일 저녁에 외출을 해야겠다는 생각이 들었다. 그래봐야 처리해야 할 또다른 일들 중 하나일 뿐이었다. 농기구 박람회에서처럼 시장에 나온 물건들을 살펴보는 것에 지나지 않았다. 나는 갈라진 밧줄같이 부스스한 머리를 이발사에게 맡긴 다음, 깨끗한 셔츠와 청바지, 낡은 가죽점퍼를 걸쳤다. 그리고 시내의 바를 어슬렁거리며 여자들에게 유혹의 눈길을 보냈다. 사실 여자들이 날 어떻게 생각하는지는 전혀 개의치 않았다. 아마도 그런 태도가 탱고맨 시절보다 잘 먹힌 것 같았다. 몇 번은 여자를 집으로 데리고 온 적도 있었다. 하지만 만남이 한 번 이상 이어진 적은 없었다. 그 여자들은 내게 어떤 위안도 주지 못했고, 난 그들의 얼굴조차 기억하지 못했다. 하지만 솔직히 말하면 그렇다고 더 의기소침해지거나 그러지도 않았다. 마음만 먹으면 여자는 어디서든 만날 수 있었으니까.

그리고 성큼성큼 봄이 다가오자 더이상 외출도 하지 않게 됐다. 그 무렵 난 하루에 열여덟 시간씩 일을 했다. 그러던 어느 날 아침 보일러실에서 기절을 했다. 그러자 무슨 조치를 취해야겠다는 생각이 들었다. 그사이 몸무게는 7킬로그램이나 빠지고, 위염에 걸리고 말았다. 무엇보다 이 달갑지 않은 불청객을 하루빨리 떨쳐버리는 일이 급선무였다. 난 아니타에게 연락을 했다. 어느 날 저녁 농장에 들른 그녀는 날 보자마자 두 손으로 입을 막았다.

"아무 말도 하고 싶지 않아. 약은 가지고 왔어?"

일주일 후, 아니타는 병원에 휴가를 냈다. 그녀는 "병원에서는 여름에 휴가를 쓰지 않는 걸 고맙게 생각해"라고 말했다. 그리고 어머니가 쓰던 방으로 들어왔다. 그녀는 내 위장을 달래줄 수프와 생선찜을 만들고, 내가 밤 열한시까지 트랙터로 밭일을 하는 날에는 등을 마사지해주었다. 냉장고와 냉동고를 채워 넣고, 빨래를 하고 집 안을 정리했다. 부엌에 커튼을 달고, 유질 검사 날에는 축사에서 나를 도왔다. 저녁에는 내가 〈란드〉를 읽는 동안 옆에서 뜨개질을 했다. 우린 많은 이야기를 하지 않았다.

마치 머리가 터질 것처럼 아플 때 아스피린 두 알을 삼킨 느낌이었다. 극심했던 고통이 견딜 만한 만성 통증으로 변해갔다.

3주가 지나자 아니타에게 말을 붙이기 시작했다. 그녀는 별다른 반응 없이 뜨개코에 시선을 고정시킨 채 가끔씩 고개만 끄덕일 뿐이었다. 그런 그녀가 무척 고마웠다. 데시레 얘기가 나왔다면, 난 분명 또다시 무너지고 말았을 것이다.

넷째 주에는 아니타가 내 방으로 왔다. 웅장한 오케스트라의 음악은 들리지 않았지만, 먼지를 뒤집어쓴 채 녹초가 된 몸을 달래주는 사우나 같은 느낌이었다. 신음 소리를 이끌어내지는 못했지만 편안하고 확실했다.

그동안 데시레에게는 한 번도 연락하지 않았고, 묘지에도 가지 않았다. 부모님도 이해하실 거라고 믿었다.

헤어진 직후, 가끔씩 밤에 전화벨이 울릴 때가 있었다. 누군지 알았지만 전화를 받지는 않았다. 자칫하면 또다시 덫에 걸려들고 말 게 뻔하니까.

51

시간을 1분 1분 잘게 나누어
쓴 알약처럼 삼킨다.
내 앞에 남아 있는 수많은 시간들을
생각하지 않으려고 애쓰며.

우리는 자기가 가장 싫어하는 것으로 자신의 지옥을 만든다.
그래서 지중해 사람들에겐 식을 줄 모르는 열기가, 북유럽 사람
들에겐 얼음 같은 추위와 적막이 지옥이다.

난 내가 저지른 잘못들과 놓쳐버린 모든 기회를 영화 속 장면
들처럼 하나하나 떠올리며 나만의 지옥을 만들어냈다.

벤니와 묘지에서 이별하고 일주일이 지나서야 그의 말이 진심
일지도 모른다는 생각이 들었다. 그때까지는 그렇게 심각하게 받
아들이지 않았던 것이다. 난 어떻게든 그와의 끈을 놓지 않기 위
해 어느 날 밤 그에게 전화를 걸었다. 그는 받지 않았다. 나는 그
가 나와의 접촉을 의도적으로 피하고 있다는 것을 알 수 있었다.

그러자 모든 장면들이 차례차례 머릿속을 지나갔다. 맨 먼저,

그가 집에 관한 구체적인 계획들을 설명하던 날 오갔던 말들이 떠올랐다. 장면들이 하나하나 지날 때마다 내가 도널드 덕 같다는 생각이 들었다. 난 꽥꽥거리며 세상만사 모르는 게 없는 것처럼 행동하는, 얄밉고 거만한 도널드 덕을 닮아 있었다. '각자' 포기할 것은 포기하고 서로에게 맞춰가야 한다고 말하면서, 사실은 그가 나한테 맞춰야 한다고 생각하는 도널드 덕. 희생은 벤니가 해야 한다는 전제하에 온갖 해결책을 모색하고자 궁리했던 도널드 덕. 내가 생각이란 걸 했었는지도 잘 모르겠지만. 난 언제나 그가 나를 더 원하고, 따라서 선택권은 언제나 내게 있어야 한다고 생각했다. 몇 주 전까지만 해도 나 역시 엄청난 딜레마에 빠져 있었다. 내가 무엇을 원하는지, 무엇을 감내할 수 있을지 아무것도 확신하지 못했던 것이다. 아마 아무것도 포기하지 못할 거라는 생각도 들었다.

물론 룬드마르크 부인은 이미 내게 경고했었다. "당신이 변했기 때문이에요. 예전엔 그런 모습을 한 번도 본 적이 없거든요." 그녀는 내 안에서 나 자신도 미처 알아차리지 못했던 아주 특별한 감정을 간파해냈던 것이다. 그러자 그 감정이 마치 복수라도 하듯 나를 세차게 후려쳤다. 난 2주 동안 병가를 내야만 했다.

그렇게 아프긴 고등학교 졸업 이후 처음이었다. 요구르트와 빵, 계란을 사러 나갔다가 다리가 후들거려 겨우 집으로 돌아왔다. 몇 날 며칠을 집 안에만 틀어박힌 채 전화기 코드를 뽑았다 다시 꽂기를 하루에도 몇 번씩 반복했다. 그러면서 머릿속 장면들을 계속 돌려보았다.

지금 와서 돌이켜보면, 그 무렵엔 온갖 감정들로 마음이 요동쳤던 것 같다.

어느 순간에는 벤니에게 마구 화가 났다. 그 역시 자신의 삶은 아주 작은 부분도 포기하지 않으려 했다. 자신의 집에서 살라고 했고, 내 일도 거의 포기하라고 했으며, 아이도 비올레트에게 맡기라고 했다. 그가 유일하게 양보한 것이라면 아마 방을 다시 꾸미는 정도였을 것이다. 그리고 심지어 그것조차 내 의견은 묻지도 않았다. 고집불통 독불장군 같으니라고!

그날 밤, 난 그에게 따져 묻기 위해 전화를 했다. 그는 여전히 전화를 받지 않았다. 나쁜 놈.

그러고는 거울로 기어가 퉁퉁 부어오른 얼굴을 한참 동안 들여다보았다. 눈물은 나 같은 여자에겐 치명적이다. 벌겋게 부어오른 얼굴에 하얗게 센 눈썹이라니. 차마 눈 뜨고 봐줄 수가 없을 정도였다. 이제 그 누구도 벤니가 내게서 보았던 것을 볼 수 없을 것이다. 그가 내게 보여주었던 것도 다신 볼 수 없을 것이다. 그는 나를 아름다운 여자로 만들어주었지만 이제 마법의 주문은 사라져버렸다.

그런 날 밤엔 흐느끼며 그에게 동정을 구하기 위해 전화를 걸었다. 그리고 그가 전화를 받는지 확인하기도 전에 끊어버렸다. 그것 역시 내 스타일은 아니었다. 흐느끼면서 횡설수설하는 건 스텐 같은 사람에게나 어울리는 행동이었다.

그런 다음엔 더이상 그에게 연락하지 않았다. 하지만 감정은 계속 요동쳤다. 때로는 산림조합원 모자를 눌러쓴 그가 요란스레 수프를 먹는 모습과, 촌스러운 말투로 진부하고 보수적인 말들을 뱉어내던 장면을 공들여 떠올리기도 했다. 그다음에는 역광을 받으며 뢴고르덴의 계단 위에 앉아 웃고 있는 모습이 등장했다. 그는 보는 사람의 마음을 무장해제시키는 부스스한 머리로, 무릎 위에 앉아 있는 고양이를 쓰다듬고 있었다. 쇠스랑으로 무거운 건초 더미를 들어 올리던 우람한 근육질의 팔 또한 빠지지 않았다. 그러면 난 또다시 울음을 터뜨리고는 파란색 수첩에 미친 듯이 글을 썼다. 그리고 그때그때의 감정 변화 단계에 따라 전화기 코드를 꽂았다 다시 뽑길 반복했다. 결코 오지 않을 그의 연락을 기다리면서.

한 시간이라는 시간 속에는 엄청나게 많은 1분이 존재했다. 그리고 내 삶에서 그 1분 1분은 너무나 느릿느릿 지나가고 있었다. 나는 끊임없이 손목시계를 들여다보았다. 요구르트를 삼키는 것조차 힘이 들었다. 한번은 코를 잡고 날계란 세 개를 억지로 삼

킨 적도 있었다. 영양실조에 걸리겠다 싶었기 때문이다. 멀건 수
프로 식사를 대신할 때도 있었다.

그 시간은 내 생애 그 어떤 때보다도 더 고통스러웠다. 외리안
이 세상을 떠났을 때도 이렇진 않았다. 그리고 난 그 사실에 대
해 부끄러워할 기력조차 없었다. 외리안은 이미 내 기억 속에서
완전히 지워져 있었던 것이다.

메르타가 있었다면 이 실연의 초기 단계를 통과하는 데 힘이
되어주었을 것이다. 하지만 그녀는 스몰란드*의 요양원에 가 있
었다. 그리고 지옥에도 급수가 있다면, 그녀의 지옥이 훨씬 더
끔찍할 터였다.

나는 이번에는 메르타를 위해 울었다.

3주가 지나고서야 간신히 몸을 추스르고 다시 출근을 했다. 동
료들은 내가 고약한 독감에 걸린 줄 알고 있었다. 울로프만 내
진료 기록을 보고 짐작을 했다. 그는 내가 원하면 얘기를 들어줄
수 있다고 했다. 문득 이제는 그럴 수 있을 것 같았지만 나는 아
무 말도 하지 않았다.

그리고 일에 파묻혀 지냈다. 그런대로 견딜 만해졌다. 하지만
그것도 정신없이 일에 몰두해 있을 때뿐이었다. 집에 돌아오거

---

* 스웨덴 남동부 지역의 통칭.

나 혼자 점심을 먹을 때면, 내 얼굴을 조이고 있던 나사가 풀리는 기분이 들었다. 마치 레고 블록으로 만들어진 것처럼 언제라도 해체되어버릴 것만 같았다. 밤에는 물론 제대로 잠을 이루지 못했다. 그럴 때마다 내가 놓쳐버린 많은 것들이 차례로 머릿속을 지나갔다. 그리고 매일 밤 새로운 것들이 점점 더 많이 떠올랐다.

52

　요전 날 시내에 나갔다가 헤어진 이후 처음으로 데시레를 보게 되었다. 꽤 더운 날이었는데, 그녀는 마르고 머리가 희끗한 남자와 카페 테라스에 앉아 있었다. 그들은 얼굴을 맞대고 대화에 몰두해 있었다. 테이블 위에는 책이 한 무더기 놓여 있었다. 가까이 지나치면서 보니 맨 위에 있는 것은 영어 책이었다. 물론 그렇겠지. 데시레는 립스틱을 바르고 근사한 하늘색 재킷을 입고 있었다. 예전보다 조금 긴 머리에는 살짝 웨이브가 져 있었다. 머리가 희끗한 남자는 웃고 있었다.

　난 그 남자의 얼굴에 주먹을 한 방 날리고 싶었다. 맷집이 좋아 보이는 편은 아니었다. 만약 데시레가 그에게 바캉스 미소를 지어 보였다면, 아마도 난 몸을 날려 그들 사이로 끼어들었을 것이다. 하지만 그녀는 그렇게 하지 않았다.

다음번에 시내에 볼일이 있을 때는 아니타를 대신 보내야겠다는 생각이 들었다. 그녀는 이제 나만큼이나 해야 할 일들에 대해 잘 알고 있었다.

아니타는 휴가가 끝나자 내 의견은 묻지도 않고 근무시간을 파트타임으로 바꾸었다. 우린 예전처럼 지냈고, 난 내가 거두어 들인 사료용 풀을 사일로로 옮겨놓을 수 있도록 그녀에게 트랙터 운전법을 가르쳐주었다. 우린 보온병에 커피를 담아 자전거를 타고 농장 주변으로 피크닉을 다니기 시작했다. 그리고 금요일 밤에는 비디오를 '한 편' 빌리고 와인도 한 병 샀다.

게다가 그녀가 처음 빌린 비디오는 〈폴리스 아카데미〉였다.

혼자 있는 시간에는 워크맨 볼륨을 최대한으로 높이고 음악을 들었다. 그러면 새로운 데시레의 모습이 내 머릿속을 줄지어 지나갔다. 비싼 옷에 화장을 하고, 처세술에 능하고 영어 책을 읽는 많은 남자들과 함께 웃고 있는 데시레. 그녀는 자신이 원하던 것을 얻은 듯했다.

그리고 그건 나도 마찬가지였다.

난 그녀가 가끔이라도 내 생각을 하는지 궁금했다. 헤어진 직후 밤에 전화를 걸었을 때 무슨 얘기를 하려고 했는지도. 분명 무언가를 따져 물으려고 했겠지만.

난 그녀와 마주 앉아 웃으면서, 립스틱이 아주 잘 어울린다고, 새 재킷이 아주 근사하다고 말해주고 싶었다. 그리고 그녀가 웃는 모습을 보고 싶었다.

하지만 난 선택을 했고, 이젠 농장과 가정이라는 두 마리 토끼를 잡을 수 있게 되었다. 아니타와 함께. 다들 이렇게 살아가고 있었다. 분명 내가 최악의 선택을 한 것은 아니었다.

어쩌면 데시레와는 한 번도 이런 미래를 꿈꿔본 적이 없었는지도 모르겠다. 그녀가 내게 불러일으킨, 그리고 지금도 여전히 지속되는 그 강렬한 감정 속에는 나를 뒤흔들어놓는 무언가가 있었다. 생면부지 남자의 얼굴에 펀치를 날리고 싶게 만드는 무언가가! 게다가 지금까지 난 소위 연애결혼이란 것을 믿지 않았다. 파티에서 가슴이 깊게 파인 옷을 입은 여자에게 반해 시작되는 사랑. 그리고 그 여자가 결혼 적령기가 되면 영화 데이트, 상견례, 이케아 쇼핑, 로도스 섬에서의 휴가라는 의례적인 순서를 거쳐 동네 교회에 결혼식 날짜를 예약하고, 그다음엔 모든 게 순조롭게 진행되는 것이다. 적어도 결혼생활 상담소를 찾아가게 되는 미래의 어느 날까지는.

생각해보면 부모님이 결혼 상대를 정해주던 시절에도 다들 별 무리 없이 잘 살지 않았는가. 적어도 상대가 자신에게 잘 어울리는 사람이라는 것은 알 수 있었으니까. 서로 적응하는 법을 배워

나가면 되었다. 어차피 또다른 선택이란 존재하지 않으니까. 어머니였더라도 분명 아니타를 선택했을 것이다.

그리고 아니타와 난 열정적인 사랑 같은 것은 이미 유효기간이 지났음을 서로 잘 알고 있었다. 우리에겐 둘 다 '이것'이 필요했다. 적어도 세상 사람들에게 중년의 노처녀와 늙어가는 노총각의 우스꽝스러운 모습만은 보이지 말아야 했던 것이다.

"이런, 이건 전혀 얘기가 다르잖아!"

아니타를 처음 본 비올레트는 그렇게 얘기했다. 벵트 예란은 이미 그녀를 알고 있었다.

난 밖으로 나가 베란다 벽을 주먹으로 세게 쳤다. 그리고 다시 안으로 들어갔다.

데시레처럼 나를 웃게 하지는 못했지만, 아니타는 머리가 둔한 편도 우울한 성격도 아니었다. 난 아니타를 늘 좋아했고, 함께 있으면 편안했다. 하지만 갑자기 그녀와 사랑에 빠질 수는 없었다. 어느 날 갑자기 오페라의 아리아를 흥얼거릴 수 없는 것처럼. 그럴 수는 없었다. 그것뿐이다.

그녀 역시 결코 내게 자신을 사랑하느냐고 묻지 않을 터였다.

사람들은 고양이와 딸기 아이스크림과 터틀넥 스웨터와 이비사 섬을 사랑할 수 있다. 그러다 어느 날 갑자기 단 한 사람만을 '사랑할 것'이 요구된다. 그 '사랑'이 끝나고, 또다른 누군가를

'사랑'하기 시작할 때까지. 마치 러시아 우체국 놀이*를 하는 것처럼.

문득 황새가 등장하는 오래된 농담이 생각났다. 황새를 본 적은 있지만, 믿지는 않는다는.

난 '사랑'을 해본 적은 있지만, 믿지는 않는다.

그렇게 말할 수 있을 것이다.

잠을 이룰 수 없을 때는, 어쩌면 내가 사랑에게 한 번도 기회를 주지 않았기 때문인지도 모른다는 생각이 들기도 했다. 사랑을 최우선순위에 둘 생각을 하지 않았다는 생각.

언젠가는 그럴 수 있을지도 모르겠지만, 아직 단단한 땅에 도달하지 못했다는 생각이 들 때도 있었다.

예를 들면, 이런저런 상상 끝에 가정을 꾸리는 생각 같은 것을 하게 될 때면 꼭 데시레가 떠올랐다. 하얗고 마른 몸에 공처럼 내 아이를 품고 있는 그녀의 모습이. 그녀를 임신시키는 남자가 나이기를 바랐다. 데시레는 아이를 몹시 갖고 싶어 했다.

외계인을 만났다고 믿는 사람들이 강렬한 충격 때문에 모든 기억을 깊숙이 묻어버리는 것을 이해할 것 같았다. 감당할 수 있는 세상의 모습을 훌쩍 넘어섰기 때문일 것이다. 그들은 모든 것

---

* 한 명이 무작위로 뽑은 이성과 악수, 포옹, 손뼉치기, 뽀뽀를 하는 놀이.

을 처음부터 다시 만들어나가야 한다. 분명히 말하지만, 나도 데시레에 관한 모든 기억을 깊숙이 묻어버릴 것이다. 도서관으로 가는 길조차 기억나지 않을 정도로.

53

터져버린 비눗방울을 되살리고
눈이 축 처진 인형을 웃게 하려면
시간이 걸린다.

언젠가 바겐세일을 하는 신발 가게 꿈을 꾼 적이 있다. 진열대 위에 놓인 수많은 신발 중에 끈이 달린 파란색 가죽 구두를 발견하고는 오른쪽 한 짝을 신어보았다. 사실 내 다리는 하얀색 야구 방망이처럼 생겼는데, 꿈속에서 신발을 신은 내 오른쪽 다리는 마치 발레리나의 다리처럼 날렵하고 매끄러웠다. 난 나머지 한 짝을 찾기 시작했다. 그런데 내가 찾아낸 왼쪽 신발은 다섯 살 아이에게나 맞을 것처럼 아주 작았다. "가끔 그럴 때가 있어요." 점원은 무심하게 말했다. "사든지 말든지 마음대로 하세요. 우리 가게에 딱 하나 남은 물건이니까요." 하지만 짝이 맞지 않는 신발을 어떻게 산단 말인가? 발의 반쪽을 잘라내기라도 해야 하나? 나는 몹시 실망하며 가게를 나섰다. 그리고 잠에서 깼다.

그 후, 벤니 생각이 날 때마다 그 꿈이 떠올랐다. 발의 반쪽이.

외모에 변화를 주는 것은 나를 추스를 수 있는 효과적인 방법이었다. 먼저 부어오른 눈을 감추기 위해 마스카라를 칠하고, 다크서클 위에는 파우더를 발랐다. 그다음에는 립스틱을 바르기 시작했다. 어느새 난 남자들의 눈에 띄는 걸 즐기고 있었다. 나를 바라보는 시선이 느껴질 때마다 마치 벤니에게 복수하는 것 같았다. 이것 봐, 이렇게 날 원하는 사람이 있다고! 살아 있음을 느끼기 위해 밝은 색상의 옷들을 사기도 했다. 그리고 그것은 꽤 효과가 있었다.

5월에는 도서관에서 룬드로 2주간 연수를 보내주었다. 그 기회에 코펜하겐으로 가서 고대예술품이 소장되어 있는 글립토테크 박물관을 방문했다. 입구에 아이들에게 둘러싸인 니오베의 조각상이 보였다. 조각상을 여러 각도에서 카메라에 담은 다음에는 로마제국의 황제와 황후의 흉상이 있는 전시실에서 몇 시간 관람을 했다. 서기 2~3세기부터 그들은 사진에서처럼 분명하고 현실적인 모습을 띠기 시작했다. 어린 시절부터 노년까지의 모습도 추적할 수 있었다.

50년 후에 난 어떤 모습으로 변해 있을까? 그리고 벤니는?

여든 살이 되면 반드시 벤니를 만나러 가겠다고 다짐했다. 적어도 그때는 그도 나를 거부하지 못할 것이다.

여름휴가 동안에는 수채화 강좌에 등록했다. 나는 하루 종일 아일랜드 서쪽 해안의 절벽 아래 앉아 갈매기 소리를 들으며 바닷물 위에 반사되는 햇살을 화폭에 담았다. 그곳에서 만난 미국인 남매는 위스콘신에 있는 자기들 집에서 크리스마스를 함께 보내자며 나를 초대했다. 남자는 중학교 선생님이었고, 우린 아주 편안하고 고요한 시간을 보낼 수 있었다.

발리레러의 낡고 조그만 펍에서 벤니의 부엌에 있는 것과 똑같은 낡은 냉장고를 발견했다. 문득 아직도 그대로 있는지 궁금해졌다. 지금은 많은 것이 달라졌겠지만.

한 번, 꼭 한 번, 차를 빌려 벤니가 사는 마을을 지나간 적이 있다. 그 너머 넓은 숲 속 빈터로 산딸기를 따러 가는 것이라고 스스로에게 핑계를 댔다. 가는 도중 벤니가 얼굴이 그을은 갈색 머리 여자와 함께 있는 것을 보았다. 그들은 피크닉용 바구니를 실은 자전거를 타고 나와 반대 방향으로 달리고 있었다. 물론 차 안에 있는 나를 보지는 못했다. 벤니는 여자에게 무언가를 설명하는 모양인지 들판을 가리키고 있었다. 예전보다 많이 말랐고, 얼굴도 좀더 그을어 있었고, 머리 스타일도 달라져 있었다. 그리고 행복해 보였다.

여자는 지극히 평범한 스타일이었다. 비올레트하고 잘 지낼 것 같았다. 그녀와도 나와 그랬던 것처럼 사랑을 나눌까. 그런 생각이 들자 견딜 수가 없었다. 집으로 돌아오는 내내 마음이 너무나 무거웠다. 다시는 그곳에 가지 않으리라 결심했다.

메르타는 평소의 모습을 되찾았다. 적어도 겉으로는 그랬다. 하지만 보고 있으면 어렸을 적 가지고 놀던 장난감 생각이 났다. 열쇠로 태엽을 감아주면 납작한 발로 뒤뚱거리며 꽥꽥 걸어가던 노란색 양철 오리. 어느 날 내가 태엽을 너무 세게 감는 바람에 용수철이 끊어져버리고 말았다. 그때 난 오리가 다시는 움직일 수 없다는 사실을 이해하지 못했다. 겉보기에는 조금도 달라진 게 없었기 때문이다.

메르타의 용수철도 그렇게 끊어져버리고 말았다.

하지만 양철 오리와 인간의 가장 큰 차이점은, 우리 안의 용수철은 시간이 흐르면 다시 작동이 가능해진다는 사실이다. 메르타는 휠체어를 타고 다니는 남자를 만났다. 그는 인공항문형성수술을 받은 이후 걸핏하면 화를 내고 변덕을 부렸다. "그래! 하지만 적어도 그가 어디에 있는지는 알 수 있잖아!" 메르타는 그렇게 말할 뿐이었다. 무엇보다 그는 메르타를 만난 이후 예전보다 훨씬 더 모험적인 삶을 살게 되었다. 그녀는 휠체어를 타고 있어도 다른 사람들과 똑같이 뭐든 할 수 있다는 것을 보여주려고 애썼다. 한번은 산으로 산책을 나갔다가 경사진 곳에서 휠체어가 미끄러지며 뒤집힌 적이 있었다. 그는 메르타에게 소리를 질러댔지만, 그녀는 툭툭 먼지를 털고는 그를 또다른 언덕 위로 끌고 갔다.

9월이 되자, 난 구연동화를 다시 시작했다. 맨 앞줄에 앉아 있는 밤색 눈의 조그만 소년에게 자꾸만 눈길이 갔다. 금발의 아이는 이야기 중에 종종 자신의 생각을 얘기하거나 다양한 이야기 전개를 제안하기도 했다. 아이 아버지는 조금 떨어진 곳에서 벽에 기대어 앉아 있었다. 그는 자랑스러워하면서도 동시에 쑥스러워하는 표정을 짓고 있었다. 어느 날, 그들은 곧바로 돌아가지 않고 기다렸다가 나와 얘기를 하고 싶어 했다. 나는 그들과 함께 카페로 가 커피를 마셨다. 아이 아버지의 이름은 안데르스였고, 아들과 단둘이 살고 있었다. 그 후 우리는 따로 만나 함께 산책을 했다. 박물관에 가거나 집에서 함께 저녁을 먹기도 했다. 안데르스는 역사학자였는데, 과거에 대해 유쾌하면서도 경박스럽게 얘기를 하는 바람에 나를 당혹스럽게 하기도 했다. 하지만 덕분에 종종 웃을 수 있었다.

난 그와 사랑에 빠지는 중이기를 바랐다.

어느 날 셋이 함께 공원을 산책하고 있는데 꼬마 다니엘이 입술을 떨며 말했다.

"독수리들이 너무 불쌍해요!"

"왜 그렇게 생각하니?" 안데르스가 물었다.

"새집에 들어가기엔 너무 크잖아요."

그 순간, 내가 사랑에 빠진 것은 다니엘이라는 사실을 깨달았다.

10월이 되자 평범한 기적이 일어났다. 신발 가게의 쇼윈도에서 끈이 달린 파란색 가죽 구두 한 쌍을 발견한 것이다. 꿈에서 본 그 구두였다. 나는 당장에 가게로 들어가 신발을 산 다음, 곧바로 바꿔 신고 밖으로 나왔다. 그리고 집으로 돌아와 전화를 걸었다.

54

난 기적에 대해 잘 알고 있다고 믿었다.
기적을 일으키는 게 내 일이기 때문이다.
씨를 뿌려 새로운 생명을 거두어들이는 일.
하지만 우리는 그 기적이 어디에 숨어 있는지 알지 못한다.
기적은 뒤에서 몰래 다가와
당신의 목덜미를 움켜잡을 수도 있다.

아니타는 우리가 반지를 교환하면서 정식으로 약혼하기를 원했다.

"하지만 난 왼손에 약지가 없는걸!"

그렇게 대꾸했지만 곧 핑계를 거두었다. 그녀는 충분히 그럴 자격이 있었다.

그런데 10월의 어느 날 저녁, 데시레가 갑자기 전화를 걸어왔다. 난 막 축사에서 돌아온 참이었고, 아니타는 부엌에서 프라이팬에 돼지고기를 익히고 있었다. NRJ 라디오방송이 시끄럽게 울렸다. 난 방으로 올라가서 전화를 받았다.

"얘기해."

"내 집으로 와줄 수 있어? 지금 당장. 안 좋은 일이 생긴 건 아니고, 당신하고 상의해야 할 일이 있어서 그래."

"지금? 오늘 저녁은 좀 힘들 것 같고 내일은 어때?"

난 태연한 척하려고 무진 애를 썼다. 물론 전혀 그렇지 못했지만. 혼란스러웠던 것일까? 한동안 침묵이 흘렀다.

"아니, 오늘 저녁이 아니면 안 돼. 하지만 당신이 오지 않아도 원망하진 않을 거야. 그래도 괜찮아."

"30분이면 갈 수 있을 거야."

아니타는 왜 갑자기 시내에 가야 하는지 묻지 않았다. 하지만 분명 의아하게 생각했을 것이다. 대개는 행선지를 밝히는 편이었기 때문이다.

가는 동안 난 아무 생각도 하지 않았다. 손가락으로 운전대를 두드리면서 머릿속을 비우려고 애를 썼다.

데시레는 감정의 동요라곤 없는 표정으로 나를 들였다. 그리고 불편한 강관 의자에 앉게 했다. 분명 그녀이면서도 그녀가 아닌 것처럼 느껴졌다. 대체 누굴 위해 화장을 시작한 것일까? 그녀는 예전처럼 빛바랜 색깔의 청바지와 스웨터를 입고 있었다. 그런데 어울리지 않게도 끈이 달린 근사한 파란색 구두를 신고 있었다.

그녀는 마치 차가운 물속으로 뛰어들기에 앞서 숫자를 세는 아이 같은 표정으로 나와 마주 앉았다. 하나, 둘, 셋, 그리고 넷을 세면 내 차례인 거야.

우린 한동안 서로 아무 말도 하지 않았다. 그러다 동시에 입을 뗐다.

그러면서 서로 어색하게 웃었다. 데시레가 이처럼 다정하게 나를 바라본 적이 있었나? 사실 그녀는 내게 다정하게 군 적이 별로 없었다.

"50년이 지날 때까지 기다릴 수가 없었어. 그러려고 했었는데 말이야. 하지만 겁먹진 마. 당신을 곤란하게 만들 생각은 없으니까. 그냥 당신한테 부탁이 하나 있어서 그래. 어디서부터 얘기해야 할지 모르겠지만."

"농담처럼 얘기하면 되잖아. 내가 진지한 얘기를 꺼내려고 할 때마다 당신이 그랬던 것처럼!"

내 말 속에는 분명 가시가 있었다. 비열한 짓이었다. 나도 마찬가지였으면서. 이제 앙금 같은 건 털어버려야 했다.

"요즘 뭐 좋은 책 읽은 거 있어?" 난 예전처럼 그녀에게 물었다. 우린 종종 그런 질문으로 대화를 시작하곤 했다. 그러면 데시레는 '쇼펜하우어', 난 '팬텀 크리스마스 만화잡지'라는 식으로 대답하게 되어 있었다. 그런 다음 서로 비교를 했다. "쇼펜하우어의 세계관은 정말 치밀하고 일관성이 있어!" "그래, 하지만 팬텀의 팬티가 더 멋있지……" 위태로운 살얼음 위를 걸을 때마다 이런 식의 대화가 우리를 구해주곤 했다. 중요한 얘기를 우스운 농담으로 포장할 때도 있었다.

"프랑스에서 실시한 과학 실험 기사를 읽은 적이 있어. 남성들에게 하얀색 새 러닝셔츠를 입혀 자게 한 다음, 여성들에게 그 냄새를 맡아보고 가장 끌리는 남자를 선택하게 한 거야. 그런데 그 결과를 분석해보니까, 각각의 여성은 자신과 면역 체계가 가장 잘 맞는 남자를 선택한 것으로 드러났어. 달리 얘기하면, 건강한 아이를 낳을 수 있는 확률이 가장 높은 짝을 골랐다는 거지."

"그러니까 당신은 내 면역 체계 때문에 날 좋아했다는 얘기야? 농장 때문이 아니고?"

"글쎄."

그녀는 다시금 한동안 말이 없었다. 또다시 아까처럼 숫자를 세고 있는 듯했다. 다섯, 여섯, 지금이야!

"그게 내가 원하는 거야. 난 오랫동안 그러길 원했어. 이유는 잘 모르겠지만. 내 말은 그러니까, 난 당신의 아이를 갖고 싶어. 아니, 내 얘기를 끝까지 들어줘. 다시 시작하자는 게 아니야. 다만 이 망할 놈의 생물학적 시계를 진정시키고 싶은 것뿐이야. 그렇지 않으면 아무것도 할 수 없을 것 같아. 내 속을 가득 채우고 있는 것 같은 이 조그만 난자에게 기회를 주고 싶은 거라고. 단

한 번의 기회라도 말이야. 하지만 절대 당신이 신경 쓰게 하지는 않을 거야."

"날 때려눕혀서 덮치기라도 할 작정인 거야?"

난 너무 놀라 어안이 벙벙했다.

"당신이 마지막으로 한 번만 나와 자줬으면 좋겠어. 딱 한 번만 더." 그녀의 표정은 더없이 진지했다. "지금, 내 난자가 미친 듯이 요동치는 이 순간에. 반드시 당신이어야만 해. 날 이렇게 요동치게 하는 건 당신밖에 없거든."

머릿속에서 그동안의 내 삶이 영화처럼 지나갔다.

"당신이 원하지 않으면 더이상 그 일에 대해선 들을 일이 없을 거야. 혹시 실패하더라도, 분명 잘될 리가 없겠지만, 시도를 해봤다는 것만으로 나도 단념할 수 있을 테고. 그리고 각자 행복하게 살아가면 되는 거지."

데시레는 내 약혼 반지를 흘끗 쳐다보았다.

난 아무런 대꾸도 하지 않았다.

"어쨌든 그 아이는 굉장한 면역 체계를 가지고 태어나게 되겠지." 그녀는 혼잣말처럼 중얼거렸다. "이런, 미안해! 하지만 난 지금 그 어느 때보다도 진지해. 아빠를 모르는 걸로 신고할까도 생각해봤어. 아니, 아무 말도 하지 말아줘, 아무 말도! 물론 아직 깊이 생각해본 건 아니야. 다른 문제들도 고려해야 할 테니까.

알아, 안다고! 그래서 당신이 한 시간 동안 생각해볼 수 있게 해주려는 거야. 그사이 난 밖에 나가서 한 바퀴 돌고 올게."

그녀는 곧바로 일어나 가방을 움켜쥐더니 문으로 향했다.

"내가 돌아왔을 때 당신이 없으면 그런 줄 알게. 적어도 내가 할 수 있는 건 다 해본 셈이니까. 내 난자는 다른 누군가를 향해 요동치게 되겠지…… 어쨌거나 당신이 나의 가장 좋은 파트너였다는 건 잊지 않을게. 물론 가능하면 당신을 너무 자주 생각하진 않을 거야."

그러면서 내가 미처 반응을 보이기도 전에 문틈으로 빠져나갔다.

그 순간의 내 얼굴은 아마 도축장에 끌려가 수의사에게 총 모양의 마취 주사를 맞은 소의 얼굴 같았을 것이다.

나는 방을 둘러보았다. 내가 선물한 조개껍데기 연인 포스터는 더이상 보이지 않았다. 그 대신, 바위와 바다를 그린 수채화와 수많은 아이들에게 에워싸인 뚱뚱한 여인 조각상 사진이 커다랗게 붙어 있었다.

만약 내가 말도 안 되는 그녀의 제안을 받아들인다면, 난 그로베르티노라는 남자가 그녀의 친구 메르타에게 한 것과 똑같은 짓을 아니타에게 하게 되는 셈이었다. 있을 수 없는 일이었다.

난 59분 동안 내 짤막한 손마디를 빨고 있었다. 그런 다음 뇌의 전원을 차단하고, 자동 항해 시스템에 나를 맡겼다.

허겁지겁 돌아온 데시레는 현관 바닥에 가방을 내던졌다. 그녀는 처음에는 미처 날 보지 못했다. 내가 불도 켜지 않은 채 어둠 속에 앉아 있었기 때문이다. 불을 켜고 그제야 날 알아보더니 울음을 터뜨렸다. 그녀의 양쪽 뺨에 마스카라가 흘러내렸다.

"아니! 당신이 모든 걸 결정할 수 있다고 생각하진 마. 나도 조건이 있으니까. 첫째, 아버지가 누군지 모르게 하겠다는 말은 않는 게 좋을 거야. 결코 당신 마음대로 하게 내버려두진 않을 테니까! 그리고 당신은 내 아이를 창백하고 소심한 사어死語 박사로 키워줘야 해. 둘째, 난 세 번의 시도를 할 거야. 동화에서도 늘 그러잖아? 내일과 모레, 두 번 더 올게. 앞으로 사흘 동안 당신은 다른 남자와 자선 안 되고, 나 역시 그럴 거야. 세 번을 시도하고 나면, 난 다시 내 집으로 돌아가고 당신은 여기 남는 거야. 그리고 당신이 전화하기 전까진 서로 연락하지 않기로 해. 생리를 다시 시작했다든지 임신 테스트에서 양성 반응이 나왔다든지, 용건은 둘 중 하나겠지만."

"그렇다고 해도 가능성은 5분의 1일 뿐이야."

"그런 건 내가 누구보다 잘 알아. 젖소를 수정시키는 게 얼마나 까다로운 일인지 아니까." 난 이야기를 계속하기 위해 무진 애를 써야만 했다. 목소리가 통제 불능이 되어 사방으로 흩어져버리는 것 같았다. "하지만 단번에 성공하지 못한다고 곧바로 도축장으로 보내진 않아. 만약 성공하게 되면, 우리 아이에게 〈호산나〉의 소프라노 부분을 가르쳐주어야 해. 실패한다 해도 난 당신 없이 아주 행복하게 살 거라고 약속할 수 있어. 도서관에 갈 일이 있을 때마다 당신 자리 앞을 지나면서 손바닥으로 당신 등을 두드릴 거야. 물론 그런 일이 자주 있진 않겠지, 당신도 잘 알겠지만."

우리는 손을 잡고 나란히 그녀의 새하얀 침실로 들어갔다.

그리고 무슨 일이 있었는지 묘사하기란 불가능하다. 어쨌거나 노벨문학상을 받을 만한 얘기는 아니다.

정신을 차린 나는 내게 아직 두 번의 기회가 남아 있다는 걸 깨달았다. 동화 속에서도 처음 두 번은 언제나 실패하기 마련이다. 그런 다음 머리가 희끗한 꼬마 신선 같은 아이가 나타나 신비한 마법의 주문을 외치지 않던가.

나는 그 작은 악동을 기다릴 것이다.

지은이 카타리나 마세티
1944년 스웨덴 스톡홀름에서 태어났다. 룬드 대학교에서 영문학으로 석사학위를 취득한 후 지역 신문사에서 기자로 일했다. 이후 고등학교에서 아이들을 가르치며 문학평론가로 활동했고, 1998년 첫번째 장편소설『옆 무덤의 남자』를 발표했다. 작품의 성공에 힘입어 2005년 속편인『가족무덤』을 출간했다.

옮긴이 박명숙
서울대학교 불어교육과 졸업. 프랑스 보르도 제3대학에서 언어학 학사와 석사 학위를, 파리 소르본 대학에서 불문학 박사학위를 받았다. 서울대, 배재대 등에서 강의했다. 출판기획자와 전문번역가로 활동중이다. 옮긴 책으로는『라 퐁텐 그림우화』『순례자』『누구나의 연인』『로마의 역사』『위대한 열정』『가고 싶은 길을 가라』『목로주점』등이 있다.

문학동네 세계문학
옆 무덤의 남자

1판 1쇄 2012년 2월 6일 | 1판 2쇄 2014년 11월 14일

지은이 카타리나 마세티 | 옮긴이 박명숙 | 펴낸이 강병선
책임편집 김미혜 이은현 | 편집 강인경 김이선 | 독자모니터 정혜인
디자인 엄혜리 이원경 강혜림 | 저작권 한문숙 박혜연 김지영
마케팅 정민호 이미진 김은지 양서연 | 온라인마케팅 김희숙 김상만 한수진 이천희
제작 강신은 김동욱 임현식 | 제작처 영신사(인쇄) 경일제책사(제본)

펴낸곳 (주)문학동네
출판등록 1993년 10월 22일 제406-2003-000045호
주소 413-120 경기도 파주시 회동길 210
전자우편 editor@munhak.com | 대표전화 031) 955-8888 | 팩스 031) 955-8855
문의전화 031) 955-1927(마케팅) 031) 955-2691(편집)
문학동네카페 http://cafe.naver.com/mhdn | 트위터 @munhakdongne

ISBN 978-89-546-1713-0 03890

www.munhak.com